新潮文庫

生麦事件

上巻

吉村昭著

JN263334

生麦事件

上巻

巻上

一

江戸高輪《たかなわ》にある薩摩《さつま》藩下屋敷の生い繁《しげ》った樹木から、蟬《せみ》の声がしきりであった。

すでに初秋の季節に入っていたが、暑熱はきびしく、雨がほとんど降らぬので屋敷の敷地は白く乾ききっていた。屋敷の南側は東海道で、松並木をへだてて袖《そで》ヶ浦《うら》の海がひろがり、夕刻に海面を渡ってくる風にわずかに涼気が感じられるだけであった。

その日は早朝から、藩邸の門の潜《くぐ》り戸に手代を連れた商人や職人たちの出入りが多く見られた。

屋敷には、藩主島津茂久《もちひさ》の父久光が、二カ月前に四百余の従士をひきつれて京から江戸に入り滞留していたが、前日の夜、四日後の八月二十一日に久光が江戸を発駕《はつが》して京に引返すことが決定し、その日から旅の仕度がはじめられていた。

京からの旅は、勅使大原重徳《おおはらしげとみ》を警護し随従するためのもので、藩の威光をしめす上からも藩主の参覲《さんきん》交代同様の供揃《ともぞろ》えであった。

久光の乗物は総網代《そうあじろ》で、十人の六尺が黒塗りの長い棒をかつぐ。駕籠《かご》や馬に乗った上級藩士と徒士《かち》、足軽たちが行列を組み、医師、馬医、料理人、縫物師なども随行する。衣類をおさめた挟箱《はさみばこ》をはじめ、銃、弾薬、合羽《かっぱ》を入れた長持や具足櫃《びつ》が足軽や人足によって運ばれる。道中、宿泊する本陣では、久光は随行の料理人が調理したものしか口にしないので七輪、鍋《なべ》、釜、包丁など台所用の諸道具一切が携行され、瓜《うり》、茄《な》子《す》などを漬けた桶《おけ》も重石《おもし》をのせたまま長持に入れられる。また、久光は本陣備えつけの寝具を使わぬので、夜具、枕《まくら》、蚊帳《かや》も運ばれ、久光用の風呂桶《ふろおけ》も四人の人足にかつがれる。

京からの旅の途中損われた物も多く、旅の仕度をする役目の藩士たちは、それらの品々を入念に点検し記録して、商人に命じて新しいものに替えさせたり、職人に作らせたりする。

久光の乗物については、床に敷かれた畳表の張り替えが必要で、乗り替え用の乗物と山駕籠にも同じ処置がとられることになった。また、道中、久光の使用する組立て式の便器を新品と取り替え、その折に周囲に張りめぐらす幕も色褪《いろあ》せていたので、染め直すことが定められた。おびただしい笠《かさ》と合羽の中には破れたり縫目がほどけたりしているものもあって、買替えや補修を要した。藩士たちの中には、刀を研ぎ師に出すことを望む者が多く、それらも記録された。

商人や職人たちは、掛りの藩士の指示を受け、藩邸を足早に出ていった。翌日から多くの商人や職人たちが藩邸に入り、早くも納入品を積んだ大八車が門をくぐるようになった。藩邸に滞在中に費消した食料品その他の品々の代金の支払いもおこなわれ、藩邸は混雑した。

そうした中で、江戸を出立後、第一日目に投宿する神奈川宿をはじめ各宿場の宿場役人に、準備を命じる先触れの書状が送られた。それにつづいて日用品をかついだ人足たちが、藩士とともに神奈川宿とその後に宿泊が予定されている宿場に先行した。

相変らず雨の気配はなく、藩邸はまばゆい陽光にさらされていた。


島津久光が七百余の従士をしたがえて鹿児島城下をはなれたのは、五カ月前の文久二年（一八六二）三月十六日であった。

藩士の中には水戸でおこった尊王攘夷《じようい》論を信奉する者が多く、かれらは大久保一蔵（利通）、岩下左次右衛門（方平《まさひら》）を中心に精忠組と称して結束していた。

大久保たちは、水戸藩の尊攘派が、安政大獄で尊攘論者を次々に処刑した大老井伊《いい》直弼《なおすけ》の暗殺を企てていることを知り、それに応じて蹶起《けっき》することを決意した。脱藩して京にのぼり、井伊大老と同調している九条関白尚忠《ひさただ》と所司代酒井忠義《ただあき》を殺害し、東西呼応して討幕の挙に出ようとしたのである。

脱藩時に使用する鰹舟《かつおぶね》二艘《そう》を購入し資金もととのえて、水戸尊攘派の動きをうかがいながらひそかに決行の機を待った。

その気配を知った藩主茂久は大いに驚き、久光と協議して藩主自筆の異例の諭書を大久保らにあたえた。茂久、久光が、英邁《えいまい》な前藩主斉彬《なりあきら》の遺志をついで共に国のためにつくす覚悟であり、精忠組の者たちは藩主を補佐し悲願成就《じょうじゅ》に尽力して欲しい、という内容であった。

大久保らは、この諭書に感激して脱藩計画を中止し、藩主に忠誠を誓った。

やがて安政七年（一八六〇）三月三日、江戸藩邸にあった精忠組の有村次左衛門が、水戸藩の尊攘派十七名とともに井伊大老を桜田門外に襲って井伊の首級をあげ、重傷を負って自刃《じじん》した。それを知った大久保たちは、この機に乗じて幕政改革の兵をおこすことを決議し、藩の事実上の権力をにぎる久光に出兵を建言した。しかし、久光は、有村の行為を軽挙として非難し、動くことは尚早だ、とたしなめた。その言葉に大久保らは承服し、時機のくるのを待つことで意見が一致した。

久光の動揺することのない沈着な態度に、大久保らは深い畏敬《いけい》の念をいだき、久光を中心に結集するようになった。

久光は、大胆な人事刷新を断行し、保守派の者を退けて喜入《きいれ》久高（摂津《せっつ》）を首席家老に任命し、側役《そばやく》小松帯刀《たてわき》、小納戸《こなんど》頭取中山中左衛門《ちゅうざえもん》にこれを補佐させ、大久保、堀次郎を小納戸に抜擢《ばってき》、有村俊斎（海江田《かえだ》武次）、吉井仁左衛門（友実《ともざね》）を徒目付《かちめつけ》にするなど、精忠組の者たちを登用した。

藩内を完全に掌握した久光は、国事周旋に乗り出す時機が到来した、と判断した。久光は、前藩主斉彬の弟で、急死した斉彬の遺言によって自分の長子茂久を藩主の座につかせ、自らはその後見役になっていた。

斉彬は、幕政を改革して朝廷の権力を拡大し、朝廷を中心とした公武合体こそ最も望ましい政治形態だと主張していた。久光もその考えに同調していて、それを実現するためには、京にのぼって朝廷に働きかける必要があった。

久光が小松、中山、大久保以下七百余の従士を従えて鹿児島を出立したのは、斉彬の遺志を果そうとしたからであった。

京にのぼった久光は、孝明天皇の側近である近衛忠房、中山忠能《ただやす》、正親町三条実愛《おおぎまちさんじょうさねなる》の三公卿《くぎょう》に会い、朝廷の権威の強化、幕政改革、公武合体の必要性を熱をこめて説いた。具体策として幕政刷新のため一橋慶喜《ひとつばしよしのぶ》を将軍後見職に、越前《えちぜん》前藩主松平慶永《まつだいらよしなが》を大老に登用し、さらに過激な攘夷論者の動きを封じることを主張した。

この申入れはただちに上奏され、天皇は、久光に京に滞在して浪士の鎮撫《ちんぶ》にあたるようにという勅諚《ちよくじよう》を下した。

京には、薩摩藩士有馬新七らをはじめ各地から過激な攘夷論者たちが集っていて、九条関白、酒井所司代の暗殺を企て、決行を四月二十三日夜と定め、伏見の寺田屋に集結した。

浪士鎮撫の命をうけていた久光は、その動きを封じようとし、従わぬ折には斬殺《ざんさつ》してもよいという指示をあたえて剣に長じた大山格之助（綱良《つなよし》）ら八名の鎮使と、自ら願い出た上床源助を寺田屋に赴かせた。かれらは寺田屋に至り、有馬らと対面して久光の言葉を伝え、企てを中止して伏見の薩摩藩邸にもどるよううながした。

しかし、有馬らはかたくなに応ぜず、押問答を繰返した末、鎮使の道島五郎兵衛が突然抜刀し、たちまち大乱闘となった。その結果、有馬をはじめ六名が斬殺され、深《ふか》傷《で》を負った二人が藩邸に連行されて、翌日、自刃した。鎮使側では道島が即死し、二名が重傷を負った。寺田屋の変である。

朝廷は、過激派を鎮圧した久光を嘉賞《かしよう》し、短刀を下賜《かし》した。

久光は、公武合体を幕府に認めさせるには勅使を江戸に派遣する必要がある、と朝廷に建言した。それは容《い》れられて、剛直の公卿大原重徳が勅使に任命された。五月二十二日、大原は京を出立し、久光は藩士四百余とともにそれに随行して江戸にむかった。六月七日、大原は江戸に着いて龍ノ口の伝奏屋敷に入り、久光は高輪の下屋敷の門をくぐった。

十日、大原は江戸城に入り、大名列座の中で将軍家茂《いえもち》に朝廷よりの沙汰書《さたしょ》を渡し、朝廷の意向を口頭で伝えた。それについて評議した老中たちは、沙汰書の内容に反撥《はんぱつ》する者が多く、十三日に再び大原が登城して回答を求めたが、婉曲《えんきょく》に拒否の姿勢をしめした。幕府としては、外藩の、しかも藩主でもない無位無官の久光が、朝廷の命をうけて幕政を左右しようとしていることに不快の念をいだいたのである。

その気配を察しながらも、久光は、翌十四日、姻戚《いんせき》関係にある老中脇坂安宅《わきざかやすおり》の屋敷を訪れて沙汰書にしたがうよう強く求め、さらに十六日には書状を脇坂に送って、朝廷の意向通り一橋慶喜を将軍後見職に、また松平慶永については大老に任ずるのが無理であるなら、せめて政事総裁職に任命して欲しい、と要請した。

大原は、十八日にまたも登城し、老中たちは慶永の政事総裁職を容認したものの、慶喜の将軍後見職については断じて許容できぬと答えた。思わぬ幕閣の強硬な態度に苛立《いらだ》った大原は、二十二日と二十五日に老中の板倉勝静《かつきよ》と脇坂を伝奏屋敷に招き、強く回答を迫ったが、二人はしばらく猶予《ゆうよ》を、と答えるのみであった。

その経過を大原からの書状で知った久光をはじめ薩摩藩士は、激怒した。二十六日に三度目の大原と両閣老の会見が伝奏屋敷でおこなわれることを知った中山中左衛門と大久保一蔵は、久光の許しを得た上で伝奏屋敷に赴いた。二人は大原に会い、今日、老中が要求をのまぬ場合には生きては帰さぬ覚悟である、と告げた。

大原は驚き、なんとしてでも両閣老に容認させる、と答えた。中山と大久保は、談判の経過を見守るため別室に控えた。

やがて板倉、脇坂が来て大原と対坐《たいざ》し、大原は朝廷の意向に従うよう強く迫り、もしも承諾しない折には、この場で思わぬ変事が起るであろう、と告げた。両閣老は顔色を変え、大原の指示通り努力する旨《むね》を答えて伝奏屋敷を辞した。

その日の会談でも確答は得られなかったので、憤《いきどお》った海江田武次と奈良原喜八郎（繁）は、大原と久光の江戸引揚げとともに老中たちを殺害すべきだ、と提唱した。大久保は、まだ決裂したわけではなく、そのような行為をとってはならぬ、と強くたしなめた。海江田と奈良原は、一応大久保の言葉に従ったものの、後日老中を襲撃することもあり得るとして、二十八日に十人ほどの藩士をともなって老中たちの下城を観察すると称し、城門外に足をむけた。が、日没になっても下城する老中はなく、むなしく藩邸にもどった。

翌二十九日、大原は、自刃も辞さぬ覚悟で登城し、薩摩藩士の吉井仁左衛門、野津七次（道貫《みちつら》）がそれに随行した。

応接した板倉と脇坂は、老中たちと評議の結果と前置きし、一橋慶喜の将軍後見職任命を容認する旨を伝えた。伝奏屋敷で中山、堀、大久保が談判の結果を待っていたが、帰ってきた大原から話をきいて喜び、三人は馬を高輪藩邸に走らせて久光に報告した。

これによって大原勅使は使命を果し、久光の公武合体構想も大きく前進する形勢となった。

七月一日、将軍家茂は、登城した大原を迎え、諸大名列座の中で朝廷の意向にしたがい一橋慶喜を将軍後見職に、松平慶永を政事総裁職に任ずる旨を告げた。また、翌日、家茂は、藩主茂久の名代として薩摩藩の支藩佐土原藩主島津忠寛《ただひろ》を城中に召し、京で浪人鎮撫を果した久光の功を賞して刀一振りを下賜した。慶喜は六日に、慶永は九日にそれぞれ正式に任命された。

二十三日、大原は伝奏屋敷に慶喜と慶永を招き、久光も同席して会議を開いた。その席上、大原は、慶喜と慶永に幕府が朝廷を厚く遇するよう求め、久光は、慶永に公武合体を推し進めるため京に来て尽力して欲しい、と要請した。慶喜も慶永も諒承《りようしよう》し、歓談の後、散会した。

　久光は、自分の期待通りの結着をみたことに満足した。

　その頃、江戸の人心は不安定に揺れ動き、それが高輪藩邸にも伝わってきていた。

　井伊大老が暗殺された直後、その不祥事を忌《い》み嫌って安政が万延に改元された。が、その年の十二月には、日本を本格的な開国に踏み切らせたアメリカ総領事ハリスの通訳官ヒュースケンが、江戸の三田で尊攘派の浪士に斬殺された。不穏な世情を反映して翌年二月十九日にはまたも元号が文久と改められ、新たな年を迎えて間もない文久二年一月十五日には、老中安藤信正が坂下門外で尊攘派の水戸浪士に襲われる事件が起った。幕府の権力の衰えは、それらの相つぐ出来事によって一層顕著なものになり、江戸の市民はその変化を敏感に察知し、市中には不穏な空気がひろがっていた。

　さらに欧米の大国との間に締結された通商条約によって、江戸に近い横浜港を管轄《かんかつ》下におく神奈川をはじめ三港が開港場となったことにも不安感をつのらせていた。神奈川宿、横浜村には公使館、領事館がもうけられ、横浜港に各国の軍艦もひんぱんに渡来し、それら異国の動きに対する恐怖感も大きかった。

その年は正月以来雨が少く、梅雨の季節になってようやく降雨がみられたが、六月に入ると旱天《かんてん》の日がつづいた。

その頃から江戸の町々に麻疹《はしか》がにわかに蔓延《まんえん》しはじめ、病人は日を追って激増した。麻疹は、長崎に入港した外国船がもたらしたものと言われ、西国筋から山陽道、東海道筋をへて、江戸に至って猖獗《しょうけつ》をきわめたのだ。

患者は高熱に喘《あえ》ぎ、赤い発疹《はっしん》が顔から全身にひろがり、体が痙攣《けいれん》し呼吸困難になって息絶え、死後、総身赤くなる者が多かった。六月下旬から七月上旬にかけて、麻疹の流行は江戸市中一円にひろがり、日本橋を渡る棺が日に二百を数えるまでになった。

さらに麻疹で体の抵抗力の衰えた病人の中には、四年前の安政五年に大流行した暴《ぼう》瀉《しゃ》病（コレラ）にかかる者も多く、町奉行所は、市中からの報告をまとめ、

麻疹ニ而相果《てあいはて》候《そうろう》もの
　壱万四千二百拾人
　　内　男六千五百拾弐人
　　　女七千六百九拾八人
暴瀉病其外《そのほか》ニ而相果候もの
　六千七百四拾弐人

内　男三千五百弐拾八人
　　女三千弐百拾四人

と、公表した。

しかし、これは流行の初期の段階で、さらに死者の数は日を追って増していった。治療薬としては烏犀角《うさいかく》があったが、実際には効果がなく、予防法としては体を清潔にするため入浴し、なま物、油物、刺戟物《しげき》を口にしないことが良しとされた。人々は、病いにかからぬよう町々の木戸に斎竹《いみだけ》を立て、家々の軒に神灯を吊《つる》し戸にはいしか絵を貼《は》り、外出を避けた。そのため道に人の姿は少く、銭湯、髪結い床、遊里に客は絶え、例年人出でにぎわう七月九、十日の浅草寺の千日詣《もう》でにも、参詣《さんけい》する者の姿はまばらであった。

七月十五日の夜、五ツ半（午後九時）すぎから星の光が西南方向に尾をひいて飛ぶのが見られた。おびただしい数で、それはひきもきらず、時がたつにつれて数を増し、暁の頃最もさかんであった。

町々は騒然とし、人々は夜空を見上げて神仏に祈った。

二十六日の夜には、長い帚星《ほうきぼし》が西北方の夜空に現われた。光は弱かったが、帚星は凶事の兆《きざ》しと言われ、異様な流星とともに大異変が起るのではないか、と人々は暗い眼をしてささやき合った。

八月二日に降雨があったが、その後、雨は降らず炎天の日がつづいた。麻疹の流行はいっこうに衰えず、町奉行所は、江戸での麻疹による死人調べをおこない、死者七万五千九百八十一人と公表し、家主または五人組に、麻疹にかかった者を医者に診させ、薬や食事の世話をするようにという町触れを出した。

高輪の藩邸では、他藩の江戸屋敷で麻疹にかかって死亡した者もいることから、側役の小松帯刀が藩士たちになま物、なま水を口にすることを禁じた。また、久光に身近に接する家臣たちには、入浴、行水によって常に体を洗い清めるよう指示した。

江戸城中でも麻疹に対するきびしい配慮が払われていることが、藩邸にも伝えられた。八月八日は、四年前に逝去《せいきょ》した前将軍家定の墓参に、家茂が上野寛永寺の廟所《びょうしょ》に赴くのを習わしにしていたが、麻疹に感染することが懸念《けねん》され、参詣が中止された。それを知った高輪藩邸では、麻疹に対する警戒を強め、藩士たちの無用の外出を禁止した。

江戸へ来た目的を果した久光は、八月二十一日に江戸を出立して京に引返し、大原勅使もその翌日、江戸をはなれることになった。

久光は、最後の仕上げとして、一橋慶喜、松平慶永と三者会談をおこなおうと考え、大久保らが慶喜、慶永側と連絡をとり、八月十九日に一ッ橋御門内の一ッ橋邸で会うことが決定した。

その日も朝から強い陽光がそそぎ、昼八ツ（午後二時）、久光は供揃《ともぞろ》えで一ッ橋邸に赴き、慶喜、慶永と対坐した。

久光は、重ねて慶永に京に出て公武合体に尽力するよう求め、慶喜、慶永に対し、朝廷を無視してアメリカと通商条約を締結した井伊直弼を、たとえ暗殺されたとしてもその罪は変らぬとして追罰すること。さらに井伊の手足となって動いた前老中安藤信正、間部《まなべ》詮勝《あきかつ》らを厳罰に処するよう強調した。また、参覲《さんきん》交代は、各藩に多大な経済的な負担を課しているので、その制度を大幅に緩和し、それによって浮いた費用を各藩の武器製造、砲台建設等、外国に対する防備強化にあてるべきだ、と力説した。

慶喜も慶永も、その意見に賛意をしめし、久光は、日没近くに一ッ橋邸を辞した。

出立を二日後にひかえて、藩邸内は混雑をきわめていた。

注文された品々が、大八車で次々に運び込まれ、掛りの藩士がその数量をたしかめて代金を支払う。久光の乗物の畳替えもすみ、研師たちは研いだ刀を藩士たちに渡す。補修された笠《かさ》や合羽も運びこまれ、合羽は一定の数量に分けられて長持におさめられる。大八車をひく者たちは、顔を汗で光らせていた。

久光の宿泊する本陣には、家紋のついた幕が張られ、久光の名を記した関札と称する標識が立てられるので、それらの幕と関札をあらかじめ宿場に持っていっておかねばならない。また、四百余の藩士の宿割りと人足、駄馬の手配をしておく必要もあり、それらの役目を命じられた徒目付《かちめつけ》たちが、関札等をたずさえて宿場にむかった。

久光の江戸発駕《はつが》について、薩摩藩邸では一つの懸念をいだいていた。それは、外国人との接触であった。

神奈川が開港場となって、それを中心とした地域に外国の公使館員や領事館員が住み、また貿易関係の商人も日増しに多くなっている。江戸を出発して東海道を進む久光の行列は、それら外国人の居住する地を通り、かれらと行き逢《あ》うことが予想される。

薩摩藩では、前藩主島津斉彬以来、藩主が藩士たちに、来航する外国船に決して敵意をいだくことなく、外国人にも穏やかに接するよう指示していた。もしも、外国人との間に不祥事が起れば、それを口実に外国が武力行使に出る恐れがあり、ひいては国の存亡にもかかわることに発展しかねないので、軽はずみな行動をとることのないよう強く戒めていた。しかし、藩内には攘夷《じょうい》論が根強く浸透していて、条約締結によって認めざるを得なかった開港場から外国人を一人残らず追い払うべきだという意見を口にする者も多かった。神聖な国土を、強大な武力を背景にした外国人たちが汚《けが》しているという意識をいだいていたのである。

外国人たちは乗馬を好んで、行楽のため連れ立って遊歩地域内の名所、旧跡などを自由に訪れ乗りまわしている。そのような外国人に藩士が身近に接触した場合、不測の事態が生じる恐れが多分にある。

それを憂慮した江戸の薩摩藩邸では、久光が江戸に入った後の六月二十三日に、江戸留守居西筑右衛門の名で幕府に左のような要望書を提出していた。

「近頃外国人共　馬上二行或は三行に」並んで不作法にも馬を乗りまわし、歩く者も同様で、久光公の行列がかれらと行き逢う折には、なるべく穏便にいたすつもりではありますが、「万々一先方より無作法外相働候ハヽ　夫成《それなり》にも難ニ差置《さしおきがたく》一」御公儀には恐れ入り奉《たてまつ》りますが、「諸大名往来」の定められた掟《おきて》もありますこと故《ゆえ》、外国の長官たちに「不作法之儀無レ之様」お伝えいただきたい。「其上不作法之儀共有レ之候節は無ニ是非《ぜひなく》一御国威」を汚さぬよう、その時に応じて「相当の処置」をいたしますので、御承知置きいただきたく「此《この》段申上候　以上」

これに対して幕府は、外国人が無礼な行為を働かぬよう外国の公使に十分伝えはするが、「風習も異り　言語不通に候得は」穏便に取りはからうべきである。場合によっては国難にも発展することになりかねないので、決して荒々しい行動をとらぬよう配慮されたい、という回答書をあたえた。

それと同時に、アメリカ、イギリス、フランス、オランダ各国公使に、薩摩藩をはじめ諸藩主の行列と出会った折には、日本の習慣にしたがい一応の礼をつくして欲しい、という書状を送った。

久光の発駕が決定した翌日、薩摩藩邸から八月二十一日に久光が出立、伝奏屋敷からもその翌日に勅使大原重徳がそれぞれ江戸をはなれることが幕府に伝えられた。

幕府は、薩摩藩邸からの要望書にもとづいて、老中脇坂安宅、水野忠精、板倉勝静《かつきよ》の連名で、アメリカをはじめとした各国公使に左のような書簡を送った。

「勅使大原左衛門督《さえもんのかみ》（重徳）逗留《とうりゅう》ありし処《ところ》　来《きた》る廿二日《にじゅうに》即ち貴国九月十五日江戸出立　川崎駅泊　廿三日神奈川駅通行東海道帰京」いたすことになりましたので、先頃、通達した如《ごと》く、勅使一行の行列の人数は数多く、雑沓《ざっとう》いたし、「殊《こと》ニ外国之《の》事情にも不レ慣者多ければ自然行違《ゆきちがい》も可レ生と懸念ニ有レ之候間　廿二日、廿三日両日ハ神奈川駅等右往還道へ貴国人民」が外出せぬよう各国領事に「通達有レ之度」

と記し、外国公使、領事との応接にあたる神奈川奉行からも、その旨を公使たちに申入れる、と書かれていた。

この書状には、大原に先立って前日に江戸を出立する久光のことにはふれていないが、幕府は、勅使である大原一行との紛争が起ることを最も懸念したのである。

老中の水野は、神奈川奉行阿部正外《まさと》に公使たちへの伝達を命じ、阿部は、同心金枝鉄次郎を通詞《つうじ》とともにアメリカ、オランダ両国の公使のもとに派遣して説明させ、またイギリス、フランス両国の公使にも書状を送って趣旨を徹底させた。

出立を明日にひかえた高輪の薩摩藩下屋敷は、人の動きがあわただしかった。

納入のおくれた品々が、大八車にのせられたり馬の背にくくりつけられたりして門をくぐる。それらの品々が機敏に仕分けされて、挟箱《はさみばこ》や長持、籠《かご》などにおさめられる。掛りの藩士が数量を確認し、商人にその代金を渡す。人声が飛び交い、半ば走るように蔵から出たり入ったりしている者が多かった。

夜になると、屋敷の所々に篝火《かがりび》が赤々と焚《た》かれ、尚《なお》も大八車の出入りがみられた。

藩士たちには昼食の弁当が渡されることになっていたので、深夜から炊飯がはじめられた。握飯に沢庵と梅干を添え、それを竹の皮に包む。久光の口にする漬物も、新たに瓜《うり》、茄子《なす》が漬けられ、蓋《ふた》に重石《おもし》がのせられて綱で緊縛された。

空には冴《さ》えた星が散り、潮の香が漂い流れていた。

夜が明け、六ツ半（七時）に出立の準備がすべてととのった。

屋敷の奥座敷では、洗面をし髪をととのえた久光が朝食をとった。明るい陽光が庭にひろがり、発駕にふさわしい秋の気配が感じられる爽《さわ》やかな朝であった。

食事を終えた久光は、旅装をととのえて江戸家老島津登ら藩邸に残る家臣たちを謁《えっ》し、酒を杯にうけた。登が発駕を祝う言葉を述べ、一同、杯をかたむけた。

その間に、一番触れがあって、長屋にいる藩士たちが旅の身仕度をととのえた。行列の順序にしたがって、まず久光の乗る黒棒の乗物が、玄関の前に置かれた。それをかつぐ六尺たちの衣服は、すべて真新しかった。

ついで、丸に十字の薩摩藩の家紋のついた華麗な長持、挟箱、具足櫃《びつ》、籠などが置かれ、馬小舎《ごや》から多くの馬が曳《ひ》き出されてきた。その中には、久光の乗る豹《ひょう》の皮におおわれた鞍《くら》をつけた見事な馬と二頭の替え馬もあった。最後に土蔵の方から厚い布におおわれた、かなりかさばった四つの荷が車の音をさせて曳かれてきて、諸道具の中に加わった。それは車台に載せられた西洋式の小砲四門で、秘匿《ひとく》するため布で包まれていた。

やがて二番触れの声がして、鉄砲、槍《やり》、弓矢、長柄《ながえ》傘《がさ》を手にした足軽たちが出てきて、それぞれ所定の位置についた。薩摩藩の白熊《しろくま》の毛皮におおわれた鞘袋《さやぶくろ》の三本の槍を手にした槍持ちも、背筋を正して立った。それらの槍持ちは、いずれも容姿のすぐれた屈強な者たちであった。

笠《かさ》をつけた旅装の藩士たちもぞくぞくと集ってきて、整列した。

先導役は、奈良原喜左衛門（喜八郎の兄）とともに供目付に任ぜられた海江田武次であった。供目付は一日交替で久光の乗物の脇《わき》について警護の指揮をとるが、その日は海江田は非番で先導役となり、奈良原が供頭として乗物の横に立った。海江田は、桜田門外で井伊大老の首級をあげた有村次左衛門の長兄で、安政大獄で捕われた薩摩藩士の日下部《くさかべ》伊三治《いそうじ》の養子となり、日下部の旧姓である海江田を名乗っていた。

弁当の包みが一同に配られ、かれらはそれを旅嚢《りょのう》におさめた。

静寂がひろがり、蟬《せみ》の声が屋敷をつつんだ。

四ツ（午前十時）、旅装姿の久光が留守家老らをしたがえて玄関の式台に姿を現わし、藩士たちは、一斉に頭をさげた。

久光は、乗物の中に姿を消した。それを見た先導役の海江田が、駕籠《かご》に身を入れた。駕籠の後ろには、鉄砲を肩にした三十人の足軽が三列縦隊に整列していた。

三番触れの鋭い声があがり、海江田の駕籠が門の方に動き出し、その前に二人の先払いが進んでゆく。赤毛布でつつんだ鉄砲をかつぐ鉄砲組の者たちが、駕籠にしたがって門から出てゆき、玉薬箱、長持、具足櫃、挟箱をかついだ足軽と薩摩藩の馬印である旗をかかげた足軽がつづく。さらにその後から、徒士《かち》が二列になって進み、二人の槍持ちをしたがえた槍奉行が馬にまたがり、それが先導組の最後尾であった。

先払いの徒士が青竹の杖《つえ》を突いて、「下に、下にい」と声をあげ、久留米《くるめ》藩下屋敷との間の坂を下り、門を出た先導組の列がそれにつづいてゆく。整然とした長い列で、旗が微風にひるがえっていた。

坂をくだり終えた海江田の駕籠は、東海道に出ると、右に向きを変え、品川宿の方へ進みはじめた。左手には、松並木をへだてて陽光を浴びた海がひろがっていた。

二

供目付海江田武次を先導役とする先導組と島津久光の乗物を中心とした本隊とは、一町（約一〇九メートル）ほどの間隔をあける定めになっていた。

そのため本隊は、高輪藩邸の広い敷地にとどまっていたが、先導組の殿《しんがり》をつとめる槍奉行が東海道を品川宿方向に進みはじめた頃、

「御発駕」

という声があがった。

騎馬の藩士たちが一斉に馬にまたがり、本隊が列をくんで藩邸の門の方に進みはじめた。久光の乗った豪華な乗物も、黒棒に肩を入れた十人の六尺によってかつぎあげられ、静かに動き出した。

列の先頭に立つ槍持ちが門の外に出ると、白熊の鮮やかな毛の穂がついた長い槍を、

「いいやぁ」

と、澄んだ声をあげて他の槍持ちに投げ、それを他の槍持ちが、

「はあゃ」

と巧みに受け、腰で調子をとってさらに次の槍持ちに渡す。

行列の動きは緩慢で、多くの徒士と長持などの荷をかついだ足軽たちは、槍持ちの歩度に合わせて足を踏み出す。二列縦隊の鉄砲組と三十人の小姓組が門をくぐり、立傘、長刀、刀筒などがつづく。久光の乗物の両側には、供頭の奈良原喜左衛門をはじめ駕籠廻りの藩士六十名が付添っていた。

奈良原は、海江田らとともに野太刀自顕流《じげんりゅう》の藩の剣術師範薬丸半左衛門の高弟で、藩内屈指の剣の遣い手であった。その流派の剣は、相手を瞬時に一撃のもとに必ず倒し、それを刀身でとめられた折には刀ごと断ち切るという壮絶なもので、その稽古《けいこ》は

見る者の顔を蒼白《そうはく》にさせるほどの激しさであった。刀は長大で、必殺の剣法として精忠組の者の多くが薬丸の門にぞくしていた。桜田門外で大老井伊直弼の首級をあげた有村次左衛門も同門で、久光の乗物の周囲をかためる藩士たちは、薬丸の門人が多かった。

門を出た乗物は坂をゆっくりと下り、その後から槍を手にした者や長持などをかついだ者がつづき、豹皮の鞍を置いた久光用の馬と二頭の乗替え馬が進む。久光の乗替え用の乗物も六尺にかつがれていた。

ようやく坂道をくだり終えた槍持ちは、東海道に出ると、槍を投げることをやめ、行列の動きは速くなった。藩士の乗った馬や駕籠が坂をくだり、多数の長持が二列になって東海道に出た。本隊の先頭が東海道をかなり進んだ頃、その後尾がようやく藩邸の門をはなれるほど長い列であった。

さらに本隊につづいて、後続の隊がおもむろに藩邸の門を出た。側役《そばやく》の小松帯刀をはじめ納戸《なんど》奉行、小納戸頭取など要職にある者たちの一団で、それぞれ駕籠に乗ったり馬にまたがったりしている。槍や鉄砲をかつぐ足軽たちが列を組み、後尾には医者の乗った駕籠がつづいていた。

先導組の先払いから後続組の後尾まで、行列の長さは十町（一・〇九キロメートル）をはるかに越えていた。

行列は、海沿いの東海道を西にむかって進んでゆく。藩士たちのつけた笠をはじめ運ばれる諸道具には、丸に十字の藩の家紋が記され、それらはすべて新しく初秋の陽光に輝いてみえる。駕籠、馬の鞍、槍の穂鞘、旗、鉄砲を包む布など色はさまざまで、行列は華やかな色彩の列でもあった。

道の右方は耕地をへだてて丘がつらなり、緑の色が濃かった。前方には、品川宿の家並が遠く見えていた。

東海道の人馬の往来はしきりなのだが、道に人の姿はほとんどない。大名行列に行き逢う者は土下坐《どげざ》しなければならず、その煩《わずらわ》しさを避けるため旅人たちは横道に入り、道ぞいの家の者たちは奥に身をひそめて行列の通りすぎるのを待つ。道の右手にひろがる田畠では、農民の菅笠《すげがさ》が点々と散っていた。

先導組が品川宿に近づき、先払いの「下に、下にい」の声とともに宿場に入っていった。

先触れによって久光の行列が通ることをあらかじめ報《しら》されていた宿場では、宿場役人の指示によって道が掃き清められ、水も打たれていた。

東海道最初の宿場だけに、両側には家構えの大きな二階建の旅籠《はたご》が軒をつらね、水茶屋、煮売渡世の店や餅菓子《もちがし》屋などが並んでいる。江戸の遊楽地でもあるので、豪壮な妓楼《ぎろう》の建物も多く、家と家との間から海が見え、近くに漁船がうかび、遠くに異国の船が浮んでいるのも見えた。

先導組につづいて本隊の行列が、整然と列を組んで宿場に近づいた。

宿場の入口には麻裃《あさがみしも》姿の宿場役人が土下坐して迎え、行列を導いて、久光の乗物は品川大仏前の釜屋半右衛門の茶屋の前でとまり、おろされた。

乗物を出た久光は、茶屋に入り、そこで小休止となった。

奥座敷で、久光は、ついてきた江戸留守居西筑右衛門ら江戸藩邸詰の藩士から別れの挨拶《あいさつ》を受け、酒を注いだ杯に口をつけた。行列をくんできた藩士たちは、列をくずさず片膝《かたひざ》をつき、長持等をおろした足軽たちは汗をふいていた。

三番触れがあって久光が茶屋から出てきて乗物に身を入れると、行列が動き出した。宿場は森閑としていて、遠く先導組の先払いの「下にい」の声がかすかにきこえるだけであった。

宿場を出ると、行列は短い橋を渡り、刑場のある鈴ヶ森をすぎ、再び橋を渡って大森村に入った。品川宿から一里九町の地で、そこでも休息が予定されていて、久光は、茶屋の山本休三郎宅に入った。

久光は、座敷で茶坊主《ちゃぼうず》の用意した茶を飲んだ。裏手は海で、遠く房総の山々が見え、部屋には海面を渡る風が流れていた。

しばらくして、行列は動き出した。乗物をかつぐ六尺が交替し、列は橋を渡り、蒲《かま》田《た》、新宿《しんしゅく》、雑色《ぞうしき》をすぎ、六郷に到着した。

前方に六郷川が流れ、貞享《じょうきょう》五年（一六八八）までは長さ百十一間（約二〇〇メートル）、幅四間二尺の欄干に擬宝珠《ぎぼし》をかまえた橋があったが、洪水で流失し、それ以後は舟渡しになっている。すでに先行した藩士によって、多数の舟が岸に並んで待っていた。

舟渡しがはじまり、久光や藩士たちにつづいて馬が舟で対岸に運ばれる。さらに久光の乗物をはじめ駕籠が載せられ、つづいて多数の長持、挟箱等が対岸に運びあげられた。雨が少いため、水量は乏しかった。

先導組が先行し、本隊は行列を整えて六郷川の岸をはなれ、川崎宿に入った。高輪藩邸から二里三十二町で、その宿場から一里東南方に参詣《さんけい》客でにぎわう川崎大師平間《へいげん》寺《じ》がある。

その宿場で昼食を兼ねた休息をとる予定になっていて、久光の乗物は本陣の田中兵庫の家の前でおろされた。すでに家紋を染めぬいた幕が張りめぐらされ、道の両側と家の前には歓迎をしめす盛砂があった。

上段の間に入った久光は、調理人のととのえた料理で食事をとり、茶坊主の立てた茶を飲んで休息した。その間に、行列に加わっている者たちは、それぞれ茶屋に入ったりして弁当を使った。道には、旅人や馬、駕籠がしきりに往《ゆ》き交い、旅籠や茶屋の女たちが旅人に声をかけていた。

一番触れにつづいて二番触れがあり、整然と行列が組まれた。道に人の姿は消え、久光が乗物に身を入れると三番触れがあって、行列が静かに動き出した。

宿場の外に出ると、行列は橋を渡り、市場村に入った。その附近には梨《なし》の樹《き》が多く、実りの時期にはまだ間があったが、枝に梨の実が鈴生りになっていた。

先導組は、早くも鶴見村に入る橋にかかっていたが、青竹を突いて声をあげる先払いの徒士の眼に、あきらかに外国人と思われる服装の男が、茶色い馬に乗ってやってくるのが映った。

先払いにつづいて歩く鉄砲組の者たちも、それに気づいて視線を据えた。先払いの「下にい」の声がひときわ大きくなった。

かれらの眼に、男が馬から降りるのが見えた。男は、馬を街道から畠の中の道に曳き入れると、こちらに顔を向けている。鉄砲組の後からつづく徒士たちは、初めて見る外国人の姿に眼を光らせ、表情をこわばらせた。

アメリカ使節ペリーの来航以来、欧米の大国は、強大な武力を背景に恐喝に似た態度で条約を次々に締結させ、それによって神奈川も開港場になっている。

江戸や横浜村に多くの外交官や商人が住むようになり、かれらは尊大な態度で日本人に接しているときく。薩摩《さつま》藩士たちは、さらに外国商人の商行為が、日本の経済に大きな打撃をあたえていることも耳にしていた。日本での金の銀に対する比価は、世界各地のそれが一対十五であるのに一対五と極端に低く、貿易商人はもとより外交官も日本の金を買って国外に輸出し、莫大《ばくだい》な利益を得ている。商品の価格は、貿易商人の買占めによって急激に高騰《こうとう》し、庶民の生活をいちじるしく圧迫していた。

外国人は不遜《ふそん》ないまわしい存在であり、その一人が道の前方に姿を現わしたことに藩士たちは緊張した。

かれらは、男に視線をむけていたが、先払いが近づいてゆくと、男は羽毛のついた青い帽子を脱ぎ、さらに帽子を胸にあてて片膝を突いた。それは、藩士たちにとって思いがけぬ動きであった。

男は、アメリカ領事館の書記官ヴァン・リードであった。かれは三年前の安政六年六月末に神奈川に上陸して、同地のアメリカ領事館に書記生として勤務した。アメリカに帰化して日本にもどってきたジョセフ・ヒコ（彦蔵）と親しく、ヒコも領事館の通訳官となっていて、共に書記官に昇格していた。

リードの胸には、領事館に勤務してから一年半後に起った公使館付通訳官のヒュースケンの死が焼きついていた。

万延元年十二月五日夜、ヒュースケンは、三名の騎馬の役人と提灯《ちょうちん》を手にした四名の徒士に守られて、プロシア代表部から公使館への帰途にあった。三田の路上にさしかかった時、両側から突然七名の者に襲われ、ヒュースケンは両脇腹《わきばら》を斬《き》られた。かれは馬を走らせてその場をはなれたが、重傷のため落馬し、翌日絶命した。

ヒュースケンのむごたらしい傷口と悶死《もんし》していった姿を眼にしたリードは、その事件に身をふるわせ、夜は一切外出せず、刀をおびた武士に強い恐怖感をいだいていた。また、大名行列が威厳の象徴であり、その列の先を横切った者が容赦なく斬り捨てられることも、日本通をもって任じていたかれは知っていた。

行列を眼にしたかれは、恐怖に駆られ、帽子を脱ぎ、膝を突いたのだ。

先払いがさらに近づくと、かれは頭をさげ、先導組の者たちはかれを横眼で見つめながら通り過ぎていった。

最後尾の槍奉行の馬が通ると、リードは顔をあげて立ち上り、先導組の列が遠ざかるのをしばらくの間見送っていた。

帽子をかぶったかれは、馬を街道に曳《ひ》き出そうとしたが、前方の橋の上に槍持ちを先頭にした本隊が現われたのを眼にし、すぐに帽子をとると膝を突いた。槍持ちが近づき、リードは馬の手綱をひきしめ、頭を垂れた。

行列が長々とつづき、土埃《つちぼこり》をかすかにあげて人が歩き、馬が過ぎてゆく。リードは、身じろぎもせず頭をさげつづけていた。

ようやく行列が過ぎ、かれは立ち上って膝についた土を払い、帽子をかぶって馬にまたがり、街道に出た。

かれは馬にまたがり、橋の方にむかったが、橋に近づいた時、前方に後続の隊が進んでくるのを眼にした。うろたえたかれは、馬の首をめぐらせて道を引返し、下馬して耕地の中の横道に馬を曳き入れた。

行列が近づき、かれは脱帽し、膝を突いた。

医師の乗る駕籠を最後に行列が過ぎ、リードは馬を街道にもどし、川崎方面に馬を進めていった。

横道に膝を突いていたリードの姿に、行列を組む藩士たちは、かねて耳にしていた通り、神奈川、横浜村に居住する外国人たちが乗馬を好んで遠乗りしているのが事実であるのを知った。蹄《ひづめ》に蹄鉄《ていてつ》をつけ、乾いた音をひびかせて馬を疾走させることもあるという話をきき、傍若無人な振舞いだと激しい不快の念をいだいていた。

しかし、路上に現われた外国人は馬を横道に曳き入れ、脱帽して膝を突き、行列にむかって頭をさげつづけていた。そのつつましい姿に、外国人の中にも一応礼儀を心得ている者もいるのだ、と思った。

道の左手には海が見え、潮の香のした風が肌に快い。所々に茶店の幟《のぼり》が微風にゆらいでいた。

先導組が、生麦村に入っていった。

その地に東海道を開削した折り、耕地の生麦を刈り払ったことから生麦という地名がつけられたというが、江戸湾に面したその村は漁業に従事する者が大半であった。小味のきいた魚介類が豊富に揚げられ、村は江戸城にそれらを定期的に献上する八カ浦の一つとなっていて、夜明前に日本橋の河岸《かし》へも運ばれる。街道の両側には、それらの魚介類を旅人に供する茶屋や米、醬油、酒、煙草《たばこ》、荒物等を商う店が並んでいた。

久光は、その村の茶屋の元締である藤屋伝七の立場茶屋で休息をとることになっていた。

先導組は、先払いの「下にい」の声とともに左にゆるく曲った街道を進んでゆく。

藁葺《わらぶ》き屋根の家と家の間には、右手に耕地が、左手に海が見えていた。空に一片の雲もなく、残暑の道は乾ききっていて、行列を組む者たちの額には汗が光っていた。

先導組が村の中ほどにさしかかった時、村はずれから子安村方向につづく遠い松並木の道に、馬にまたがった人の姿が見えた。馬は四頭で、前後して進んでくる。

馬上の四人が帽子をかぶっているのがかすかに見え、外国人のようであった。

先払いの後につづく駕籠《かご》のかたわらを歩く徒士《かち》が、駕籠の中に声をかけ、先導役の海江田武次が身を乗り出し、前方に眼を向けた。馬も人も、陽炎《かげろう》にゆらいでいる。

馬に乗っているのは、男三人、女一人のイギリス人で、ウィリアム・マーシャル、ウッジロープ・チャールズ・クラーク、チャールズ・レノックス・リチャードソンとボロデイル夫人のマーガレットであった。

マーシャルは、上海《シャンハイ》、香港《ホンコン》をへて横浜に来た絹の輸出に従事する商人で、高い業績をあげ人望もあることから、外国人商人の中の代表者の一人になっていた。

かれのもとに、香港で中国貿易を手広く営むトーマス・S・ボロデイルの妻のマーガレットが、二カ月前に香港から訪れてきた。マーガレットはマーシャルの妻の妹で、姉を慕ってやってきたのである。

横浜村の外国人の間では乗馬がさかんで、香港でも馬に乗るのを好んでいたマーガレットは、時折り馬を借りて馬場を乗り廻していた。

マーシャルは、義妹を慰めようと思い、馬による遠出を企てた。条約によって外国人に許される江戸方向への遊歩区域は六郷川までとされていたので、その手前の川崎大師を見物しようと考えた。それをマーガレットに話すと、彼女は大いに喜んだ。

マーシャルは、二人だけでは、と思い、ビリヤードの遊戯仲間でもある貿易商社のハード商会に勤務するクラークを誘った。クラークは即座に賛成し、上海で商売をしていた頃から親しいリチャードソンも一行に加えて欲しい、と言った。リチャードソンは、上海に四年間滞在して中国人を相手に貿易商をしていたが、望郷の念に駆られ、帰国の準備をはじめた。その前に横浜村へ行ってクラークにも会い、休養をとってから帰国しようと考え、一カ月前に横浜村に着き、マーシャル家の隣りの百一番館に住んでいた。

リチャードソンと絶えず顔を合わせているマーシャルに異存はなく、リチャードソンも遠乗りに参加することになった。

九月十四日(日本暦文久二年八月二十一日)は日曜日で、快晴であったのでその日に川崎大師へ行くことにきめた。マーシャルとクラークは上海から運んでこさせたアラブ系の馬をそれぞれ持っていたが、リチャードソンとマーガレットの乗る馬はなかったので、マーシャルは商売仲間であるウィリアム・G・ピアソンに相談した。ピアソンはリチャードソンにアラブ系の馬、マーガレットには日本馬を斡旋《あつせん》し、さらに自分の馬の世話をする日本人の別当二人もつけてくれた。

その日、ピアソンの別当とマーシャルの別当が、四頭の馬を曳いて横浜村から海をへだてた神奈川宿の船着場に先行した。

マーシャルら四人は、横浜村から商社のボートに乗り、神奈川宿の船着場についた。そこで別当から馬を受取り、東海道を進んだ。

街道筋には茶屋や商人の店が並び、右手には明るい海に白い帆をはった舟が点在し、イギリス、フランス、オランダの軍艦も碇泊《ていはく》しているのが見えた。

入川村をすぎ、橋を渡って子安村に入った。

景観はよく、かれらはゆっくりと馬を進ませた。リチャードソンは肩に吊《つる》した水筒のシャンパンを口にふくみ、他の者にもすすめたりした。マーガレットは、両足を片側に垂らせ、鞍《くら》に横坐《よこずわ》りになってなれた手綱さばきで馬を進ませていた。

両側に松並木がつづき、右手に砂浜が見え、波の寄せる音がきこえている。前方に道に沿った藁葺き屋根の家々が見え、馬は生麦村の家並の中に入っていった。

家の前で子供たちが遊んでいたが、母親らしい女が、子供たちに大きな声をかけ、手をとって家の中へ引き入れて戸をしめた。それまで街道には人馬や駕籠が見えていたが、いつの間にか道に人の姿は絶えていた。

マーシャルたちは、それをいぶかしむこともなく進んだが、はるか前方に駕籠を先頭に陣笠《じんがさ》をかぶった者たちが列を組んで進んでくるのが見えた。

「ダイミョウ、ダイミョウ」

マーシャルがつぶやくように言い、クラークたちに道の左側に馬を寄せて進むよう指示した。

その声にリチャードソンとマーガレットの馬が道の左側を並んで進み、十ヤード（約九・一メートル）ほど後方をマーシャルとクラークの馬がつづいた。

青竹を突いた先払いの「下に、下にい」の声がきこえ、四人は無言で馬を進めた。先払いと馬との距離がちぢまり、青竹を突く音と「下にい」の声が近づいた。四頭の馬は二列になって、左側の耕地ぎりぎりの所や家の軒にふれそうな所を進み、やがて先払いのかたわらを過ぎた。

駕籠につづく鉄砲組の者たちは、険しい眼をマーシャルたちに向けていた。かれらは、マーシャルたちが自分たちを見下すように馬に乗って通り過ぎようとしているのが不快だった。それに四人の中の一人が女で、馬は男が乗るものであるのに、女が横坐りになって手綱をとっているのが腹立たしかった。

鶴見の橋の近くで行き逢《あ》った外国人は、馬を横道に入れて下馬し、帽子をとって膝《ひざ》を突いた。それが大名行列と出会った折の当然の習いで、脱帽もせず過ぎてゆくかれらが礼儀を知らぬ不遜な者たちに思えた。ただ藩士たちが憤《いきどお》りを表に出さなかったのは、四人の外国人たちが、馬の体を互に接し合うように道の端を遠慮深げに過ぎてゆくのを眼にしたからであった。

旗につづいてかつがれた長持や具足櫃《びつ》の列が過ぎ、その後から徒士たちが三列になって歩いてくる。

マーシャルたちは、行列の者と視線を合わさぬように、前方に眼をむけながら馬の手綱をにぎりしめて進んでゆく。やがて行列の後尾の馬にまたがった槍《やり》奉行が、槍を手にした足軽をしたがえてかたわらを過ぎ、それで行列が切れた。

マーシャルたちの顔には汗が浮び、言葉を発する者はいなかった。

攘夷《じょうい》派の者の外国人殺傷事件が、三年ほどの間にしばしば起っていた。

初めに襲われたのは、横浜港に入港したロシア軍艦「アスコルド号」の士官と水兵たちで、安政六年（一八五九）七月二十七日夜六ツ（六時）頃、横浜村の路上で斬られた。士官、水兵それぞれ一名が死亡し、水兵一名が重傷を負った。襲った者は不明であった。ロシア領事ゴスケヴィッチの激しい抗議を受けた幕府は、公式文書による謝罪、神奈川奉行の罷免《ひめん》、下手人逮捕と処刑の約束、殺害された士官、水兵の葬儀と墓碑の建立《こんりゅう》という要求をすべていれ、事件は落着した。

ついで翌年二月には、オランダ商船長デッケルら二人が同じ横浜村で斬殺《ざんさつ》され、幕府は遺族に弔慰金を贈った。

その年の十二月五日にはアメリカ公使ハリスの通訳官ヒュースケンが襲われ、死亡した。これも下手人は捕えられることがなかった。この事件は内外に大きな衝撃をあたえた。幕府は事態収拾に苦慮し、結局、ヒュースケンの母に一万ドルを贈ることによって解決をみた。

さらに文久元年（一八六一）五月二十八日夜には東禅寺に設けられたイギリス公使館に、水戸藩の脱藩士有賀半弥《ありがはんや》ら十四名が全館員の殺害を企てて斬り込んだ。東禅寺には幕府から約二百名の警備の武士が派遣されていて、死力をつくして防戦した。その乱闘によって書記官のオリファントと長崎領事モリソンが斬られて負傷し、公使オールコックは難をまぬがれた。東禅寺の警備側は死者三名、重傷者四名、軽傷者九名。襲撃した水戸脱藩十中二名が斬殺され、一名が自刃《じじん》、一名が深傷《ふかで》を負って捕えられた。他の者は退散したが、その後二名が自刃、一人は屠腹《とふく》したが死にきれず捕えられた。

警備側の必死の防戦と襲撃者の大半が死亡、または捕えられたので、オールコックの威嚇《いかく》にみちた抗議はあったが、終熄《しゅうそく》をみた。

これらの相つぐ事件はいずれも刃物によるもので、外国では殺傷事件が銃弾によるものだけに、外国人たちは日本刀に特異な恐れをいだいていた。その刀は、神秘的なほど鋭利で、武士は幼時から刀を巧みに扱えるよう厳しい習練をかさねている。剣術には独創にみちた多くの流派があって、互いに技を競い合い、高度な域にまで達している。

刀の一振りで首が一瞬の間に刎《は》ねられるという話に、外国人たちは戦慄《せんりつ》をおぼえていた。

行列を組む薩摩藩士たちは、それぞれ大小二本の日本刀を腰におびている。鞘《さや》が黒いものもあれば朱色のものもあり、それらはいずれも光沢をおびていて、その中に無気味な刀身がおさめられていることを思うと、背筋が冷えた。

マーシャルたちは、無事に行列のかたわらを過ぎたことに深い安堵《あんど》をおぼえた。血の気の失《う》せた顔にようやく生色がもどり、かれらは街道の中央に出て前後して馬を進ませた。

しかし、かれらは、またも前方から行列が進んでくるのを眼にした。しかも、それは今過ぎていった行列よりはるかに規模が大きく、長々とつづいている。

マーシャルたちは馬をとめた。陽炎にゆらぐ行列が、街道にひろがって進んでくる。マーシャルの胸に、引返そうかという思いがうかんだ。近づいてくる行列に重苦しい圧迫感をいだいたが、馬がゆるやかに歩き出し、他の馬もそれにならった。なにか得体の知れぬものに突き動かされるように、かれらは馬の動きに身をゆだねていた。

長い三本の槍を持った者につづいて、笠を頭にのせた徒士の群れが二列になって近づいてくる。

馬は左側に寄り、前方にリチャードソンとマーガレットの馬が並び、マーシャルはその後方からクラークとともに静かに馬を進めた。

槍持ちがかたわらを過ぎ、二列縦隊の徒士が近づいてきた。笠の下から鋭い眼が一様に光っている。二頭ずつ前後してゆっくり進む馬は、さらに左側に馬体を寄せた。

マーシャルたちは、前方に道いっぱいにひろがって進んでくる集団に気づき、顔色を変えた。豪華な久光の乗物が六尺たちにかつがれ、その両側を駕籠廻りの者がかため、それは四間（七・二メートル）ほどの幅の道を圧して近づいてくる。マーシャルたちの馬はいずれも肥えていて、二頭ずつ並んだ馬体と駕籠廻りの者とが接触することはあきらかだった。

マーシャルたちは、馬をとめた。

かたわらを朱色の毛布でつつんだ鉄砲をかつぐ鉄砲組が過ぎ、それとふれそうになった馬を、リチャードソンが左に寄せ、馬体がマーガレットの馬を押した。マーガレットの馬の片脚が、道の端のくぼみに落ち、驚いた馬が足を動かし、そのためマーガレットは馬を少し前に出した。

小姓組の列が近づき、先頭の男が険しい眼をして、脇《わき》に寄れというように声をかけ、手を激しく動かした。

道の左側は民家と民家の間のせまい耕地で生垣があり、それ以上は寄れない。リチャードソンの馬の足が乱れ、うろたえたリチャードソンは手綱を強く引き、そのため馬が道の中央に少し出た。リチャードソンは、手綱を強くひいて馬をもとの位置にもどした。小姓組の者たちの顔には憤りの色が濃く、口々に「引返せ」「脇に寄れ」と叫んだ。

リチャードソンの馬につづいてマーガレットの馬が動揺をみせ、小姓組の方向に鼻先を向け、前脚を荒々しく踏み出した。

前方から久光の乗る乗物が、駕籠廻りの藩士にかためられて接近してきた。

それらの藩士の中から長身の男が、顔面を蒼白《そうはく》にして走り出てきた。供頭の奈良原喜左衛門で、乗物は停止していた。

奈良原は、怒りにみちた眼をマーシャルたちに向け、手を激しくふり、

「引返せ」

と、怒声を浴びせかけた。

その声に、狼狽《ろうばい》したリチャードソンが青ざめた顔をマーシャルたちに向けた。同じように血の気を失った顔のクラークが、

「引返ソウ」

と叫び、マーシャルが、

「落着ケ、落着ケ」

と、声をかけた。

その言葉に、リチャードソンが馬の鼻先を返し、マーガレットもそれにならった。が、切迫した気配に落着きを失っていたリチャードソンの馬が、小姓組の列の中に踏み込んだ。

列が乱れ、馬が荒々しく足をはねあげた。

奈良原の口から叫び声がふき出し、刀の柄《つか》をつかんでリチャードソンの馬に走り寄った。

かれは、長い刀を抜くと同時にリチャードソンの脇腹を深く斬《き》り上げ、刀を返し爪《つま》

先《さき》を立てて左肩から斬り下げた。それは、藩主の前で披露したこともある野太刀自顕流の「抜」と称する奈良原の得意とした技であった。

血が飛び散り、激しい悲鳴があがった。

小姓組の者たちがそれぞれ抜刀し、マーシャルたちに斬りかかった。馬はいななき、脚をはねあげ荒々しく動きまわる。マーシャルもクラークも刀を浴び、それぞれ左腕と左肩に傷を受け、血が飛び散った。また、マーガレットも帽子を刀で飛ばされ、髪を切られた。馬の臀《でん》部《ぶ》からも血が流れ、馬は数人の小姓組の者を蹴《け》散《ち》らし、あたりは土埃《つちぼこり》で煙った。

クラークの乗った馬が、小姓組の者に突き当りながら走り出し、その後からリチャードソンの馬がつづいた。

マーシャルとマーガレットの馬は、なおも暴れまわっていたが、ようやく鼻先を神奈川宿方面にむけると走りはじめた。

その情景を見つめていた駕籠廻りの伊東四郎（祐亭《すけゆき》）や黒田了介《りようすけ》（清隆《きよたか》）ら若い藩士が、馬を追おうとして走り出した。

それを見た大番頭《おおばんがしら》座書役の松方助左衛門（正義）が、

「お駕籠《かご》のそばをはなれてはならぬ」

と、大声で制止し、その声に伊東らは足をとめた。

両側の人家の戸は、かたくとざされていた。

三

本隊の前方一町ほどを進んでいた先導組の者たちは、本隊の方向でにわかに起った人声に足をとめて振返った。

街道に土埃が舞いあがり、強い初秋の陽光に刀が薄《すすき》の穂のようにゆれ、きらめいている。本隊の先頭に立つ槍持ちは道の片側に身を寄せ、その後方に藩士たちの笠の激しい動きが見られた。馬が荒々しく動きまわっていて、馬に乗って先導組の傍らを通りすぎていった外国人と本隊の藩士との間で、なにか争いが生じているのを知った。

人の群れの中から一頭の黒い馬が現われて、土煙をあげながら疾走してくるのが見えた。乗っているのはクラークで、左肩から胸にかけて衣服が血に染り、前かがみになって馬を走らせてくる。

その勢いに、先導組の者たちは道の両側に身を避け、クラークの馬は先導役の海江田武次の駕籠の近くを走り過ぎていった。

再び蹄《ひづめ》の音がした。リチャードソンの馬で、背を丸めたリチャードソンは右手で脇腹をおさえ、左手で手綱をつかんでいる。

それを眼にした二十歳の久木村治休が、鉄砲組の中から街道の中央に出て刀をぬき、眼前に迫ったリチャードソンの体を大きく払った。刀は奈良原が斬った同じ左脇腹を薙《な》ぎ、傷口をおさえていた右手を腕首から切り落した。

血が久木村の笠と衣服に飛び散り、馬はリチャードソンの体をのせたまま走っていった。

また、蹄の音が近づいてきた。半身を血に染めたマーシャルの乗る馬で、久木村は再び刀をふりあげ身構えた。

それに気づいたマーシャルは、馬の鼻先を右にふり向けて走り抜けようとした。久木村は小走りに馬に近づき、刀を横に払ったが、マーシャルの左腿《もも》をかすめただけであった。

十分な構えをしながら手応《てごた》えのなかったことをいぶかしんだ久木村は、手にした刀に眼をむけた。近江大掾《おうみだいじょう》忠広の銘刀であったが、リチャードソンの脇腹を斬り払った折に刀身が曲ったのに気づかず、マーシャルに斬りつけたのを知った。

またも蹄の音が近づいてきた。乗っているのはマーガレットで、顔は青ざめ、髪をふり乱して馬にしがみついている。彼女は泣声ともつかぬ奇妙な声をあげ、久木村の傍らを通り抜けていった。

久木村は、しばらくの間馬が走り去った方向を見つめていた。いつの間にか駕籠からおりた先導役の海江田武次が、本隊の方にむかって走っていった。

久木村は、笠と衣服に血が飛び散っているのに気づき、道ばたに井戸があるのを眼にして近寄った。水を汲《く》み上げて笠と衣服の血を洗い落し、刀にも水をかけた。刀を鞘におさめようとしたが、曲っているので入らず、やむなく手拭《てぬぐい》で巻いて肩にかついだ。

最も深い傷を負っていたのはリチャードソンで、奈良原と久木村に二度にわたって斬られた傷口から内臓が露出していた。

かれは、頭を垂れて馬の上で体をゆらせ、久木村に斬りつけられた場所から三町ほど子安村方向に進んだ。

街道沿いの家々はすべて戸をとざし、街道の右手にある蒲焼《かばやき》穴子を名物にして江戸からも駕籠で客が訪れる茶屋の桐屋《きりや》にも、人の気配はなかった。そこまで馬を走らせてきたリチャードソンの傷口からはみ出した臓腑《ぞうふ》が、路上に落ちた。それを見ていたらしい犬が、家のかげから走り出て、臓腑をくわえて走り去った。

最初に現場から馬を走らせたクラークも左肩にかなりの傷を負い、生麦村の家並をぬけて松並木の道に入ると、振返った。

後方から体をかがめたリチャードソンが、馬を走らせてくる。クラークは、馬の速度をわずかにゆるめた。

追いついたリチャードソンに、クラークは馬を並べた。

「クラーク、ヤラレタヨ。ヒドクヤラレタヨ」

リチャードソンは、喘《あえ》ぎながら言った。

クラークは、大きく傷口の開いたリチャードソンの脇腹から臓腑がはみ出ているのを見た。クラークも、衣服の左半分に血が流れ、斬られた左肩の痛みが激しかった。

「私モヤラレタ。サムライガヤッテクル。ドウカ全速力デ走ッテ欲シイ」

クラークは、馬を走らせながらおびえた眼を後方にむけた。

マーガレットに付添うようにマーシャルが、馬を走らせてくるのが見えた。馬の速度ははやく、クラークとリチャードソンの馬に追いついた。

マーガレットの眼は吊《つ》りあがり、顔は蒼白で体が激しくふるえていた。彼女は少しでも恐しい目にあった場所からはなれようとしているらしく、手綱をあおって馬を走らせ、先頭に出た。

それとは対照的に、リチャードソンの馬がおくれはじめた。

振向いてそれに気づいたマーシャルは、クラークに、

「マーガレットト先ニ進ンデクレ。私ハリチャードソント行ク」

と、声をかけた。

クラークは、マーガレットの後を追うように遠くなっていった。

マーシャルは引返し、リチャードソンの馬と轡《くつわ》を並べ、

「リチャードソン。傷ハドウカ」

と、たずねた。

返事はなかった。眼がうつろに開いているだけで、すでに顔には死の色が濃く浮んでいた。

左手が手綱にふれていたが、つかんでいるわけではなかった。馬の動きがにぶくなり、やがてとまった。その衝動でリチャードソンの体がゆらぎ、馬から落ちた。

マーシャルは、リチャードソンの体を見下した。脇腹から流れる血が路上にひろがってゆく。リチャードソンの体を馬の背にもどそうとも考えたが、傷を負った自分一人の力で大柄なかれを馬にのせることは不可能だった。

襲いかかってきた武士の手にする日本刀に対する恐怖が、あらためて全身にひろがった。行列の中には騎乗の武士もいて、自分たちの命を断とうと追ってくることが予想される。動かなくなったリチャードソンはすでに絶命しているにちがいなく、一刻も早く逃げるべきだ、と思った。

マーシャルは、リチャードソンの馬の手綱をとると腹を蹴り、子安村の方に馬を走らせた。

閉じていたリチャードソンの眼が開き、かすかに頭をもたげると、少しずつ這《は》って海ぎわの松の樹《き》の幹に背をもたせかけた。

近くに百姓甚五郎の女房ふじが開いている水茶屋があり、ふじは眼の前で起った出来事に驚き、茶屋の裏手にかくれてリチャードソンの姿をうかがっていた。

リチャードソンは激しい呻《うめ》き声をあげ、

「水、水」

と、日本語でかすかに繰返していた。

近くに住む大工徳太郎の女房よしが、ふじに近寄り、リチャードソンの苦悶《くもん》する様子を身をふるわせて見つめていた。

松並木の道を駈《か》けてくる足音がして、島津久光の行列の方向から数名の薩摩藩士が水茶屋に近づいてきた。その中には先導役の供目付海江田武次もいた。

かれらは、すぐに松並木の土手に身を寄せるようにしているリチャードソンの姿に気づいた。久光の行列の通る道は常に清らかになっていなければならず、重傷を負ったリチャードソンの体をそのままにしておくことはできなかった。

かれらは、リチャードソンの腕をつかみ、道を横切って畑の中のくぼみに曳《ひ》き入れた。

海江田は、リチャードソンの顔を見つめた。死相がすでに顔にひろがっていたが、その眼にはなにか哀願するような光が浮んでいた。脇腹の傷は深く、内臓も切断されていて、死の訪れが迫っているのが感じられた。

海江田は脇差を抜き、

「楽にしてやる」

と言って、心臓の部分に深々と刃先を突き立てた。

海江田は、他の者に命じて人家の裏手から古びた葦簀《よしず》を持ってこさせ、それを遺体にかぶせた。

街道に出たかれらは、水茶屋から水を桶《おけ》で運び、松の幹の下をはじめ路面にしみついた血を丹念に洗い流し、連れ立って道を引返していった。

供頭の奈良原喜左衛門がリチャードソンを斬り、小姓組の者たちがマーシャルたちに刀をふるったのは、生麦村字本宮の質屋兼豆腐商をいとなむ村田屋勘左衛門の家の前であった。

行列は乱れ、マーシャルたちの乗った馬が走り去ると、前方から先導役の海江田武次が走ってきて事の次第をきき、すぐに道を引返していった。

久光の乗物は停止し、簾《すだれ》は垂れたままであった。駕籠廻りの者は、奈良原を除いて一人残らず乗物の両側からはなれなかった。

松方助左衛門が、簾ごしに、

「異国人、行列をおかし、今これを除きました」

と、久光に報告した。

乗物の中からは、声がなかった。

後続の隊から納戸《なんど》奉行（小納戸頭取より昇進）の中山中左衛門と小納戸頭取（小納戸より昇進）大久保一蔵が小走りにやってきて、事情を聴取した。

中山は大久保と話し合い、予定通り行列を進め、生麦村の立場茶屋の藤屋伝七方で久光に休息をとってもらうことになった。

鋭い声がかかり、乱れた列は整えられ、久光の乗物もかつぎあげられた。先導組と後続の隊にも人が走り、長い行列が街道を進みはじめた。

かすかに浜に寄せる波の音がしているだけで、村は静まり返っていた。

一町ほど進み、乗物が伝七の店の前でおろされた。その店は川崎宿から神奈川宿に至る間の唯一《ゆいいつ》の立場茶屋で、旅人に蛤《はまぐり》、鮹《たこ》、烏賊《いか》等の煮物を出す。間口が広く、広い座敷もあった。

乗物からおりた久光は、奥の座敷に入った。

久光が茶を飲んでいると、中山と大久保が座敷に入って来て平伏し、中山が事情を詳細に説明した。久光は無言であった。

「いかが取りはからいましょう」

大久保がたずねた。

「いかがもあるまい。その方たちで評議せよ」

久光は、無表情で答えた。

伝七方を出た中山と大久保は、道を引返し、後続の隊にいる側役小松帯刀のもとに赴き、事件の内容を伝えた。

小松は駕籠から出て、中山と大久保に向き合った。外国人が馬で行列に踏み込んだことは断じて許されぬ非礼な行為であり、斬りつけたことは当然の措置であった。外国人の一人は奈良原について久木村にも斬られ、かなりの重傷を負っているはずで、絶命しているにちがいなかった。

薩摩藩としては、常道にしたがったまでだが、外国人はどのような解釈をするか。国情の異なる異国の者たちは、それを無法な暴挙と考えることが予想される。横浜村の港には、外国の軍艦が碇泊《ていはく》していて、それらの艦に乗る士官、水兵たちが武器を手に報復のため久光の行列を襲うことも十分に考えられた。

まずかれらの動きをさぐるため、横浜村に一両人の探索の者を派遣することになった。

小松は、大久保の意見をいれて情報収集に長じた高崎猪太郎と土師《はじ》吉兵衛を横浜村に潜行させることになった。

すぐに使いの者が出され、高崎と土師がやってきた。小松が、ただちに横浜村へ赴き、外国人の動静を的確に探るよう命じ、承諾した二人は、神奈川宿の方へ足早に去った。

久光の休息が終り、行列が動き出した。

小松は、歩きながら中山たちと話し合った。

予定では、その日の泊りは一里前方の神奈川宿で、先触れによって久光は本陣の石井源右衛門宅で夜をすごすことに定まっていた。

しかし、神奈川宿は海をへだてて横浜村と至近距離にあり、そこで宿泊すれば外国の将兵がボートで乗りつけ攻めてくることが予想される。神奈川宿で泊ることは避け、行列を速めて神奈川宿から一里九町先の次の宿場である程《ほど》ヶ谷《や》宿にまで行くべきだ、という結論に達した。

ただちに四人の使者が呼び寄せられた。二人の者には、神奈川宿で宿泊せず本陣で休息をとるのみ、という書面を渡し、また他の者には、久光一行が程ヶ谷宿泊りになったことを記した急触れが託された。

かれらは、あわただしく神奈川宿方向にむかった。

その頃、先導組から、松並木で落馬し虫の息であった外国人の男に、先導役の海江田が留めをさしたという報告があった。

行列は、生麦村の家並をすぎて松並木の道に入った。血を洗い流した路面の水はすっかり乾き、死骸《しがい》も路上からは見えず、行列はそのまま通り過ぎた。

子安村に入り、橋を渡った。左手には本牧《ほんもく》の海がひろがっている。

入川村をすぎ、新町をへて神奈川宿に入った。左方には海をへだてて横浜村の弁天社などが望まれ、家並が眩《まば》ゆい陽光を浴びていた。

久光の乗物は、本陣の石井源右衛門の家の前でおろされた。すでに急触れが伝えられていて、町役人たちがあわただしく宿場の中を走りまわっていた。小松は、海岸に見張りの者を出して横浜村方面を監視させたが、海には漁船のみが見え、異常は認められなかった。

久光は、上段の間で茶を飲み、やがて出立になった。

行列が組まれ、藩士たちは列を正して進んだ。旅人や宿場の者たちは、旅籠《はたご》や茶屋の中から行列が通るのを見守っていた。

宿場を出ると、行列の速度が急にはやまった。槍持《やりも》ちは槍をかつぎ、藩士たちは小走りに急ぐ。行列の順序はくずれたが、久光の乗物の周囲には駕籠《かご》廻りの藩士たちが一定の歩度で歩いていた。

日が西に傾き、街道が薄暗くなりはじめた。

しばらくして前方に程ヶ谷宿の家並が見えてきた。かすかに灯がともっている家もあり炊煙が所々に立ちのぼっている。

先導組につづいて本隊が宿場に入った。すでに日が没していたので、槍持ちは槍を投げることをせず、宿場役人の案内で久光の乗物は本陣の苅部清兵衛宅の前でとまった。

門と玄関には幕が張りめぐらされ、門前には久光の名前が記された関札が立てられている。門前と門内の提灯《ちょうちん》台には、薩摩藩の紋を記した提灯に灯が入れられ吊るされていた。

宿場は、急触れによって混雑をきわめていた。

江戸から八里半の距離にある程ヶ谷宿は、一般の旅人が一泊目を過すことが多いので、旅籠が六十七軒もある。が、四百余の薩摩藩士が急に泊ることになったので、宿場役人も先行してきている先触れの藩士も、宿割りに奔走していた。一般の旅人たちは急の部屋替えで右往左往し、それらの旅籠に藩士たちが次々に入りこむ。旅籠では夕食の仕度や寝具の調達で主人も雇人も走りまわり、甲高い声が飛び交っていた。

そうした混雑の中で、側役の小松は、中山と大久保とともに脇《わき》本陣の金子屋八郎右衛門宅に入った。

奥座敷に坐《すわ》った小松が、口を開いた。

横浜村には各国の公使館、領事館があり、事件の発生を知った外交官たちは激昂《げっこう》していにちがいなく、外国の商人たちも怒り狂っているはずであった。かれらは、横浜村の港に入っている外国軍艦に出兵をうながし、将兵もそれに応じて久光一行を攻撃するため行動を起すことが予想される。

　神奈川宿を通りすぎて程ヶ谷宿まで来てはいるものの、横浜村とは近く、外国の将兵が襲ってくる恐れは十分にあった。

　かれらの攻撃目標は本陣で、そこにいる久光の命をねらう。

「それで万一を考え、和泉様（久光）を御本陣より他へお移し申し上げた方がよいのではないか、と思うが……」

　と、小松は言った。

　大名は、本陣以外に泊ってはならぬという定めがあり、それに違反した折には、幕府から相応のきついお咎《とが》めがある。が、すでに幕府の威信は衰え、たとえそれを知ったとしても大藩の薩摩藩であるだけに黙過するはずであった。

　ただ、外国の将兵を恐れて久光が本陣以外の家に移ったということが天下に知れれば、薩摩藩の恥辱となる。

　中山も大久保も、口をつぐんでいた。

　それを察した小松が、

「もしも襲って来た折には、当然、和泉様を本陣から他の場所にお移しすることになる。早いかおそいかにすぎない。用心のためあらかじめお移りいただくようにすべきだ、と思うのだ」

小松の言葉に、中山も大久保もうなずいた。

移る家は脇本陣が考えられるが、脇本陣は小松のいる金子屋八郎右衛門宅以外に水屋与右衛門宅と藤屋四郎兵衛宅がある。しかし、水屋も藤屋も本陣に隣接していて、本陣が襲われた場合、巻きぞえになる恐れがある。それよりも旅籠を選ぶべきで、程ヶ谷宿で最も設備がととのっている旅籠の沢瀉屋《おもだかや》次郎兵衛宅が好ましく、それは本陣から遠くはなれ、しかも小松のいる金子屋とも近い。

小松たちは、久光を沢瀉屋に移すことに意見が一致し、その移転を極秘とすることにした。

中山がすべてを引受け、本陣に出向いていった。

中山が去ると、小松は、供目付の奈良原と海江田を呼び寄せた。小松は、今夜、外国の兵が来襲することが予想されるので、藩士を集め、夜を徹して厳重警備をするよう命じた。

海江田は、すでに奈良原と話し合っていたらしく、小松に鋭い視線を据えると口を開いた。

備えをかためるのもよいが、かれらの来襲を待って守備の態勢をととのえるということは、おくれをとることになる。先んずれば人を制し、おくれれば制せられるという如《ごと》く、わが方よりかれらを襲撃すべきである、と主張した。

奈良原が、言葉をひきついだ。

「われらに百人の士をお貸しいただきたい。和泉様には他の藩士をしたがえて、これよりただちに出立し道を急いで下さいますように……。われらは横浜村に至り、居留地を焦土と化し、異国人どもを斬り捨て、それをすませた後、和泉様を追います」

と、強い口調で言った。

小松は驚き、無謀な行為であるとたしなめた。が、海江田も奈良原も応ぜず、横浜村を襲撃する、と繰返した。大久保は、そのようなことをすれば、諸外国との戦争に発展し、外国の軍艦は江戸に砲火をあびせ、江戸は火の海となる。趣旨は理解できるが、この際は隠忍自重して軽はずみな行為をしてはならぬ、と諄々《じゅんじゅん》と説いた。

大久保の説得にようやく海江田と奈良原もしたがい、宿場の警備態勢をととのえるため脇本陣を出て行った。

中山がもどってきて、久光を極秘裡《り》に沢瀉屋に移したことを伝えた。久光が反対することを予想していたが、久光は無言で申出にしたがい、ひそかに裏口から出て沢瀉屋の奥座敷に入ったという。むろん沢瀉屋の主人には、今後とも末永く口外することを禁じたという。

海江田と奈良原は、二手に別れて藩士たちを集め、防備態勢をととのえることにつとめた。

所々に篝火《かがりび》をたき、宿場の入口と本陣の前にひそかに運んできた二斤《きん》野戦砲二門ずつを据え、鉄砲組を配置した。藩士たちは、槍と長刀の鞘《さや》をはらい、要所要所に詰めた。宿場は緊迫した空気につつまれた。

夜も更《ふ》けた頃、神奈川宿方向から二人の男が足早やにやってきた。横浜村の探索を命じられた高崎猪太郎と土師吉兵衛であった。

二人は、小松のいる脇本陣に入った。高崎が、横浜村の状況を報告した。

横浜村は大騒動で、外国人が興奮して馬を走らせ、また多くの者が公使館や領事館に駈《か》けつけている。港内に碇泊中の軍艦から、ボートで士官たちが上陸してもいる。かれらは、久光一行を追う、と口々に叫び合い、短銃を腰におび右往左往しているという。

小松は、大久保に一層警備を厳にするよう命じた。

落馬したリチャードソンの傍らをはなれたマーシャルは、リチャードソンの馬をひいて生麦村の松並木を子安村の方向に馬を走らせた。

子安村をすぎると、前方にクラークとマーガレットの馬が見えた。

マーシャルは馬の速度をはやめ、神奈川宿の手前の橋の袂《たもと》で二人に追いついた。

かれらは馬の速度をゆるめた。神奈川宿にはアメリカ領事館のもうけられた本覚寺があり、そこに救《たす》けを求めよう、とマーシャルは言った。

クラークの様子がおかしくなっていた。顔は青く、頭を垂れ、眼が薄く閉じられている。体が馬上でゆらぎ、手綱にもわずかに手をふれているだけであった。

神奈川宿に入ったマーシャルは、自分は船着場の宮之河岸に待っている別当たちの所に行くから、アメリカ領事館に先に行くようにうながした。その言葉にしたがって、クラークはマーガレットと領事館に通じる道を進んだ。が、クラークの意識は薄れ、ただ馬に身をまかせているだけであった。

マーガレットは、今にも落馬しそうなクラークの姿に激しい不安にとらわれた。クラークが落馬すれば自分だけになる。二カ月前に横浜村に来たばかりで領事館の場所など知らず、今にも武士たちが追ってくるかも知れない。彼女は横浜村に行く以外に死をまぬがれる方法はない、と思った。

彼女は恐怖にかられ、海岸に出て海ぞいに行けば横浜村に入れると考え、馬の首を返し、鞭《むち》をあてて海岸通りの方向に走った。

馬は帰り道を心得ているらしく、神奈川宿を通り抜けると海ぞいの道を横浜村方面に走りつづけた。

クラークは、馬を領事館に進めた。意識は完全に失われていたが、馬はかれの意向を察したかのように歩き、アメリカ国旗のかかげられた本覚寺の門をくぐった。

馬上のクラークの姿に驚いた館員の声に、領事館から人が飛び出してきて、クラークを馬からおろすと館内に運び込んだ。

マーシャルは、リチャードソンの馬をひいて船着場の宮之河岸に行った。別当たちは、煙管《きせる》を手にしたりして腰をおろし休んでいたが、衣服を血に染めたマーシャルの姿に顔色を変えた。

マーシャルは、ピアソンの家の別当をリチャードソンの馬に乗せて、リチャードソンが途中重傷を負って落馬したこと、自分も傷ついていることを横浜村の商館に急報させようとした。かれは、手ぶり身ぶりで自分の意志を伝えようとしたが、別当は首をかしげるだけであった。そのうちにようやくおおよその意味をつかんだらしい別当は、リチャードソンの馬に乗り、横浜村方面へ走っていった。

マーシャルは、急に意識が薄れるのを感じた。かれは、自分の雇っている別当に馬の手綱をとらせ、アメリカ領事館の方へ静かに馬を歩かせた。

馬が本覚寺の門を入った時には、かれの意識も失われていた。


海岸づたいに馬を走らせていたマーガレットは、途中、二度も馬から落ちた。恐怖心からすっかり気持が動転し、手綱さばきが乱れていた。

後方から馬の走ってくる蹄《ひづめ》の音がし、彼女は恐怖にかられて失神しかけたが、それはピアソンの別当の乗る馬であった。

彼女は、別当に付添われてやがて橋を渡り、横浜村の居留地に入った。

別当がマーシャルから報告するように言われたのは、横浜村の外国商社の代表である一番館のジャーディン・マセソン商会であった。

商館にいた商人たちは、髪が切られ別人のように変貌《へんぼう》して泣きわめくマーガレットに呆然《ぼうぜん》とし、容易ならざる出来事が起ったことを知った。

マーガレットの途切れがちの言葉に、事件の概要を知った商人たちは、イギリス公使館の代理公使ニールの家に走った。公使のオールコックは賜暇《しか》休暇で日本をはなれていて、書記官であったニール陸軍中佐が代理公使となっていた。

居留地は、騒然となった。

商人たちは若い者が多く、ピストルを持ち出し、商館前に続々と集り、下手人を捕えて殺そう、と口々に叫んだ。

そのうちに神奈川宿の本覚寺のアメリカ領事館からの報告が、イギリス公使館に伝えられた。それによると、アメリカ領事館ではマーシャルとクラークを保護しているが、二人とも重傷を負い、医師ヘボンの手で外科治療をうけているという。またマーシャルは、襲った武士の大名行列の者たちの笠《かさ》その他に丸に十字の紋がついていたと証言し、それによって薩摩藩の行列であることがあきらかになった。

さらにリチャードソンが、瀕死《ひんし》の重傷を負って落馬し、そのまま路上に放置されていることも伝えられた。

その報《しら》せに、商人たちの怒りはつのり、

「サツマヲ殺セ」

と、身をふるわせて叫んだ。

落馬したというリチャードソンは、死んでいるのか生きているのか。保護されたというマーシャルとクラークの容体はどうなのか。マーシャルの妻は、夫のもとに駈けつけたい、と狂ったように泣きわめいた。

とりあえず現場に行こうということになり、かれらの動きはあわただしくなった。

最初に神奈川宿にむかったのは、イギリス公使館付医師のウィリアム・ウィリスであった。ウィリスは治療具を入れた鞄《かばん》を鞍《くら》にとりつけ、馬に鞭をあてた。その後をピストルを持った三人の商人が馬で追った。

ボートにも多数のピストルを手にした商人たちが分乗して神奈川宿方向にむかい、イギリス公使館付医官のジェンキンスも馬を走らせた。

商人たちはニール代理公使に、薩摩藩の行列を襲うため公使館付の警備兵約五十名を出動させるよう強い口調で要請した。が、ニールは、そのような少数の兵で薩摩藩士を襲うなどということは無謀だ、と拒否した。

失望したかれらは、行動力があることで知られているイギリス領事館の領事ヴァイス大尉のもとに急ぎ、同じ要請をした。

ヴァイスは、即座に受けいれ、横浜村警備のため配置されている者を除く三十名ほどの警備兵をひきい、馬で出発した。その間に、ニールは、負傷者を横浜村に運ばせるため横浜港に碇泊《ていはく》していたイギリス軍艦「セントール号」のマークハム大尉に指示して、十八人の水兵とともにボートで神奈川宿にむかわせた。

また、フランス公使ベルクールは六名のフランス騎兵を、フランスの第六十七連隊のプライス中尉は、数名の歩兵と公使館付護衛兵の一部をひきいて、それぞれ馬で神奈川宿方向にむかった。それにつづいてオランダ軍艦のブイズ艦長にひきいられた一隊も出発した。

慎重な態度でのぞまねばならぬと考えていたニールは、独断で兵をひきいて神奈川にむかったヴァイス領事の行為に激怒し、アップリン中尉にヴァイスをただちに連れもどすよう命じた。

中尉は、馬に鞭をあてて居留地を出ていった。

四

横浜村の外国人居留地から最初にアメリカ領事館の本覚寺に到着したのは、イギリス公使館付医師ウィリアム・ウィリスと三人の商人であった。

領事館に保護されているマーシャルとクラークは、領事館付医師ヘボンの応急手当を受けていて、生命に別条がないことをウィリスたちは知った。

しかし、二人はかなりの重傷で、マーシャルは腕と肩を深々と斬《き》られ、ことにクラークの左腕の付け根の傷は骨の半ばまで達していて、腕がほとんどはなれかけていた。

クラークは口をきくことができず、マーシャルが途切れがちの声で事件のあらましを語り、さらに逃げる途中でリチャードソンが落馬したことも告げた。深傷《ふかで》を負ったリチャードソンの生死は不明で、ウィリスと三人の商人は、リチャードソンの捜索に現場に赴くことになった。

その時、横浜村の波止場から最初にボートを出したクラークの上司のフーパーら商人一行が、本覚寺に到着した。フーパーたちも、クラークとマーシャルが重傷を負いながらも無事であることを知って安堵《あんど》し、ウィリスとともにリチャードソンを探しに行くことをきめた。

アメリカ領事のフィッシャーが、地図を出してきてウィリスたちに生麦村の位置をしめした。また、館員に命じて現場に行くフーパーたちの馬も用意させた。

ウィリスとフーパーの一行は、馬で本覚寺の門を出た。

その直後、イギリス領事のヴァイスが、警備兵と若い商人たちとともに馬をつらねて境内に入ってきた。

ヴァイスは、館員からウィリス一行が生麦村にむかったことを耳にすると、馬からおりることもせずウィリスを追った。かれらは東海道に出て馬を走らせ、神奈川宿の出口でウィリス一行に追いつき合流した。総勢三十名ほどであった。

ヴァイスが先頭に立ち、かれらは馬の速度をはやめて街道を進んだ。

新町から入川村をすぎて間もなく、後方から蹄の音がして、馬を疾走させてくる者たちが見えた。イギリス代理公使ニールからヴァイス領事を連れもどすよう命令をうけて追ってきた、警備隊長のアップリン中尉と数名の警備兵であった。

アップリン中尉の停止するようにという声に、ヴァイスたちは馬をとめた。

近づいてきたアップリンは、ヴァイスの馬に馬を寄せた。二人は親しい間柄であった。

「ヴァイス領事、ニール代理公使ガヒドク怒ッテイマス」

アップリンは、ヴァイスが許可も得ず警備兵を従えて出発したことに、ニールが激怒していることを告げた。

しかし、ヴァイスは反撥《はんぱつ》した。同国人のイギリス人が死の危険にさらされているというのに、領事としてなんの救いの手ものべずにいることはできないではないか、と語気荒く言った。リチャードソンの生死は不明で、落馬したというかれを路上に放置しておくことは忍びない。公使館前で警備兵が出発の準備をしているのを眼にして、かれらとともに出発したのは当然のことだ、と甲高い声をあげた。

ヴァイスの言葉は理にかなっていて、アップリン中尉は反論することが出来ず、ヴァイスに同調した。アップリンは、ニールの命令に反することになるが、自分も一軍人の義務としてヴァイスと行を共にする、と答えた。

アップリン中尉らは、ヴァイスらとともに馬をつらねて街道を進んだ。

橋を渡って子安村に入った時、またも後方から一団の武装した兵が馬を走らせて追ってきた。本覚寺にフランス公使ベルクールが連れてきた公使館付の護衛兵たちであった。かれらもヴァイス一行に加わり、五十名ほどの集団になって子安村をすぎた。

松並木の道を進み、一行は生麦村の家並に入り馬をとめた。

村は天領で神奈川奉行の管轄《かんかつ》下にあり、事件発生直後、村の総代組頭の八郎右衛門から奉行所の定廻り役人に届書が提出されていた。

「乍レ恐《おそれながら》以ニ書付一御訴奉ニ申上一候」として「今弐拾壱日未《ひつじ》の上刻　薩州《さつしゅう》様御登先に於《おい》て国名相分リ不レ中異人二人殺害ニ相成　一人ハ何《いず》れへや立去一人ハ当村の内字並木ニて行倒れ候間　不ニ取敢《とりあえず》一御訴江奉ニ申上一候（二人殺害とあるのは一瞬の出来事で誤認したのである）」

ただちに定廻りの三橋敬助と渡辺清次郎が村にやってきて、名主や年寄に迎えられ街道に沿った茶屋の桐屋《きりや》に入った。

奈良原らがマーシャルたちに斬りかかったのは、質屋兼豆腐商の村田屋勘左衛門宅の前で、聴取がおこなわれ、左のような勘左衛門の中上書が名主、年寄連名のもとに作成された。

「今二十一日異人殺害被レ致候始末　私見請《みうけ》候」として、未の刻（午後二時）に薩州様の行列が通行した折、私の家の前で国籍不明の男三人、女一人が馬に乗ってさしかかりました。行列の御先手衆が声をかけて制止されましたが、異人たちは聴き入れず御駕籠《かご》に近づきました。その時、御家来衆が異人の腰あたりに斬りつけ、「異人ハ神奈川の方江立去　一人ハ深手の様子にて字松原にて落馬致し相果《あいはて》……」

また、落馬したリチャードソンを水茶屋の裏手からうかがい見ていた百姓甚五郎女房ふじ、大工徳太郎女房よしの聴取書もしたためられた。

ことによしは、リチャードソンが落馬して間もなく薩摩藩士六人ほどがやってきてリチャードソンの体を畑の中に引きずりこみ、藩士の一人が刀を抜いたので、驚いて物陰に身をかくした、と陳述した。

三橋と渡辺は、名主らと松並木の道に行き、畑の中で葦簀《よしず》をかぶせられているリチャードソンの遺体を検分し、記録した。

「一　左　腕甲二寸程
一　同　背先腕江かけ四寸程

一　同　顋《あご》より胸江かけ八寸程
一　同　腹　大疵《おおきず》
一　咽《のど》　差通し候様子
一　右の腕首大方切落し候様子　」
また、「死骸《しがい》の脇《わき》に有レ之《これあり》品」として、

「一　徳利　壱個
一　鞭《むち》　壱本
一　冠物　壱個　」
と、記した。

徳利とは、リチャードソンが所持していたシャンパンの入っていた水筒で、冠物(帽子)はそのまま脱げずにいたのである。

かれらは、遺体に葦簀をかぶせてその場をはなれ、桐屋にもどった。

街道には、久光の行列が通り過ぎるのを待っていた旅人が往《ゆ》き来するようになっていたが、日が西に傾きはじめるとそれもまばらになった。村人たちは、所々に暗い眼をして寄り集り、その日の思わぬ出来事について話し合っていた。

かれらは、松並木の方から蹄の音がし、多数の者が馬に乗ってやってくるのを眼にした。服装から推して、外国人たちであることはあきらかだった。

村人たちは顔色を変えて家々の中に走りこむと、戸を閉めた。外国人たちが武器を手に報復にやってきたのだ、と思ったのだ。

五十頭ほどの馬が、家並の中に入ってきてとまった。街道に人の姿はなく、村は森閑としている。

「ヤクニン、ヤクニン」

ヴァイス領事が大声で言い、他の者たちも馬を移動させながら家並に声をかけた。

桐屋から三橋と渡辺が路上に出て来て、その後から名主たちも姿を見せた。かれらの顔には血の気が失せていた。

それを眼にしたヴァイスらが、馬を走らせて近づき、三橋たちを取り巻いた。

商人たちは、口々にこの街道で薩摩藩の武士が外国人四名に残酷な行為を働いたはずだ、と憤《いきどお》りにみちた声で言った。が、三橋たちは言葉がわからず、顔を一層青ざめさせ口をつぐんでいた。

ヴァイスが、商人たちを制し、馬からおりて三橋たちの前に立ち、「サムライ」という言葉を口にして身ぶり手ぶりで事件が起った地であるのだろう、とたずねた。三橋と渡辺は首をかしげ、当惑した表情で顔を見合わせたりしていたが、ヴァイスがなにをたずねているのかを察したらしく、名主に声をかけた。

名主の一人がおびえきった眼をして桐屋に入ると、赤い羽のついた帽子を手にしてもどってきた。それを眼にした商人たちが、

「マーガレットノ帽子ダ」

と、口々に言った。

マーガレットは、小姓組の者の刀を辛うじてよけ、その折に帽子がはねとばされたのである。

ヴァイスはそれを受取り、落馬したリチャードソンがどこにいるかを問うた。三橋たちは、ヴァイスの身ぶり手ぶりで検分したばかりの外国人の遺体の所在をたずねていると察したが、無残な遺体を眼にした折りのかれらの憤りを恐れ、質問の意味がわからぬように首をかしげつづけた。

ヴァイスは、三橋たちがリチャードソンの所在を知らぬらしいと解釈し、護衛兵と商人たちにあたり一帯の捜索を命じた。かれらは、馬で街道に散った。

その頃になると、家の戸を細目に開けて外をうかがう者が多く、軒の下に立つ者もいた。護衛兵や商人たちは、かれらに声をかけたり、馬からおりて家の裏手にまわったりした。

やがてエリアスという商人が、路上に出ている少年に親しげに声をかけ、身ぶり手ぶりで落馬したリチャードソンの所在をたずねた。少年は、敏感に質問の意味を理解したらしく歩き出した。

ヴァイスたちは、少年にしたがって家並をはなれ、松並木の道に入った。三橋と渡辺も、名主たちとともにその後にしたがった。松並木をかなり進んだ頃、少年が足をとめ、道の右手にある畑を指さした。

医師のウィリスを先頭に、ヴァイスらが畑の中に入っていった。古い葦簀をかけたものがあり、近寄ったウィリスがそれを取り除いた。

ヴァイスたちは、言葉もなく立ちすくんだ。血の塊りとしか思えぬ無残な死体であった。仰向《あおむ》けになったリチャードソンの両眼は開いていたが、すでに乾いて皺《しわ》が寄っていた。

ウィリスが遺体の傍らに膝《ひざ》をついて、傷を調べた。左脇腹と背に大きな傷口が開き、骨も斬られていて、内臓がはみ出ていた。右腕は腕首から切り落されていて、左手の甲も斬り裂かれていた。

ウィリスは、頭部を動かしてみた。首の左側が深く斬られ、血の塊りが盛り上っていた。かれは、咽喉《のど》に近い心臓部分の胸に深く刃物で突き刺した傷口を眼にした。それは供目付の海江田武次が留めをさした痕《あと》だが、ウィリスは槍で突かれた傷と判断した。

遺体を運ぶことになり、ヴァイスの指示で名主たちが樹の枝を切って組み合わせ、その上に葦簀を張って仮の担架をつくった。それに縄をとりつけ馬の鞍《くら》にむすびつけた。

ヴァイスたちは口数も少く、馬にまたがった。かれらは担架を馬でひき、神奈川宿の方に引返した。左手に見える海は、夕焼けに輝いていた。

やがて一行がアメリカ領事館の本覚寺についた頃には、すでに夕闇《ゆうやみ》がひろがっていた。

かれらは、領事館員から久光一行の行列が神奈川宿の先の程ヶ谷宿に入り、そこで宿泊することになっているのを耳にした。リチャードソンのむごたらしい死体を眼にしたかれらの久光一行に対する憤りは、堪えがたいものになっていたが、五十名ほどの者で一行を襲うのは無謀であるのを知っていた。

かれらは、重傷を負ったマーシャルとクラーク、そしてリチャードソンの遺体を横浜に運ぶことになった。あわただしく移送の準備がはじまり、フーパーたちは担架をつくり、アメリカ領事フィッシャーは館員に和船の手配を命じた。

その時、東海道の方向で銃声が立てつづけに起った。領事館内は、騒然となった。薩摩藩士が襲撃にやってきたと推定したのだ。

ヴァイス領事が外に飛び出して馬にまたがり、オランダ軍艦の艦長ブイズとイギリス公使館付のアップリン中尉が警備兵とともにそれにつづいた。かれらは馬を街道の方に走らせた。

宿場の中を通る街道に、フランス公使ベルクールと公使館付警備兵たちが殺気立った表情で一カ所に寄り集っていた。

ヴァイスの問いに、ベルクールは、二人のサムライが馬を疾走させてやってきたので発砲したところ、横道に入りこんだ、と答えた。両側に並ぶ旅籠《はたご》や商店などの戸はかたく閉ざされていた。

ヴァイスの眼に険しい光が浮び、警備兵にサムライの捜索を命じた。かれらは、逃げ込んだという横道に警戒の視線を走らせながら騎乗のまま入っていった。

道の奥で連続的に銃声が起った。それはサムライを発見したからではなく、警戒のため物陰の闇に発砲したものであった。しかし、弾丸は通りかかった宿場の医師西山宗俊の脇腹をかすめて軽傷を負わせ、また、怪我《けが》人はなかったものの材木商長谷川屋清九郎の家にも三発の弾丸が飛びこんだ。

横浜村方向の道から提灯《ちょうちん》の列が近づいてきた。騎馬が三頭で、突棒を手にした足軽たちがつづいている。先頭の馬が、ヴァイスの馬に近づいてきた。馬に乗っているのは、神奈川奉行阿部正外《あべまさと》であった。

再び、家並の裏手で銃声がした。

阿部は驚き、

「何故《なにゆえ》の発砲」

と、ヴァイスにたずね、同行してきた奉行所の通詞がそれを通訳した。

ヴァイスは、サムライを捜索中だ、と答えた。

阿部は、すでに奉行所の定廻りの役人からの急報で事件の概要を知っていた。かれは体調をくずして病臥《びょうが》していたが、フランス公使やヴァイス領事らが警備兵とともに神奈川宿に続々とむかったという報告を受け、床をはなれてやってきたのだ。

かれは、事件が起ったことについてヴァイスに深く詫《わ》び、憤りをいだくのは当然のことだ、と言った。が、すでに島津久光一行は程ヶ谷宿に入っていて、たとえこの宿場の家々を探しまわっても一人として薩摩藩の者はいるはずがない、と強調した。

「横浜村にお帰りになり、その上で委細談判をつくし、今後の処置をお考えになられてはいかが」

阿部は、ヴァイスの感情を損ねぬように言った。しかし、ヴァイスはその申出を拒否し、憤りをあらわにして阿部に荒々しい言葉を浴びせかけた。

貴国とわが国は和親条約を結んだ関係にあるにもかかわらず、わが国の公使館（東禅寺）を二度にわたって襲撃し、今日はまた、残忍な事件をひき起した。大名の家臣がほしいままにわが国人を斬殺《ざんさつ》するのは、幕府が無力であるからで、そのような幕府と談判をしてもなんの意味もない。そのため、われらは自国の兵力によって復讐《ふくしゅう》し、亡《な》き霊を慰めるのは当然のことである、と反論した。

阿部は、罪もない宿場の者が誤殺されるのを見るに忍びない、と発砲をやめるよう言葉をつくして要請した。が、ヴァイスをはじめブイズ艦長らは、斬殺は残酷だ、と非難し、発砲中止を命じる気配はなかった。

激しい応酬を無言で見つめていたフランス公使ベルクールが、さすがに見かねて、ヴァイスらをなだめ、兵をひいて横浜村に帰った後談判すべきである、と説得した。その言葉に、ようやくヴァイスらも応じ、士官たちは兵に発砲中止を命じた。

ヴァイスらは、本覚寺に引返していった。

無理をして神奈川宿まで急いで来た阿部は急に気力が衰え、馬にまたがっているのも不可能な状態になった。かれは、家臣の手を借りて馬からおりた。顔色はきわめて悪かった。

舟で横浜村にもどることになり、家臣に体を支えられて船着場の宮之河岸に赴いた。舟に乗ったかれは、途中まで行くと気を失って後ろに倒れた。舟が横浜村の波止場につき、かれは足軽に背負われて役宅に運ばれた。

本覚寺ではマーシャルとクラークが担架に移され、リチャードソンの遺体をのせた担架とともに寺の門を出た。アメリカ領事のフィッシャーとヘボン医師が提灯を手に付添い、灯の列が宮之河岸についた。

河岸には、フィッシャーの手配した三艘《そう》の和船が待っていて、それらの舟に担架を移し、舟が岸をはなれた。

舟に乗った者が手にする提灯が、闇の海をかすかに揺れながら横浜村の方に遠ざかっていった。

イギリス代理公使ニールは、独断で公使館付警備兵らをひきいて神奈川宿にむかったヴァイス領事に激しい憤りをいだいていた。かれは、事件の処理はあくまでも幕府を通じて薩摩藩との折衝にゆだねるべきだと判断し、久光一行と衝突の恐れがあるヴアイスの行為を愚かしいものと考えていた。

しかし、ヴァイス領事は、マーシャル、クラークをそれぞれ居宅に送りとどけてマーシャルの家でまだ半狂乱になっているマーガレットを見舞い、リチャードソンの遺体をピアソン宅に安置した後も、ニールに結果を報告することをせず、独自の判断で動きまわっていた。

事件に強い衝撃を受けていた居留地の外国人たちは、リチャードソンが惨殺《ざんさつ》されたことを知って一層久光一行への憤りをつのらせ、報復の念を強くいだいた。そうしたかれらにとって、実力行使をかたくなに拒否するニールが不快きわまりない存在に思え、ニールに抗命して積極的な行動をとるヴァイス領事に深い信頼を寄せていた。

住民たちは、久光一行への襲撃を決議するため集会をもつことを定め、ヴァイス領事もすすんで出席することを約束し、集会の決議によってニールに圧力をかけようと企てた。

集会場は、イギリス商人の代表者であるデント商会のエドワード・クラーク宅で、午後十時から会議が開かれた。出席者は、ヴァイスをはじめポルトガル領事ら官吏と住民、それにジャパン・ヘラルド新聞等の報道関係者たちであった。

横浜港にはイギリスとフランスの軍艦各二隻《せき》とオランダ軍艦一隻が碇泊《ていはく》していたが、

その日の夕方、二、三七一トンの大型蒸気帆船である最新鋭のイギリス軍艦「ユーリアラス号」が、郵便船「リングドウブ号」をともなって入港していた。

会議は、ヴァイスの司会のもとにはじめられた。

商人たちは、久光一行が投宿している程ヶ谷宿をただちに襲い、下手人を捕えて処刑すべきだ、と言いつのった。激昂《げっこう》した声が飛び交い、少しでも慎重論を口にする者は罵倒《ばとう》され、強硬論が支配した。横浜港に碇泊している各国の軍艦の艦長に対して千名の将兵の出動を要請し、同時に日本の砲台をことごとく占拠せよという発言もあった。

白熱した議論が長々とつづき、結局、九人の代表者を選出して各国の公使、領事の諒解《りょうかい》のもとに艦長たちに軍事行動に出るよう要請することになった。そして、それらの結果を持ってニールに諒承を迫ることも決定した。

すでに午前一時になっていて、代表者は、艦長たちとの折衝結果を集っている住民たちに報告することを約束し、集会場を出た。

代表者の中にはポルトガル領事のクラークも加わっていて、かれらはヴァイス付添いのもとにまずフランス公使ベルクールの公邸を訪れた。ベルクールは、代表者たちの意向に賛意をしめし、ニールとヴァイスの対立を知っていたので、ニールと各国の公使、領事、艦長をふくめた全体会議の開催を提唱した。代表者たちに異論はなく、午前六時からフランス公使の公邸で会議をもよおすことになった。

ついで代表者たちは、ボートに分乗して「ユーリアラス号」に赴いた。準提督クーパーは就寝していたが、起きてきて代表者らと会った。クーパーは、代表者らの要請をきくと、自分の立場上、ニールの意向をきかなければ軍事行動に出ることはできない、と答えた。しかし、住民集会の決議には理解をしめし、全体会議への出席を約束した。

代表者たちは、さらにオランダ、フランスの軍艦を訪れて艦長に面会を求め、それら艦長も会議に出席する、と答えた。

かれらは陸岸に引返し、ニールの公邸に赴いた。

就寝中を起されたニールは、きわめて不機嫌であった。かれは、日本が開国したとはいえ、条約締結を強引に迫った外国人に対する反感が激しく、この度の事件は、日本人の感情を十分に配慮しないために起った不幸な出来事だ、と述べた。現在、最も求められるのは冷静さで、事件の処理は外交交渉にゆだねるべきだ、と持論を重ねて強調した。

代表者たちは激しく反撥《はんぱつ》し、荒々しい言葉をニールに浴びせかけ、険悪な空気になった。ニールは、クーパー準提督が会議に出席すると約束したことをきき、クーパーに対する儀礼上、出席に同意した。

代表者たちは住民の集るデント商会にもどり、交渉の経過を告げ、午前六時から開かれる全体会議の結果を八時に報告する、と伝えた。

住民たちは、ニールが相変らず慎重論を繰返したことに非難の声をあげた。ことにマーシャルら四人が難に遭ったことが、配慮に欠けたための当然の結果だというニールの言葉に激怒した。ニールには人間の心がなく、惨殺されたリチャードソンに対してひとかけらの悲しみもいだいていないのだ、と、口々にニールを非難する声が交錯した。

かれらは、憤然とした表情で散会し、それぞれの居宅にもどっていった。

夜が明けはじめた頃、「ユーリアラス号」からボートがおろされ、陸岸にむかった。ボートには、クーパー準提督と「ユーリアラス号」艦長のジョスリング海軍大佐が乗っていた。

船着場に上陸したクーパーとジョスリングは、本町一丁目にあるフランス公使の公邸にむかった。ニールをはじめ各国の公使、領事とフランス、オランダの艦長たちが、続々と公邸に入り、定刻の六時には全員がホールに集った。

全体会議を提案したフランス公使ベルクールが司会の席につき、会議がはじまった。まずヴァイス領事が、住民集会の協議内容を説明し、軍事行動に出ることを各国軍艦に要請する決議をおこなったことを伝えた。

ベルクールは、ニールに発言するよううながした。

ニールは立ち、落着いた態度で自分の考えを述べた。

住民集会の決議は、甚だ非現実的で、危険な要素にみちている。もしも軍事行動に出るようなことになれば、日本の攘夷《じょうい》論者たちは、恰好《かっこう》な理由を得て一斉に蜂起《ほうき》し、各国公使館、領事館を襲い、開港場の外国人居留地にも乱入する。それは全面戦争に拡大し、ようやく日本との間にむすばれた通商条約も無に等しいものになる。長い間鎖国政策をとっていた日本は開国したが、その画期的な変化で国情は激しく揺れ動いている。生麦村で起った事件は、その変動の過渡期に生じたものであり、いたずらに過激な行動に出ると、これまで維持してきた秩序がたちどころに破壊される。

ニールは、冷静な態度で処理にあたるべきだ、と主張し、さらに暗にヴァイスの独断的な行動を非難して、事件の公的な報告はなにも受けていず甚だ遺憾に思う、と言って着席した。

ヴァイスたちの顔には、不快そうな色が濃くうかんでいた。

フランス軍艦の艦長ハルコートが立ち、横浜港に碇泊しているイギリス、フランス、オランダの軍艦が一致協力して軍事行動に出るべきだ、と住民集会の決議を支持する発言をし、それに同調する声が一斉にあがった。ニールは、孤立した。

ベルクールが、クーパー準提督に発言を求めた。

立ち上ったクーパーは、昨夕、横浜についたばかりで正確な状況把握ができない状態にあり、即答はできかねる、と言葉少く述べ、事件の内容を書面で提出してもらい、それによって考慮する、と答えた。

かれの顔には沈鬱《ちんうつ》な表情が浮んでいたが、それは港内のイギリス艦を統率する準提督として大きな悩みをいだいていたからであった。かれの坐乗《ざじょう》する「ユーリアラス号」の四百十五名の乗組員に異常はみられず、砲艦「ケストレル号」も同様だったが、「リングドウブ号」と「セントール号」にコレラ患者が発生していた。「リングドウブ号」の船長クレイグは、上海《シャンハイ》から横浜までの航海中に体の不調を訴え、それはコレラ特有の症状をしめし、船長室で病臥していた。「セントール号」の状況は、さらに深刻だった。その艦に乗っていた画家ハドソンが七月二十二日にコレラで死亡した後、三人の水兵が相ついで死んでいた。患者がさらに増すことが予想され、クーパーは深く憂慮していた。

軍事行動に出るにしても、出動できるのは「ユーリアラス号」と「ケストレル号」のみで、たとえフランス、オランダ両国の軍艦と行動しても勝算は望めない。海軍軍人として、かれは住民集会の決議に応じる気持は初めからなかった。

司会のベルクールが、書面を手に発言した。

ベルクールは、久光一行のいる程ヶ谷宿を襲撃するのは無理だとしても、居留地周辺と東海道で威嚇《いかく》的な軍隊による示威行動をとるべきだ、と書面に視線を走らせながら言った。すぐにニールが立ち、東海道でそのようなことをすれば街道を通る大名行列との間に再び紛争が起る、と言って強く反対した。

さまざまな意見が出され、結局、襲撃と示威行動に出ることはせず居留地の警備を強化することだけをきめ、会議は散会となった。

その結果は、午前八時からはじまった住民集会にヴァイスから報告され、住民たちは不満にみちた表情で集会場を出ていった。

その日の夕刻も、西の空が鮮やかな茜色《あかねいろ》に染った。

リチャードソンの葬儀が営まれ、先頭にフランス軍艦の楽隊が葬送曲を奏しながら進み、正装した各艦の士官たちがつづいた。柩《ひつぎ》は住民たちにかつがれた戸板にのせられ、牧師のベイリーが付添っていた。

公的な序列にしたがってフランス公使ベルクール、イギリス代理公使ニールと各国領事、イギリス艦隊準提督クーパー、フランス軍艦艦長ハルコート、各艦長に各国公使館と領事館の館員と居留地の住民多数がしたがった。

道の両側には、水兵たちが整列し、挙手の姿勢をとって見送った。柩が外人墓地につき、掘られた土の中におろされた。

その時、港内の「リングドウブ号」から一定の間隔をおいて砲声が港内にとどろいた。それは、病臥していた船長クレイグが死亡し、ボートで船からはなれる柩に別れを告げる弔砲であった。

すでに夕闇《ゆうやみ》が濃く、柩は船着場にあげられた。

外人墓地からもどったイギリス軍艦の関係者とニールらが、再び葬列を組んだ。多くの提灯《ちょうちん》に灯がともされ、灯の列が外人墓地の方にむかって動いていった。

五

アメリカをはじめとした列国との修好通商条約によって開港された神奈川では、外国人との事務折衝のため神奈川奉行職が設けられていた。戸部村に役所、横浜村に運上所が設置され、戸部役所では横浜村をはじめとする町村の貢租徴収等を取扱い、運上所は外国人に関するすべての事務を担当していた。

神奈川奉行は横浜村に常駐し、二千石高、役料千俵で、長崎奉行の上座にあった。阿部正外は、前年の十一月に神奈川奉行に就任し、支配組頭以下二百四十一人を統率していた。

定廻りの三橋敬助と渡辺清次郎から生麦村での事件の報告を受けた阿部は、即刻、幕閣に伝えねばならぬと考え、支配向上番の山本善四郎と加藤正次郎を呼び寄せた。事件の詳細は不明だが、とりあえず老中御用番の板倉勝静に早馬で急報するよう命じた。

神奈川宿の東海道でフランス公使ベルクールと警備兵が、二人の武士が馬を疾走させてくるのを見たのは江戸に注進にむかう山本と加藤であった。警備兵たちは、二人を薩摩藩士と思いこみ発砲した。一弾は山本の腿《もも》にあたったが、山本は傷に屈することなく加藤とともに横道に入りこんで身を避け、間道を伝って再び東海道に出ると板倉の屋敷に注進に及んだ。

舟の中で気を失った阿部は、横浜村の船着場につくと役宅に運びこまれて床に臥《ふ》した。意識は混濁したままであった。

それを伝えきいたイギリス代理公使ニールは、公使館付医官のジェンキンスをともなって役宅に入り、また神奈川宿からもどったベルクール公使も姿を見せた。ジェンキンスは阿部を診察し、薬を調合して服用させた。それが効を奏したらしく、阿部は意識をとりもどした。

かれは、ニールとベルクールが枕《まくら》もとの床几《しょうぎ》に坐っているのに気づき、運上所から出向いていた通詞を介して見舞いに来てくれたことに感謝の言葉を述べた。ついで阿部は、このように体が不調ではあるが、重大なことなので至急に会合を持ちたい、と言った。

しかし、ニールとベルクールは、その申入れを受けなかった。ようやく意識をとりもどしただけの身で話し合いなどすれば、再び気を失うことはあきらかで、今日のところは十分に静養し、明日にでも会談したい、と言って腰をあげ、座敷を出て行った。

阿部は眼を閉じ、深く息をついた。

かれは、これまで日本の威信を汚すことのないように各国の外交官たちに接し、相ついで起る諸問題に日夜腐心して取組んできた。横浜には、各国の艦船が出入港を繰返し、外交官も外国の居留民たちも、軍艦に象徴される武力を背景に尊大な姿勢をとりつづけている。そうしたかれらに臆《おく》することなく毅然《きぜん》とした態度で臨むよう努めてきた。

奉行に就任してから半年後の五月二十九日には、江戸高輪の東禅寺のイギリス公使館で殺傷事件が起きた。それは公使館警備の任にあった松本藩士伊藤軍兵衛がイギリス人護衛兵を殺傷した事件で、伊藤は呉服橋の藩邸にもどって自刃《じじん》した。前年にも東禅寺に水戸浪士十四名が乱入する事件があっただけに、ニールの怒りは甚しく、阿部は直接の当事者として身を削るような思いで処理にあたった。阿部が時折り原因不明の眩暈《めまい》におそわれるようになったのは、心身ともに疲れきっていたからであった。

その事件の解決がまだ結着をみないうちに、またも生麦村で事件が起り、かれは大きな衝撃を受けた。横浜村の外国人たちは激昂《げっこう》し、現地に武器を手にして馬を走らせ、住民集会も開いている。横浜港には七隻《せき》の外国軍艦が碇泊《ていはく》していて、それらの艦が武力行使に出ることも予想される。二度にわたる東禅寺事件とは比較にならぬ大事件で、諸外国と日本との全面戦争に発展する恐れもある。

かれは、自分の管轄地《かんかつち》である生麦村で殺傷事件を起した島津久光一行に、堪えがたい憤《いきどお》りをおぼえていた。

諸外国と日本との関係は一触即発の状態にあり、外国の外交官と接触する幕閣も幕吏も薄氷をふむ思いで日々をすごしている。そうした苦しみを知っていれば、今日のような出来事は起らなかったはずである。大名行列に行き逢《あ》った者たちは土下坐《どげざ》し、行列の先を横切った者は斬《き》られるのが習いとされている。が、それはあくまでも日本での慣行であって、国情の異なる外国人には通用しない。そうした国際感覚の欠如によって事件は起ったのだ。

阿部は、事件の根底にあるのは薩摩藩の雄藩としての傲慢《ごうまん》さだ、と思った。薩摩藩は七十七万石の天下の大藩で、積極的に西欧文明の導入につとめて大砲鋳造、大船建造等を推し進め、隠然とした強大な力を蓄積している。それは幕府の権威をおびやかすほどのものになっていて、そうした自負が事件をひき起したとも言える。

阿部は、奉行として自分の管轄地で起った生麦村での事件を厳正に糾明しなければならぬ、と思った。それにはまず外国人を殺傷した下手人を捕縛し、外国の外交官を納得させるような極刑を科すことが絶対に必要であった。

阿部は、半身を起すと、家臣に支配定役の清水又三郎を至急呼ぶよう命じた。すぐに清水が姿を見せ、平伏した。

阿部は、清水に即刻程ヶ谷宿に行き、本陣に泊っている島津久光に下手人引渡しを要求するよう命じた。清水は、あわただしく座敷を出て行った。

支配向上番の山本と加藤に江戸へ注進させたが、阿部は、老中の板倉にこれまで知り得た事件の概要を伝える用状を送らねばならぬ、と考え、机を枕元に運ばせて筆をとった。

「武州生麦村地内において外国人逢殺害候《そうろう》始末申上候書付」と題して殺傷事件のあらましを記し、さらに程ヶ谷宿に奉行所の者を下手人引渡しのため派遣したことをもしたためた。

かれは、家臣に用状を急飛脚に託して江戸に送るよう命じた。

疲労したかれは、再びくずおれるように身を横たえた。

一刻ほどして清水が、役宅にもどってきた。

かれの報告をきいた阿部の顔には、憤りの色が濃く浮び出た。

清水は馬を走らせて程ヶ谷宿に行き、本陣に赴いて応対に出た藩士と対面した。清水が下手人引渡しを求めると、藩士は、浪人態の者が突然現われ外国人に斬りつけたもので、薩摩藩とはなんの関係もない、と答えた。清水は、重傷を負った外国人と生麦村の村人の証言で、供方が斬りかかったことは明白だ、と迫ったが、藩士は首をふりつづけ、やむなくもどってきたという。

阿部は、支配組頭若菜三男三郎《みなさぶろう》を呼び、程ヶ谷宿にただちに赴くことを命じた。若菜は阿部の補佐役として外事関係の仕事に精力的に取組んでいた。

若菜は、事件を目撃した生麦村の勘左衛門の申上書を懐中に、馬で横浜村をはなれた。

かれが程ヶ谷宿の本陣についたのは、四ツ（午後十時）すぎであった。宿場には所々に篝火《かがりび》がたかれ、鉄砲や抜身の槍《やり》などを手にした者たちが険しい表情で要所要所に立ち、物々しい雰囲気であった。

かれは玄関に立って身分、姓名を名乗り、奉行の代理として来たことを告げ、島津久光に面会を申し入れた。応対に出た藩士は、かれを座敷に通した。

少しの間待たされ、一人の藩士が座敷に入ってきた。原田才之丞と名乗った。

久光に会いたい、と若菜が言ったが、原田は、久光は旅の疲れですでに就寝していて、自分が代ってうけたまわる、と答えた。

若菜は不服であったが、

「生麦村の事変、いかなる次第にて異国人を殺傷いたしたか、お答えねがいたい」

と、言った。

原田は、藩と無関係だと言うのは無理と察したらしく、

「たしかに藩の者と外国人との間で、争いがあったとはきいております。しかしながら、行列の人数も多く、それにこの地に到着して混雑をきわめており、未《いま》だ調査もできかねる有様です」

と、答えた。

若菜は、そのような曖昧《あいまい》な逃げ口上は許されぬ、とたしなめ、

「たとえ混雑しているとは言え、生麦村の事変は行列の藩士の行為によるものであることはあきらかであり、下手人がだれか知らぬでは、相すむ事柄ではない。外国人には負傷したのみではなく絶命した者もいる」

と言って、勘左衛門の申上書をしめし、そのような漠とした答えでは帰るわけには参らぬ、と鋭い視線を原田に据えた。

また若菜は、夜間の出来事でもあれば、下手人を見分けがたいことがあるかも知れぬが、白昼の出来事であり、だれが斬りかかったかは明白になっているはずだ、と追

及した。さらに若菜は、表情を曇らせ、

「外国との関係は、一言の過失によって国難にも及ぶまことに困難なものである。先頃、清国《シン》の広東《カントン》でイギリス国が武力行使に出たが、そのような事態に至る恐れも多分にあり、それを回避するためには、すみやかに事実の糺明をいたし、曲直をはっきりさせなくてはならぬ」

と、言った。

原田は言葉に窮し、

「明朝、和泉様（久光）にお申し出の趣旨を言上し、精々調査をいたした上で届書を作り、奉行所に提出いたす」

と、答えた。

若菜は、これ以上追及しても明確な答えを得られそうもないと考え、

「当宿場にとどまって早々に審問の上、書面を提出するように……」

と告げ、席を立った。

かれは、提灯《ちょうちん》を手にした供の者をしたがえ、馬に乗って帰途についた。

横浜村にもどった若菜は、原田との問答を阿部に報告した。すでに九ツ（午前零時）を過ぎていた。

脇本陣にいた側役の小松帯刀は、原田から若菜の申入れ内容をきき、納戸《なんど》奉行の中山中左衛門と小納戸頭取の大久保一蔵を招いた。

かれらは奉行所に提出する書面について協議し、原田は藩士の行為と一応認める回答をしたが、あくまでも薩摩藩とは無関係ということで押切ることに意見が一致した。

大久保が筆をとり、小松と中山の意見をききながら書面をしたためた。その書面を、藩士の国分市十郎を使者に神奈川奉行所に提出させることを定めた。

今後の旅の予定については、小松と中山、大久保の間ですでに話合いがついていた。今後どのような面倒が起るかも知れず、それに巻きこまれぬためには外国人の居住地である神奈川宿、横浜村から一刻も早く遠くはなれる必要がある。大名行列の一日の行程は六里が習わしとされていて、程ヶ谷宿からその距離にあるのは藤沢宿であった。が、その地に止宿するのは好ましくなく、さらに六里先の小田原宿まで一気に行列を進めることにきめていた。その旅程に従って、小松はすでに急触れの使者を小田原宿に先発させていた。神奈川奉行からは糾明が終るまで程ヶ谷宿にとどまるよう指示されていたが、小松たちにはそれに従う気持など毛頭なかった。

藩士たちが分宿している旅籠《はたご》では、早くも八ツ（午前二時）すぎから出立の準備がはじめられた。炊煙が立ち昇って米が炊《た》かれ、漬物が刻まれる。履き替える草鞋《わらじ》も、土間に堆《うずたか》く置かれていた。

七ツ（午前四時）には交替で仮眠していた者も起き、警備についていた者たちとともに朝食をとった。旅籠の沢瀉屋《おもだかや》で睡眠をとった島津久光は、本陣の苅部清兵衛宅にひそかにもどっていた。

一番触れがあり、藩士たちは身仕度をととのえ、弁当包みも配布された。寝不足でかれらの瞼《まぶた》ははれていた。

二番触れで、かれらは路上に出て列を組み、荷をかついだ者たちも並んだ。旅装をした久光が本陣の前に置かれた乗物に身を入れると、三番触れの声がかかり、先導組が動き出した。七ツ半（午前五時）で、空には夜明けの気配がきざしていた。

乗物がかつぎあげられて本隊も進みはじめ、後続の隊がつづいた。宿場役人が、提灯を手に宿場の出口まで送ってきた。

宿場をはなれた先導組は、にわかに足をはやめ、本隊も後続の隊もそれにならった。行列は乱れ、威儀を正して槍を立てていた足軽も槍をかつぎ、久光の乗物も揺れた。

夜が明けはじめ、道に陽光がさしてきた。空は雲もなく、青く澄んでいた。

行列は、松並木の道を遠ざかっていった。

神奈川奉行所では、程ヶ谷宿の宿場役人に、久光一行になにか動きがあった折にはただちに届け出るよう命じていた。そのため宿場役人は、今暁《こんぎょう》七ツ半に一行が宿場を出立し、藤沢宿の方に足をはやめてむかったという書面を急飛脚に託した。

飛脚は六ツ（午前六時）に横浜村の運上所に入り、書面が阿部のもとにとどけられた。文字を眼で追った阿部は、顔をゆがめた。事件糾明のため、阿部は再び若菜を程ヶ谷宿に出張させる予定であっただけに、久光一行が夜明け前にあわただしく出立していったことに憤然とした。前日、原田才之丞が審査の届書を奉行所に提出すると若菜に言ったが、それも果さずに程ヶ谷宿をはなれたことは、幕府を軽視している表れであった。

若菜が呼ばれ、阿部は、小田原藩に急使を立て、箱根の関所の門をとざして久光一行を阻止するよう要請せよ、と声をふるわせて言った。しかし、久光一行は、大原重徳の護衛という勅命をおびていて、たとえ関所の門をとざしたとしても、強引に門を開かせて通行することはあきらかだった。そのようなことになれば、幕府の権威はさらに失われることになる。

阿部は苛立《いらだ》ち、食事もとらずふとんの上に坐っていた。

しばらくして、島津久光の使者という国分市十郎が奉行所にやってきた。阿部はふとんをはなれ、衣服をあらためて国分に会った。

国分は、

「十二分に審査に及びました」

と、前置きし、左のような届書を差出した。

昨二十一日、久光の行列が生麦村を通行中、「先供近く外国人乗馬にて」参り、「浪人体之者三　四人罷出《まかりいで》　外国人と何歟《なにか》混雑に及び……右浪人体之もの外国人壱人を打果　其《その》余之外国人は逃去　浪人体之者行衛」知れずになった。右のような次第で、供方の者の行為では決してなく、「此《この》段御届申上候以上」

阿部は、その書面を無言で見つめていた。

「それでは、これにて……」

国分は、一礼して腰をあげた。

阿部は、身じろぎもせず坐っていた。

久光一行は、すでに程ヶ谷宿をはなれ、糾問する手だては失われている。一行の動きをとめる権限は自分になく、すべては幕閣の判断にまかせる以外にない。

かれは、江戸表への用状の筆をとった。昨夜、清水又三郎についで若菜三男三郎を程ヶ谷宿に派遣して糾問し、その地にとどまるよう指示したが、久光一行は夜明け前に出立したことを記した。

ついで阿部は、今朝、久光の使者が審査の届書を提出したことを記し、その書面の写しも添えた。

その用状は、老中の板倉の屋敷に急送された。

前日の夜、神奈川奉行の命をうけた山本善四郎、加藤正次郎両名の注進につづいて、阿部から急飛脚による用状を受取った板倉は、容易ならざる事件が起ったことに驚き、狼狽《ろうばい》した。かれは、家臣に命じて老中たちにその用状を回覧させ、明早朝、至急登城を要請した。また大目付、目付、外事関係の諸役人全員にも登城を命じる触れを出すよう指示した。

夜が明け、板倉をはじめ脇坂安宅、松平信義、水野忠精の老中たちと若年寄、外国奉行らの諸役人が登城した。

板倉が、阿部からの用状を若年寄たちに見せ、意見を問うた。一同、呆然《ぼうぜん》とし、顔色を変えて言葉を交し合った。昨年五月と今年の五月の二度にわたってイギリス公使館の東禅寺で殺傷事件が起り、さらにまた事件が起って代理公使ニールがひとかたならぬ怒りをいだいていることが想像された。必ず激しい非難を幕府に浴びせかけてくるにちがいなく、それに対して幕府は弁明の余地がない。と言って手を拱《こまね》いていては、事態が収拾のつかぬほど悪化する。

かれらは長い間意見を交した末、要職にある者を使者に立て、ニールに面会して慰《い》撫《ぶ》する以外に方法はないということになった。

老中の指示で、一色直温ら三人の外国奉行と目付の山口勘兵衛が横浜村に派遣されることが決定した。かれらは横浜村で落ち合うことをきめ、八ツ（午後二時）にそれぞれの屋敷を出発することを申し合わせて下城した。

老中たちには、手配しておかなければならぬことがあった。勅使大原重徳は、久光一行より一日おくれの今日、徒目付《かち》の吉井仁左衛門をはじめ十名の薩摩藩士の護衛のもとに江戸を発して京にむかうことになっている。しかし、生麦事件で神奈川宿とその附近の混乱は甚しく、殺気立った外国人が武器を手に街道を往来していることも予想される。もしも勅使一行とかれらが出会った場合、薩摩藩士との間で再び殺傷事件が起る恐れがある。

大原らはその日江戸をはなれて神奈川宿泊りを予定しているが、きわめて危険で、江戸をはなれるのはよいとしても神奈川宿に近づくことはせず、その手前の品川宿にしばらくの間滞留すべきであった。

それを大原に伝えるため京都町奉行に新任されていた永井主水正《もんどのしょう》（尚志《なおむね》）を使者に立てることになった。永井は、ただちに龍ノ口の伝奏屋敷に赴き、大原に閣老たちの意向を伝えた。

思いがけぬ事件の発生を知った大原は諒承《りょうしょう》し、体調をくずしていることを口実にして品川宿にとどまり、少しの支障もなくなった折を見はからって京にむかう、と言った。

永井から報告を受けた老中たちは、各国公使、領事に大原の旅程を徹底させるため、勅使が品川宿に滞留することを記した書状を急送した。

その日、大原は、吉井ら薩摩藩士をしたがえ、行列を組んで江戸をはなれた。

薩摩藩の江戸屋敷では、久光に随行している側役小松帯刀からの急用状で事件発生を知り、邸内は騒然としていた。

小松の書状には、外国人四人が馬で行列の中に乗入れた非礼を憤《いきどお》った供頭の奈良原喜左衛門その他が斬りつけ、一人を殺害、他の三人は逃げ去ったと記されていた。江戸詰家老島津登ら藩士たちは、その行為を当然の処置とし、賞讃《しょうさん》する声が高かった。

島津は、ただちに探りの者を生麦村、神奈川宿、横浜村方面に放ち、同時に程ヶ谷宿の小松とも連絡をとった。

情報が次々に寄せられ、横浜村の外国人たちの殺気立った動きが伝えられ、事件が大きな波紋となってひろがっているのを知った。また、江戸城に老中、若年寄をはじめ外国奉行ら諸役人が総登城して評定を開いていることも知り、想像以上の重大事となっているのを感じた。

そのうちに、小松が神奈川奉行に提出した書面の写しが藩邸にとどけられてきた。その書面を眼にした島津らは、一様に表情を曇らせた。書面には「浪人体之者三四人」が外国人を斬り、薩摩藩士の行為では決してないと記されている。が、生麦村方面の探索にあたった者からの報告では、行列中の藩士が斬りつけたことは明白な事実になっていて、質屋兼豆腐商の勘左衛門の目撃証言の申上書も神奈川奉行所に提出されていることも知った。小松の書面は、事実をかくそうとしたものだが、余りにも拙劣で、責任回避も甚しいと問題視されることはあきらかだった。

困惑した島津は、留守居の西筑右衛門らと協議した。

結論は、容易には出なかった。

小松の提出した書面の内容は、当然、神奈川奉行から老中に報告されている。老中たちは、神奈川奉行が生麦村の村人たちから得た証言も知っていて、書面が愚かしいほど虚偽にみちたものであることに憤りを感じているはずであった。

意見を交した末、島津と西は、事件について久光一行から江戸の藩邸に正式の届書が来たことにし、その内容が事実に相違ないとして幕府に届書を提出することをきめた。外国人に斬りつけたのは久光の乗物の近くにいた架空の藩士とし、それも軽輩の者とする。また、老中が下手人を差出すよう命じることはあきらかなので、行方知れずになっている、とすることも定めた。

書役が呼ばれて慎重に書面が作成され、さらに島津と西が意見を出し合って改め、西が清書した。

「壬戌八月廿二日

島津三郎（久光）儀　昨日御当地（江戸）出立仕候段は御届申上候通り　然《しか》る処《ところ》神奈川宿手前ニ而《て》　異人馬上ニ而行列内え乗込候ニ付　手様を以《もっ》て丁寧に精々相示し候得《そうらえ》共《ども》不㆓聞入㆒無躰《むたい》ニ乗入候ニ付　無㆓是非㆒先供之内足軽岡野新助と申者　両人え切付候処　直ニ異人共逃去候を右新助跡より追掛（け、そのままいずこに行ってしまったか）行衛相知れ不㆑申候（という書状が、程ヶ谷宿の薩摩藩側役から送られて参りました。以上）

松平修理大夫《しゅりのだいぶ》（藩主茂久）内

西　筑右衛門」

この届書は、用番老中板倉勝静のもとに提出された。

板倉は、老中たちにそれをしめし、岡野新助などという足軽など実在せず、責任のがれの届書だと判断し、神奈川奉行に回送した。

その届書を読んだ阿部は、朝、国分市十郎が持ってきた届書とちがっている上に、これも虚偽にみちたものであることに一層憤りをつのらせた。

怒りを抑えかねた阿部は、届書を提出した薩摩藩江戸留守居の西に、神奈川奉行所へ即刻出頭するよう命じる書状を急送した。

薩摩藩の江戸詰藩士立花直記が奉行所にやってきたのは、八ツ半(午後三時)すぎであった。阿部の前に坐った立花は、西が事件の処理で忙殺されているので、代理として参上したと述べた。

阿部は二通の届書を開いて立花の前に置き、

「あたかも烏《からす》と鷺《さぎ》の如《ごと》くにちがうが、いかなる次第か」

と、詰問《きつもん》した。

立花は、視線を阿部に据え、

「江戸藩邸より御老中様に差上げました届書が、実情です。今朝、程ヶ谷宿より御奉行様にお届けいたしました届書は、旅中の混雑にまぎれた首尾一貫しないものであり、申訳なく存じております」

と言って頭をさげ、さらに言葉をつぎ、

「たしかに足軽岡野新助なる者のおかした行為であることはあきらかで、しかしながら肝腎の新助が逃亡いたし、糾問することができませぬ」

と、言った。

阿部は、外国の外交官は曖昧《あいまい》な処理を最も嫌悪し、条理正しい結着を強く求め、それに反した場合は国難にも発展しかねない、と対外関係の難しさを述べ、

「二通の届書の内容が全く異なるのは、軽卒も甚しい」

と、なじった。

「御批判はもっともと存じます。しかし、この度の和泉（久光）様の旅は、勅使護衛の朝命によるものであり、それ故《ゆえ》に非礼の態度をしめしがちな外国人の通行をいたさせぬよう、あらかじめ要請の書面を御公儀に提出いたしました」

立花は、幕閣に八月二十一日に久光一行が江戸を発して京にむかうことを届出たのに、幕府が外国の公使、領事には一日おくれの二十二日に外国人の通行を控えるよう要請した過失をついたのである。

さらに立花はその届書に、外国人が非礼な行動に出た折には国の恥辱にもなるので

それ相応の措置をとる、と記したことも口にし、

「それにもかかわらず、行列に荒々しく馬を乗入れ、無礼の数々。新助の行為も乱暴とのみ申すことはできぬと存じます」

と、抗弁した。

阿部は、久光一行に程ヶ谷宿に滞留するよう指示したのに、それを無視して出立したのは公儀を軽んじる許しがたい行為である、と非難した。

「和泉様の此の度の旅は、重ねて申し上げますが、勅命を受けての旅です。もしも程ヶ谷宿にとどまり、外国人どもが武器を手に襲って双方が闘争するようなことにでもなれば、朝廷に対しまことに申訳ないことになります。また、御公儀にも御迷惑をおかけいたしますので、出立したことはきわめて賢明な判断と存じます」

阿部は、これ以上話し合っても意味はないと考え、

「必ず下手人を探索し、捕えて差出すように……」

と、きびしい口調で言った。

立花は、阿部の表情をうかがうように、

「最後にお願いしたきことがございます。今朝、程ヶ谷宿から使者をもって差出しました届書は、事実と相違しております故、お返しいただきたい」

と、言った。

「ならぬ。今後の参考にするため御老中様にお届けする」

阿部は、首をふった。

「無用のものですので、なにとぞ」

「無用ではない。有用だ。返さぬ」

阿部の眼には、憤りにみちた光がうかんでいた。

立花は、阿部の顔にしばらくの間視線を据えていたが、無言で一礼し、席を立った。

阿部は眩暈《めまい》をおぼえ、両手を畳に突いた。

六

イギリス代理公使ニールの怒りを少しでもやわらげるため、老中の命令で一色直温ら三人の外国奉行と目付の山口勘兵衛は、予定通り八ツ（午後二時）に横浜村へむかった。

その頃、アメリカ公使プリューインとオランダ代理領事ポルスブリュークが、老中に至急面会を申込んできていた。アメリカ公使館は麻布の善福寺に、オランダ領事館は芝の長応寺にそれぞれ設けられていた。

前日の事件発生以来、初めての外国外交官との接触に老中たちは緊張し、会見場所を用番老中の板倉勝静の屋敷と定めた。

老中脇坂安宅は病いのため欠席し、老中の水野忠精と若年寄遠山友詳、稲葉正巳《いなばまさみ》、寺社奉行牧野貞明、大目付岡部長常、外国奉行村垣範正《むらがきのりまさ》が参集した。

八ツ半（午後三時）過ぎ、プリューインとポルスブリュークが連れ立って姿を現わし、板倉の家臣が用意した漆塗りの椅子《いす》に腰をおろして板倉らと対坐《たいざ》した。

一応の挨拶《あいさつ》を終えた後、プリューインとポルスブリュークは、口々にこの度の事件が容易ならざる重大事であると前置きして、興奮した口調で話しはじめた。プリューインは、激昂《げっこう》した横浜村の各国公使館、領事館の護衛兵をふくむ外国人たちが、東海道の往来を一切遮断すると強く唱えている旨《むね》を口にした。

対話は書役によって記録され、この発言に対して老中は、

「左様ノ場合ニ相成候テハ、実ニ大変ノ事ニ有レ之候、右等ノ始末ニ至ラサル様周旋厚ク頼入候」

と、要請した。

うなずいたプリューインは、明日、ポルスブリュークとともに横浜村に赴き、そのような行動に出ぬよう説得する、と言った。ただし、島津久光一行の中の下手人を幕府が捕えて極刑に処すという確約がなければ、慰撫するのは不可能だ、と強調した。

これについて老中は、

「素《もと》ヨリ召捕候儀ニハ候得共、今日直ニ召捕候ト申訳ニハ参リ兼候」

と、答えた。

プリューインは、事件が起ったのは幕府の監督不行届によるものだと激しい口調で非難し、老中たちは弁明に終始した。

下手人が不明であるという老中の言葉に苛立《いらだ》ったプリューインは、島津久光を捕えて追及すれば狼藉《ろうぜき》者の名前も判明するはずだ、と重大な発言をした。

板倉はうろたえ、

「尤《もっとも》ニハ候得共、同人儀ハ身柄ノ者（身分の高い者）ニ有レ之、召捕候儀ハ出来不レ申」

と述べ、久光の家来を吟味すれば十分に目的はかなえられる、と主張した。

板倉らは、ひたすら恐縮し、薩摩藩に対して下手人をきびしく探索するよう命じると述べ、横浜村の外交官、将兵、一般人を慰撫してくれるよう重ねて懇請した。また、横浜村へは一色らを派遣し、ニールの怒りをやわらげるよう指示してある、とも付け加えた。

プリューインは、横浜村に行った結果を伝えると約束し、自らは二十九日に、ポルスブリュークは晦日《みそか》に老中らと再会することになった。

二人は、板倉の屋敷を去った。


その日の夕刻、一色らは、馬をつらねて神奈川奉行阿部正外の役宅に赴いた。阿部は、まだ眩暈がおさまらず病床に臥《ふ》していたが、起き出してきて一色らと会った。

これまでの経過について阿部は詳細に説明し、体調がすぐれぬためニールとの会談ものびている事情を述べた。明日は体調がどのようであっても必ず会談する予定である、と言い、それには当然一色らも同席することになるので、対策について話し合った。


ニールの怒りは甚しく、それに対処する適当な方法はない。阿部は、横浜村居留地でのニールの立場がどのようなものであるかを説明した。事件の発生後、激昂した外国人たちは、港内に碇泊《ていはく》する七隻《せき》の軍艦の兵力の出動を要請し、住民集会も開いた。イギリス領事ヴァイスは、住民たちの先頭に立ち、フランス公使ベルクールと軍艦の艦長らもそれに同調した。これに対してニールのみは無思慮なことだと終始反対し、それによって一応外国人の動きは鎮静化した。しかし、頑《かたく》なな態度をとるニールは外国人たちの非難を一身に浴び、孤立している。ニールは強靱《きょうじん》な精神力を持つ人物で、それが幕府との事件処理に発揮されることはまちがいなく、外国人たちの怒りを抑えただけに、幕府に対して強硬な態度をとるはずであった。

阿部の言葉に、一色らは顔色を変えていた。

かれらはとりとめもない会話を交し、いたずらに時を過した。一色らが腰をあげたのは八ツ（午前二時）すぎで、提灯《ちょうちん》を手にした家臣とともに旅宿に去った。

翌二十三日早朝、阿部は、支配組頭若菜三男三郎をニールのもとに赴かせた。江戸から外国奉行が出張してきたので、会談開催を申入れるためであった。

ニールの公邸に出掛けていった若菜が、間もなく小走りにもどってきた。阿部の役宅には、一色らが会談にのぞむため集っていた。

若菜の報告に、阿部は表情を曇らせた。若菜がニールに会談の申入れをすると、ニールは必要はない、と素気なく答えた。ニールは、すでに老中へ抗議の書簡を送っていて返答待ちであると言い、神奈川奉行などと話し合う気持はない、と拒否したという。

阿部は、ニールを非難した。たとえ老中に書簡を送ったとしても、事件は神奈川奉行の管轄地《かんかつち》内で起ったことであり、自分との会談を拒否するいわれはない。昨日は、自分の管轄地にほしいままに兵を入れて発砲騒ぎまで起し、奉行所から江戸に注進にむかわせた支配向上番の山本善四郎と通りがかりの町医師西山宗俊に傷を負わせている。そのような罪なき者を傷つけながら、ニールが知らぬ顔をしてすませることは許されない。

阿部は、右のようなことを口にし、若菜に自分の意をニールに伝えて再び会談を申入れるよう命じた。

若菜は、すぐに屋敷を出ていった。

しばらくしてもどってきた若菜は、ニールに阿部の意向を伝えたところ、会談に応ずると答えた、と報告した。会談場は運上所とし、時刻は五ツ（午前八時）と定めた。

阿部は正装し、定刻に一色らとともに運上所へ赴いた。少しおくれてニールが、フランス公使ベルクールと通訳官をともなって姿を現わし、対坐した。

阿部は、神妙な態度で挨拶した。この度の生麦村における事件の報告を受けた将軍家茂《いえもち》は深く憂慮し、老中をはじめ諸役の者たちは大いに驚き、上下とも当惑している。その上、下手人が行方知れずになっており、幕府は、島津久光に下手人を捕えるよう

厳命すると同時に、幕府としてもその筋々に捜索を命じている。やがて下手人を召捕ることはまちがいないが、と阿部は述べ、

「御老中様よりの命により、一応、それがしどもがこの度の事変についてお詫《わ》びいたすとともに、負傷された方々の御容体を慰問すべく参上いたした次第です」

と言って頭をさげ、外国奉行たちもそれにならった。

ニールは、答えることもせず、眼に憤《いきどお》りの色をうかべていた。

しばらくして、ニールが口を開いた。

「貴国ハ、既ニ我ガ国ト通商条約ヲ結ビ、親睦《しんぼく》モ約束シテイル。ソレニモ拘《かか》ワラズ、貴国人ハ我ガ国人ヲ、アタカモ仇敵《きゅうてき》ノヨウニ敵視シテイル」

ニールは、公使館である東禅寺で二度にわたってイギリス館員と護衛兵を殺傷する事件をひき起し、さらに生麦村でイギリスの民間人を殺害し重傷を負わせたことは、いかなる次第か、と糺問し、

「コレハ、ヒトエニ日本政府ノ多大ナ怠慢ニヨルモノデアリ、ソノ罪ハ日本政府ガスベテ負ワネバナラヌ」

と、言った。

さらにニールは、第二次東禅寺事件で賠償金を要求したのに、幕府は言を左右にし

て今日までなんの回答もない。今また生麦村での事件が起ったが、薩摩藩は大藩であるのに、このような残忍きわまりない行為をはたらいた下手人を捕えられぬとは理解しがたい。幕府は、すみやかに下手人を捕え、わが国人の前で処刑して罪を謝するのが、日本国の当然の公法である。それにもかかわらず幕府はなんの処置もとらず、と言って、憤りを一層露《あら》わにし、

「コノヨウナ有様デハ、私一人ノ判断デ事ヲ運ブコトハ適当デハナク、本国政府ノ決断ヲ仰ギ、ソノ指令ヲ待ツ。昨夜、女王陛下ニ手紙ヲ書キ、ソノ内容ヲ今朝、老中ニ書面デ伝エタノデ、今更、アナタ方ト談判スル必要ハナイ」

と、言った。顔は紅潮し、口はゆがんでいた。

阿部は、腹立たしさを感じたが、事を荒立てず処理しなければならぬと考え、

「貴殿の言われることは、まことにもっともと存じます」

と応じ、自分の管轄地内で起った事件であるので、職掌上、手をこまねいてはいられぬ事柄だ、と理解を求めた。また、外国奉行は、外国に関するすべてのことを扱う役目を課せられていて、今回、不慮の事件が起ったのでただちに当地に駈《か》けつけた次第である、とも言った。

「貴殿は、御老中様に書簡を送ったのだから、出張の外国奉行をはじめ私との会談も

不要と言われるが、それでは私たちの職務は果せませぬ」

阿部は、深く息をつき、

「なにとぞ私たちと会談を開いていただきたい」

と、懇請した。

終始無言でいたフランス公使ベルクールが、見かねたらしくニールに、外国奉行三人が出張してきたのだから、会談に応じてやったらどうか、と口添えした。阿部をはじめ外国奉行たちも、言葉をつくして会談を開くよう求めた。

しかし、ニールは首をふり、

「老中ノ回答次第デ、ソレニツイテ会談スルコトハアルダロウ。シカシ現在、アナタ達ト会談ノ必要ハ全クナイ」

と、冷やかな口調で言った。

ニールには妥協の気配がみじんもみられず、長い沈黙がつづいた。

阿部は、これ以上要請してもなんの効果もないと察し、散会することを決意した。

「それでは、本日のところは一応の御挨拶にとどめ、後日また……」

と、言った。

ニールは、通訳官からその言葉をきくと、無言で席を立ち、ベルクールとともに運上所を出ていった。

阿部は、一色ら外国奉行と話し合った。予想はしていたが、かれらはニールの憤りがきわめて激しいことをあらためて感じた。

本国政府の指令を仰いで行動するというニールの言葉が、無気味であった。二度にわたる東禅寺での殺傷につぐ生麦村での事件で、イギリス政府は武力行使を指令するかも知れない。なにかの事件に乗じて軍事行動を起し、それによって多大な権益を得るのは弱小国を植民地化してきたイギリスの常套《じようとう》手段であった。

一色は、ひとまずニールとのその日の応接の結果を老中に報告するため、家臣とともに馬に乗って横浜村をはなれていった。

その日の夕刻、品川宿にとどまっていた勅使大原重徳は、神奈川宿一帯の騒ぎも一応しずまったと判断し、明朝、京にむかって出立する、と老中に連絡してきた。

幕閣は、ただちに各国公使、領事に書簡を送ってその旨を伝え、明日は外国人の東海道への遊歩を控えて欲しい、と要請した。

翌二十四日も、晴天であった。万一にそなえ、夜明け前に幕府の徒目付たちが大原の宿泊している品川宿の本陣高山金右衛門宅に赴き、さらに神奈川奉行所からも支配方その他多数が出向いた。

大原は、薩摩藩士の警護のもとに徒目付らの付添いを受けて、朝六ッ半（七時）に本陣を出立した。

行列は東海道を進み、一行は大森、川崎で小休止をした後、四ッ半（午前十一時）に神奈川宿に入って昼食を兼ねた休息をとった。徒目付と神奈川奉行所の役人たちは、一行が神奈川宿から程ヶ谷宿方向に去るのを見送り、引返した。無事、神奈川宿通過は、それぞれ外国奉行と神奈川奉行に報告された。

江戸城では、将軍後見職一橋慶喜、政事総裁職松平慶永も加わって老中、若年寄、大目付、外国方役人が総登城し、大評定を開いた。

事件発生の報を得て以来、閣老たちは、島津久光一行の動きに苛立ちと憤りをいだいていた。初めは「浪人体之者三　四人」が斬《き》りつけたものだとし、次には足軽岡野新助が下手人だと届出、いずれも行方不明になっているという。二度にわたる届出は、いずれも虚偽にみちたもので、薩摩藩がうやむやのままに処理しようとしていることはあきらかだった。それは幕府を軽んじている表われで、大藩である薩摩藩の傲慢《ごうまん》さが根底にある。

評定の席で薩摩藩に対する非難の声が飛び交い、

「斬らずにおいてもよいものを、外国人を斬ったのは幕府を窮地に追いこむためだ」

と、苦々しげに言う者もいた。

目付の服部帰一などは、

「すみやかに兵を派して追撃すべきだ」

と主張し、それに同調する声が多かった。

慶喜は、これを制し、

「いたずらに事を荒立てては、全国に騒乱をひき起すもとになる。三郎（久光）殿は、すでに京にむかっているのだから、京に於《お》いて下手人を差出すよう命じるのが常道である」

と、言った。

しかし、慶永は、

「三郎殿が幕府に敬意の念をいだいているなら、当然、程ヶ谷宿にとどまり、下手人を差出して幕府の命を待ったはずである。それなのに責任を幕府に負わせて、こともなげに出発したのは断じて許しがたい。すみやかに旅をさしとめ、下手人を差出させるべきである」

と、強い口調で言った。

慶喜は、あくまでも京都で薩摩藩から自発的に下手人を出させるのが好ましい、と説得し、ようやく一同それにしたがった。

老中は、評決による指示を薩摩藩にあたえるため、江戸屋敷の家老島津登と留守居の西筑右衛門を城中に招き、京都で下手人を差出すよう命じた。

西は、平伏しながら、

「和泉（久光）様随行のわが藩士が、行列をおかした無礼者を打ち果しましたのは、古来よりの国法にもとづくものであります。それを悪事を働いたかの如《ごと》く仰《おお》せられますが、当然のことをしたまでで、むしろ国の名誉を汚《けが》さずにすんだ賞讃《しょうさん》すべき行為と存じます。それを強いて差出せと申されるなら、我ら一同、一人残らず出頭いたします」

と、きびしい口調で言った。

島津も無言でうなずいた。

話し合いは平行線をたどり、二人は下城していった。

そのような八方ふさがりの状態の中で、ニールが本国政府に送る手紙の和訳が老中のもとにとどけられた。生麦村での事件の内容が詳細に記され、イギリス人をはじめ外国人の憤りが激しく武力衝突の危険もあったが、ニールが極力押しとどめて鎮静化させた経過がつづられていた。しかし、今後の処置は、自分の権限では及ばぬこととなので、すべて本国の決定に従う、と書かれていた。手紙の提出先は、不列顚《ブリテン》女王陛下とあった。

すでに外国奉行の一色から、横浜村でのニールの冷厳な態度を伝えきいていた老中たちは、イギリス女王にあてた手紙の内容に、一層憂慮の色を濃くした。相つぐ殺傷事件でイギリス本国が、武力行使を指令することが十分に予想された。

老中たちは口をつぐみ、顔を見合わせるだけであった。が、手をこまねいて時間がいたずらに経過するのを見守るだけでは、さらに問題が深刻化する。横浜村に外国奉行以上の者を赴かせるべきだという意見が出て、若年寄を出張させることになった。

フランス公使のベルクールは、苦況に立つ幕府に幾分同情の節がみられるので、まずベルクールに会って今後の斡旋《あつせん》を依頼し、その上でニールと面談する。これ以外に考えられる方策はなく、若年寄の遠山友詳が外国奉行の竹本隼人正《はやとのしょう》（正雅《まさつね》）と大井十太郎の二人とともに横浜村に赴くことが決定した。また、前日、報告のため江戸にもどった一色は、夕方には横浜村に引返していったので、そのまま横浜村にとどまらせることになった。

翌二十五日は、曇天であった。

遠山らは、警護の者とともに駕籠《かご》をつらねて江戸をはなれ、横浜村にむかった。かれらが阿部と一色に迎えられて運上所に入ると、面談申入れを受諾していたベルクールが、書記官、通訳官をともなってやってきて、遠山らと向い合って坐った。面談の問答は、遠山に随行してきた書役によって記録された。

型通りの挨拶《あいさつ》を交した後、ベルクールが口を開いた。かれは、まず事件発生直後、神奈川宿に護衛兵を引連れて出張した折のことについてふれ、護衛兵が、馬を走らせてきた奉行所役人を「狼藉者《ろうぜき》ト誤認致シ」発砲して傷つけたことを深く詫《わ》びた。

遠山は、「ミニストルニハ怪我《けが》モ無レ之、大慶存候」と答え、陳謝を受け入れた。

ベルクールは、表情を改め、言葉をつづけた。

イギリス人を殺傷したことに外国人が激昂《げっこう》し、「神奈川宿ニオイテ、戦争ニモ可レ及イキホヒ」であったと述べた。殺気立った空気を憂《うれ》えたベルクールは必死になって鎮静させることにつとめ、その場はおさまったが、もしもそうでなければ「忽《たちま》チ一層ノ大事ニ及」んだはずである、とかたい表情で言った。

遠山は、かれの配慮に厚く礼を述べた。

ベルクールは、罪もないイギリス人を殺傷したことはまことに憎むべき悪事で、「甚不快」である、と顔をしかめた。

遠山は、自分がベルクールに面談を申し入れたのは今後も事態の収拾に御尽力いただくことを申し上げたいためだ、と述べ、ベルクールは諒承《りょうしょう》しながらも、一つの要求を口にした。条約によって定められた遊歩区域内で、外国人が自由に行動することは認められている。それにもかかわらず、今回のような事件が起ったのは警備が全くなされていないからで、再発防止のために神奈川宿を中心に十里ほどの東海道に多くの番所を設け、番兵を配置することが絶対に必要である、と主張した。

遠山は、阿部と言葉を交した末、ベルクールに対しそれを実現させるよう努力する、と答え、面談を終了した。

ベルクールは、近日中に江戸へ出て老中たちと会談する予定である、と告げ、辞去した。

ついで遠山らは、ニールの公邸に赴いた。

応接室に通されたかれらは、長い間待たされた。ようやく通訳官のリチャード・ユースデンとともに姿を現わしたニールの顔には、不機嫌そうな表情が浮び出ていた。

席についたニールは、ユースデンの通訳で、

「アナタノ名前ハ」

と、遠山にたずねた。

「遠山美濃守《みののかみ》（友詳）と申します」

遠山は、頭をさげた。

「先日ノ事変ノコトデコノ地ニ出張サレタノデスカ」

ニールの眼は、冷やかであった。

「左様でございます。この度狼藉を働きました島津三郎（久光）殿の家臣を差出すよう、薩摩藩邸の重役に幕府から命じました」

「乱暴シタ者ハ、江戸ニ呼ビ寄セルノデスカ」

「左様でございます」

「オヨソ何日頃マデニ呼ビ寄セルコトガデキマスカ」

「しかと期限はわかりかねますが、遠からず薩摩藩より差出す運びとなりましょう」

ニールの眼は、遠山の顔に向けられたまま動かない。

「我ガ国人ヲ殺傷シタ者ハ、三郎ノ家来デアル。三郎モ江戸ニ呼ビ戻シ糺明スベキデアル」

思いもかけぬ言葉に、遠山はニールを見つめた。薩摩藩ではイギリス人を斬りつけた者を差出す気配はなく、まして久光が吟味を受けに江戸にくるはずがない。

この場のがれのための答え方をすれば、後になって大きな難事となってふりかかってくると考えた遠山は、

「三郎殿を呼び戻すことはいたしません。家来のうちで狼藉を働いた者を呼び戻します」

と、慎重に答えた。

ニールの眼に、険しい光がうかんだ。

「乱暴ヲ働イタ者ニ、斬レト下知シタ三郎ヲ処罰スベキデアル」

外国人の中に、久光が乗物から身を乗り出して斬れと命じたという話が流れているのを、遠山も知っていた。が、生麦村で事件を目撃した村人の証言には、そのような事実はなく、それが単なる浮説であることはあきらかだった。

遠山は、

「そのことは、とくと糺明いたし、三郎殿がまちがいなく下知したものであれば呼び戻し、相応の処分もいたします」

と、落着いた表情で答えた。

ニールは、無言で遠山の顔を見つめていた。

遠山は、東海道を外国人がなんの懸念《けねん》もなく通行できるよう、遊歩区域の要所要所

に番所をもうける予定である、と告げた。

ニールはうなずき、数日のうちに江戸に赴き、老中と談判をする、と言った。その言葉には、遠山など相手にする気はなく、老中としか公式な話し合いはしないという態度があらわれていた。

それ以上、話すことはなく、遠山たちは立ち、ニールに頭をさげて公邸を出た。

遠山たちは、再び駕籠をつらね、夕刻に江戸にもどった。

登城した遠山は、ベルクールとニールに面談した結果を老中に報告し、東海道に番所をもうけることについての諒解を得、外国奉行と協議した。それを実施することは、事故の再発を防ぐのに有効であると同時に、今後、ニールとの談判に日本側が誠意をもって事件の処理にあたっていることをしめすことにもなる。形式上、外国奉行連名で用番老中板倉勝静の認可を得るため上申書を差出すことになった。

その内容について、外国奉行たちは打合わせをおこなった。

開港された神奈川での東海道の外国人遊歩区域は、六郷川から程ヶ谷宿までで、その間にある川崎、神奈川両宿場内を除く街道筋に番所を設置する。

番所は二十カ所とし、一カ所に十人ずつの番兵を詰めさせ、番兵には二人扶持《ぶち》、十二両をあたえる。また、間道には八州廻りの配下の者を巡回させ、もしも外国人に危害を加える者がいた折には逃がさぬようにし、場合によっては打殺してもよいことを定めた。

上申書を受けた板倉は、ただちに実行に移すよう指示した。

番所は、当然、神奈川奉行の支配下におかれるので、奉行所の役人が該当する街道筋に出張し、要所要所に設置場所を定めて番小屋を建てた。生麦村にも五カ所に番所が置かれ、番兵が詰めた。番所見廻り役人をふくめ、総計二百四十一人が配置された。

八月二十九日、横浜村からもどってきたアメリカ公使プリューインが、約束通り九ツ（正午）に板倉の屋敷にやってきた。老中水野忠精、若年寄稲葉正巳ほか外国奉行が出席した。

プリューインは、ニールの憤《いきどお》りの激しさを口にし、それは当然のことで、事件の処理を曖昧《あいまい》にすれば各国協同で武力行使に出ることも十分に考えられる。むろんそれは日本にとって重大な危機となり、そのような事態を回避するためにはすみやかに下手人を捕え、ニールの面前で処刑すべきだ、と力説した。

板倉らは、ひたすらニールの怒りをといて欲しい、と懇請した。

その日、品川沖に横浜港から回航したイギリス軍艦三隻が錨《いかり》を投げた。クーパー準提督坐乗《ざじよう》の旗艦「ユーリアラス号」ほか二艦で、旗艦には、明日、老中たちとの会談を予定しているニールが乗っていた。むろん、武力を背景に会談にのぞむ配慮からであった。

翌日は空が雲におおわれ、涼しかった。

約束にしたがって、その日は横浜村からもどってきたオランダ代理領事ポルスブリュークとの会談が予定されていて、代理領事は四ツ（午前十時）に会談場である板倉の屋敷に姿を現わした。幕府側の出席者は、板倉と四人の外国奉行であった。

ポルスブリュークは、鎖国時代に貿易を許されていたオランダの外交官であるだけに、日本の現状について心痛している旨《むね》を口にした。度重なる外国人殺傷事件で、幕府は打つべき手段もなく傍観している状態だが、このままでは必ずイギリスとの間に戦争が起る、と強く警告した。

板倉たちは、非は薩摩藩にあり、たとえイギリス人が島津久光の行列に礼を失した行為をとったとしても、斬りつけたのは無法である、と口々に言った。幕府としては、力をつくして解決にあたりたい、と述べ、ニールの怒りをやわらげるよう周旋して欲しい、と要請した。

ポルスブリュークは、出来得るかぎりの努力をしてみる、と言って板倉の屋敷を出て行った。

前日に「ユーリアラス号」のニールから老中との会談申入れの連絡があり、その日の八ツ（午後二時）に板倉の屋敷で会談がおこなわれることになった。日本側は老中の板倉、水野、若年寄の稲葉に四人の外国奉行が加わり、さらに政事総裁職の松平慶永が隣室で襖越《ふすまご》しに会談を傍聴することになった。

定刻にニールが、海軍士官らとともに馬で到着した。座敷に通されたニールは椅子《いす》に坐り、床几《しょうぎ》に腰をおろした板倉たちと向き合った。

板倉は、ニールと並んで坐った軍人たちがどのような職についているかをたずね、ニールは、支那、日本の海域を行動する艦隊の準提督クーパー海軍中将以下の士官たちである、と紹介した。

また、主席通訳官ユースデンに所用があり、新任の通訳官アレクサンダー・ゲオルク・フォン・シーボルトを連れてきたと告げ、シーボルトは立って頭をさげた。

シーボルトは、シーボルト事件で日本を永久追放されたオランダ商館医官フィリップ・フランツ・フォン・シーボルトの長男で、日本の開国によって再来日した父に連れられて日本にやってきた。父と三年間日本に滞在中、日本語を習得し、請《こ》われて三百ポンドの俸給でイギリス公使館付通訳官となっていた。十六歳であった。

会談がはじまり、板倉はひたすら陳謝の言葉を述べた。薩摩藩はもとより幕府も行方不明の下手人捜索に全力をつくしていて、日ならず捕縛し極刑に処するのが謝罪の唯一《ゆいいつ》の方法と心得ている、と言った。

しかし、ニールはなんの反応もみせず、憤りにみちた言葉を一方的に板倉らに浴びせかけた。

久光一行が、事件未解決のままそうそうに程ヶ谷宿を出立したのは、イギリス政府に対するこの上ない侮蔑《ぶべつ》である。このような無法を幕府はなおざりにしているが、それは幕府の権威が衰微していることをしめすものであり、わが本国政府は直接薩摩藩を徹底糺明する決断を下すであろう。今回の生麦村での事件のみならず、昨年につづいて今年もわが公使館で殺傷事件が起きたにもかかわらず、幕府はそのまま打捨てている。このような幕府の態度によって今回の事件も起ったわけで、すべて事件の根元は幕府にある。

シーボルトは、顔に汗を光らせてニールの言葉を日本語に直す。一般の外交交渉では、外国の通訳官がオランダ語に飜訳し、それを受けた日本の通詞が和訳して日本側の応接掛に伝える。その折に通詞は、応接掛に対する配慮から激しい言葉も至極穏やかな日本語に変える傾きがある。

しかし、シーボルトは、ニールの言葉を生硬な日本語で板倉たちに伝えるので、ニールの憤り以上の過激な言葉となっていた。

板倉たちは返答もできず、ひたすら頭をさげつづけていた。

辛うじて板倉が、第二次東禅寺事件の賠償問題は近々のうちに必ず処理する、と述べ、それでようやく会談は終了した。

ニール一行は去り、板倉らは傍聴していた慶永と話し合ったが、結論らしきものが出るはずもなく、夜に入って解散した。

七

八月二十二日七ツ半（午前五時）に程ヶ谷宿を出立した島津久光一行の行列は、宿場をはなれると同時に動きをはやめた。

荷をかつぐ者はおくれがちになって、列の長さはのびた。残暑はきびしく、かれらの首筋には汗が流れていた。

戸塚の宿場が近づくと、行列が停止しておくれた者を待ち、列が組まれた。槍《やり》持ちはかついでいた槍を正しく立て、藩士たちははだけた衿元《えりもと》をととのえ、ゆっくりした足どりで宿場に入った。

乗物が本陣の沢辺九郎右衛門の家の前で下されると、久光は当番供頭海江田武次を従えて上段の間に入り、茶坊主《ちゃぼうず》の立てた茶を飲んだ。家の前には、薩摩藩主の家紋が染めぬかれた幕が張りめぐらされていた。

側役の小松帯刀は街道の後方に探りの藩士を放っていたが、追ってくる者がいないという報告を得て、すぐに出立の触れを出した。

行列が整えられて動き出し、「下にい、下にい」と声をあげる先払いにつづいて宿場を出ると、再び足をはやめた。

相模《さがみ》国に入った行列は、原宿をへて藤沢宿につき、久光は本陣の蒔田《まきた》源右衛門方に身を入れた。神奈川宿から五里半（二二キロ）の地であった。

そこで昼食となったが、小松は、慎重に神奈川宿方向の宿場の入口に鉄砲組の者たちを配置し、警戒にあたらせた。

小松は旅を急ぎ、行列は水量の乏しい馬入《ばにゅう》川を渡って平塚宿で休息をとり、夕焼けの色に染る大磯《おおいそ》宿をへて梅沢で小休止した。すでに夕闇《ゆうやみ》が濃く、藩士たちは提灯《ちょうちん》に一斉に灯を入れて梅沢をはなれた。

提灯の長い列が小田原宿につき、久光は本陣の清水金左衛門宅に、小松らは脇《わき》本陣の虎屋三四郎方にそれぞれ入り、藩士たちは旅籠《はたご》に分宿した。

その夜、神奈川宿方面の情報探索にあたっていた土師吉兵衛と児玉源五右衛門が、小松のいる脇本陣にやってきた。

横浜村の外国人の動きは激しく、武器を手に馬や船で神奈川宿まで繰り出し、フランスの護衛兵の発砲騒ぎまであったが、一夜明けた今日は目立った動きはみられないという。しかし、横浜港には昨夕、新たに二隻のイギリス軍艦が入って、軍事行動に出るのではないかという噂《うわさ》がもっぱらで神奈川宿を中心にした東海道筋では人々が恐れおののいている、と報告した。

小松は、明日箱根越えをして三島宿泊りを予定していたが、万一にそなえてさらに一里半先の沼津宿まで行くべきだ、と思った。それには三島宿と沼津宿に急触れを出さねばならないが、箱根関所は明六ツ（午前六時）までとざされている。そのため、急触れの使者をその時刻に柵門《さくもん》の所まで赴かせ、開門と同時に関所をぬけて三島、沼津両宿場に急がせることになった。

宿場での宿割りその他を役目とする藩士たちが呼ばれ、かれらは提灯を手にあわただしく小田原宿をはなれていった。

翌日も一片の雲もない晴天で、前日同様七ツ半（午前五時）の出立になった。

宿場をはなれた久光は、湯本の米屋紋右衛門方で朝食をとった後、乗物を使わず黒毛の馬にまたがって進んだ。道は急な登りになり、右に左にくねっている。涼気が流れ、樹葉の緑は濃く、道の下方に渓流の輝やきがみえた。

畑で小休止し、行列は蛇行する山道を登りつづけた。時折り道の端で土下坐する旅人の姿があった。

箱根の関所に近づき、久光は下馬して乗物に身を入れ、行列がととのえられた。関所の役人たちが平伏する中を乗物が過ぎ、宿場の本陣駒佐五右衛門方の前でとまり、そこで休息となった。

小松は、幕府が箱根関所を管理する小田原藩に命じて柵門をとざし、久光一行の通過を阻止するかも知れない、と予想していた。が、それらしい気配は少しもみられず、関所では静かに旅人改めがおこなわれていた。

久光は宿場をはなれると再び馬にまたがり、山中で小休止し、三ツ谷の松雲寺に入って昼食をとった。さらに山道をくだって平坦《へいたん》な道に出ると、久光は乗物に身を入れ、三島宿の本陣樋口太郎兵衛方で小休止をし、それより一気に足をのばして沼津宿に至った。すでに宿場の家々からは灯火の光がもれ、久光の入った本陣の清水助左衛門の家の前にも、薩摩藩の提灯がかかげられていた。

その夜おそく、神奈川宿方向にもどってさらに外国人の動きを探っていた高崎猪太郎が、小松の宿泊する脇本陣に姿を現わした。そこには納戸《なんど》奉行中山中左衛門、小納戸頭取大久保一蔵らがいて、高崎の報告に耳をかたむけた。

横浜村の外国人の怒りは激しかったが、ようやくその動きもしずまり、今後、武力行動に出る恐れは当面ないと推測される。昨日、アメリカ公使、オランダ総領事が老中らに会い、下手人引渡しを早急におこなわなければ、イギリスとの間に容易ならざる紛争が生じる恐れがある、と警告した。老中たちは、外国奉行を横浜村へ出張させ、事態の収拾にあたらせている。

勅使大原重徳は、事件発生によって神奈川宿泊りを変更して品川宿にとどまっている。それも神奈川宿周辺の鎮静化によって、一両日中には京へむかうと予想される。

以上のことが報告され、外国の士卒や幕府の兵が追ってくることはないと断定された。

小松らは緊張を解き、酒を酌《く》みながら今後の旅程について話し合った。

江戸を出立した日は、生麦村での事変発生で神奈川宿泊りを程ヶ谷宿泊りにし、さらに昨日は、二日の行程を急ぎに急いで小田原宿に至り、また今日は箱根越えをしてこの地までたどりついた。荷をかつぐ者たちの疲労は甚しく、藩士たちも疲れきっている。追尾される恐れは一応なくなっているので、箱根方面に見張りの者を出した上で明日はこの宿場で休養をとらせるべきだという結論に達した。

小松は、本陣に赴いて久光にその旨を言上して諒承《りようしよう》を得、各組に触れを出した。それによって、翌日、一行は沼津宿にとどまって旅の疲れをいやした。

翌二十五日は定例通り七ツ半に出立し、原、吉原、蒲原《かんばら》をへて日没後興津《おきつ》に入り投宿した。この日も十二里近くの強行軍であった。翌日も七ツ半に出立、久光は江尻《えじり》宿の本陣寺尾与右衛門宅で休息をとった。その頃から珍しく雨が降りはじめ、一同合羽《かつぱ》をつけて進み、府中（静岡市）に入った。

雨に煙った宿場の入口に役人が待っていて、書状を差出した。それは、幕府からの急飛脚による書状であった。

一読した小松は、脇本陣に入って中山と大久保を呼び、協議した。書状には、イギリス軍艦が、或《ある》いはただちに鹿児島へむかうかも知れぬ、と記されていた。横浜村方面の探索で武力行使に出ることはないという報告を得ているが、幕府がそのような書状をもたらしたのは、イギリス軍艦にそれらしい動きがあるのをつかんだからにちがいなかった。

小松たちは、すぐに久光が休息をとっている本陣の望月治右衛門方に赴き、書状を差出した。

文字を眼で追った久光は、書状を小松に返すと、急使を国許《くにもと》へ、と命じた。すでに生麦村で事変が起ったことを記した書状は、江戸藩邸から急飛脚で鹿児島に送られているはずであった。しかし、幕府からの急報があったからには、事変の詳細な内容を伝える意味からも急使を出す必要があった。

脇本陣にもどった小松たちは、急使に大番頭座書役の松方助左衛門を選んだ。松方は、生麦村で久光の駕籠《かご》廻りとして事変を身近で眼にし、その冷静な性格と秀《すぐ》れた識見が急使に適していると判断されたのである。

小松は、ただちに松方を呼び、鹿児島へ急ぐことを命じた。大坂へ至り、そこから海路、薩摩藩領にむかうよう指示した。松方は諒承し、従者をしたがえて足早に雨の中を去った。

行列は雨に打たれながら進み、鞠子《まりこ》、岡部をへて藤枝に達した。その宿場で小松は、京の薩摩藩邸の横目本田親雄《ちかお》宛《あて》に、松方を急使に立てたので大坂での松方の船便の手配をするよう指示する書状をしたため、急飛脚に託した。

藤枝の前方には大井川が控え、川の状態が懸念《けねん》されたが、宿場役人の話では幸い晴天がつづいていて水量が少く、川渡りは可能であるという。

翌朝も七ツ半の出立が予定されていたが、久光が眼をさましたのは六ツで、六ツ半(午前七時)には藤枝宿をはなれた。雨はあがっていた。

一里余の三軒屋で小休止をし、島田宿に入って本陣の置塩藤十郎方で休息をとった。川人足川渡りの準備がととのったという連絡があり、行列は大井川の岸についた。川人足のすべてが集められていて一般の旅人の川渡りは中止され、旅人たちは岸にむらがって久光一行の渡りをながめていた。

行列の順序にしたがって、藩士たちが輦台《れんだい》で川に乗り入れ、駕籠や荷も運ばれる。久光の輦台は、本陣の置塩方にあずけられている薩摩藩主専用の朱塗高欄付の華麗なものであった。輦台に、久光の乗った乗物がそのまま載せられ、二十四人の人足にかつがれて川に入った。さらに上流側には水勢をふせぐ水切人足十数人が縦・列になって乗物とともに動いてゆく。華やかな行列が川を進み、つぎつぎに対岸にあがっていった。

水量が増した折には川留めとなって、両岸の島田、金谷両宿場で川明きになるまで何日も滞留を余儀なくされるが、難なく川を渡ることができたことに小松らは安堵《あんど》の色をみせていた。

再び行列が組まれ、金谷宿の本陣佐野佐次右衛門宅に久光が入り、そこで昼食を兼ねた休息をとった。それより日坂《につさか》をへて、夕七ツ（午後四時）にその日の宿泊予定地の掛川宿に着いた。

翌二十八日は曇天で、小雨が時折り降り、涼しかった。行列はゆっくりと進み、浜松、吉田（豊橋）、岡崎、宮と泊りをかさね、閏《うるう》八月二日には佐屋《さや》で一日滞留して休養した。

さらに東海道を進み、桑名、関、石部、大津の各宿場で宿泊をつづけ、閏八月七日に京に入り、錦小路《にしきこうじ》にある薩摩藩邸へむかった。

京の町々では、多くの男女が久光の行列を見ようとしてむらがり、御所の近くには軽い身分の官女まで出ていた。かれらはすでに生麦事件のことを知っていて、行列を乱した外国人を薩摩藩士が斬《き》ったことに、賞讃《しようさん》の声がしきりであった。三条通りでは、久光一行をたたえる書状を差出す者までいて、藩士たちの表情は明るかった。

その夜、藩邸では、無事京への到着を祝う酒肴《しゆこう》が藩士たちに振舞われた。

勅使の大原も翌日には京に入り、閏八月九日、久光は御所に参内し、議奏の中山忠能、正親町三条実愛、野宮定功《ののみやさだいさ》、武家伝奏の坊城俊克参席のもとに天皇に拝謁《はいえつ》した。久光は、江戸で勅使を補佐して一橋慶喜に将軍後見職、松平慶永に政事総裁職への就任を幕府に認可させた経過を説明し、公武合体の基礎がためをしたことを奏上した。

天皇は、功を賞して褒勅《ほうちょく》をあたえ、剣一振りを下賜《かし》した。

この褒賞については、久光が江戸を出立する前に、無位、無官の久光を従五位に叙し大隅守《おおすみのかみ》に任じるという内意があり、幕府に伝えられた。それを受けた一橋慶喜と松平慶永は、前例がないことから寺社、町、勘定の三奉行と大目付、目付、外国奉行に審議を命じた。三奉行らは、協議の末、朝廷の指示ではあるが、容認できかねるという結論に達した。久光一行が起した生麦村の事変でニールをはじめ各国公使、領事は、薩摩藩を激しく非難し、その矢面に立っている幕府は窮地に立たされている。もしも久光にそのような叙位と任官があったことをニールたちが知れば、かれらは一層激昂《げっこう》し、外交交渉は暗礁《あんしょう》に乗り上げる。

三奉行らの回答は、京都所司代牧野忠恭《ただゆき》から武家伝奏の坊城俊克を通じて朝廷に伝えられた。情勢が情勢であるだけにやむを得ぬこととして叙位と任官はとりやめとなり、褒勅と剣の下賜のみとなったのである。

そのいきさつについては、京の薩摩藩邸でも熟知していて、到着した久光と重だった者に伝えられた。生麦村での事変が重大な外交問題になっていることを感じていた久光は、それを当然の措置と考え、今後も叙位と任官については固辞する旨《むね》を関白の近衛忠熙《このえただひろ》に伝えた。

久光は、今後イギリス公使をはじめ各国の公使、総領事の薩摩藩に対する圧力が増すことはまちがいなく、それを直接うける江戸藩邸に有為な人材を加える必要がある、と考えた。そのため、大原勅使に随行して上京した岩下左次右衛門を江戸詰側用人《そばようにん》とし、徒目付の吉井仁左衛門を留守居添役に任じ、さらに情報収集にすぐれた高崎猪太郎を加え、江戸藩邸詰を命じた。三人は、ただちに江戸へむかった。

入京して以来、久光は藩邸の者が収集した京の情勢を分析し、それが甚だ好ましくないものであるのを知った。

長州藩の攘夷《じょうい》論者は積極的に京に進出して工作に奔走し、若い公卿《くぎょう》たちはその影響を受けて攘夷一色に染まっていた。それは、久光が京をはなれて江戸に滞在している間の急激な変化であった。

尊王攘夷派の公卿たちは、朝廷と幕府の融和を目的とした皇女和宮の将軍家茂への降嫁を憤《いきどお》り、それに関与した公卿の岩倉具視《いわくらともみ》、千種有文《ちぐさありふみ》、富小路敬直《とみのこうじひろなお》、久我建通《こがたけみち》と女官今城重子《いまきしげこ》、堀河紀子《もとこ》を四奸《かん》二嬪《ひん》として排斥し、岩倉たちは官を辞し剃髪《ていはつ》して京の郊外に身をひそませていた。

その動きにさらに拍車をかけたのは、過激な尊攘論者による天誅《てんちゅう》の続発であった。幕府と親密な関係にあった九条尚忠《ひさただ》は、すでに六月に関白の職を辞して剃髪し謹慎させられていたが、安政大獄で幕府側に立って動いた九条の家臣島田左近が暗殺され、その首が四条河原にさらされた。それを手初めに暗殺が繰返され、過激な尊攘派の勢力は一層拡大していた。

そうした空気の中で、七月には長州藩主毛利敬親《たかちか》と世子の定広が入京してきた。久光が京にのぼって国事周旋に乗り出し、江戸に勅使とともに赴いたことに長州藩は落着きを失い、国政の主導権を得ようとして藩主自ら入京してきたのである。また、それにつづいて八月には、土佐藩主山内豊範《やまのうちとよのり》も多くの尊攘派の藩士をしたがえて入京し、京の情勢は複雑化していた。

朝廷内では、長州藩の急進尊攘派の感化を受けて外国の勢力を駆逐せよという声が支配的で、その実行を幕府にせまる空気がたかまっていた。それは、朝廷と幕府を融和させる久光の公武合体策に相反するもので、久光は長州藩に激しい不快の念をいだいた。

さらに長州藩世子定広は、八月三日に、寺田屋事件の関係者をふくむ国事犯の赦免を幕府に命じる勅書を授けられ、京から江戸にむかった。それを知った久光は、激怒した。寺田屋事件は、久光が浪士鎮撫《ちんぶ》の勅命にしたがって薩摩藩の尊攘派を斬殺《ざんさつ》させたもので、その罪を許すとあっては久光の面目が失われる。むろん久光は、それが長州藩の朝廷に対する工作の結果であることを知っていた。

定広は、久光が京にむけて江戸をはなれる前々日の八月十九日に江戸に到着した。ただちに定広は藩士を久光のもとに派して面会を申入れたが、久光は拒絶し、翌二十日再び申入れがあって久光は定広に会った。しかし、二人の意見には大きな差があり、素気ない儀礼だけの面談に終った。勅使の大原は、薩摩、長州両藩の不和を憂《うれ》え、独断で寺田屋事件関係者赦免の件を削除して幕府に伝えるよう配慮した。そのため衝突は避けられたが、両藩の亀裂《きれつ》は収拾のつかないまでに深まっていた。

久光は、入京して以来、公卿たちが生麦事件で外国人を殺傷した薩摩藩士に賞讃の言葉を口にしているのを苦々しく思っていた。長州藩の影響を受けた公卿たちの素朴な攘夷論を愚かしく思い、危惧《きぐ》も感じていた。

長州藩の強引な横車によって、久光は、念願とする公武合体の実現がおぼつかなくなっているのを感じた。そのため久光は、関白の近衛に長文の意見書を送って所信をつたえた。内容は、いたずらな意見に朝廷がまどわされず公武合体の推進に努めて欲しい、と強調したもので、ことに朝廷を支配する過激な攘夷論について警告した。わが国に海軍はなく、攘夷を強行すれば敗北の憂目を見ることは疑いの余地なく、武備の充実に専念するのが先決だ、と記した。

しかし、その意見書も攘夷にこりかたまった少壮公卿たちにはなんの影響もあたえず、それを感じた久光は、京に滞在する気持も失せていた。

その間に、薩摩藩の江戸屋敷からは、連日のように急飛脚が到来していた。八月晦日《みそか》にイギリス代理公使ニールが、軍艦三隻をひきいて品川沖に至り、クーパー準提督とともに江戸に入って老中らと会談し、それを政事総裁職松平慶永も傍聴したことが記されていた。

ニールの態度は激烈で、下手人の引渡しと処刑を要求するばかりか、久光を捕えて吟味することも求めている。また、ニールは本国へ指示を仰ぐ書状を送ったが、イギリス政府が軍事行動に出るよう指令することは確実な情勢にあり、イギリス軍艦が今にも鹿児島にむけて出港するという説も飛び交っていて、それを江戸藩邸でも重視しているという。

久光は、落着かなくなった。

生麦村の事件については、家臣が外国人に斬りつけたのはやむを得ぬことと久光はその行為を是認していた。大名行列は、藩の威信をしめすもので、藩士たちは身なりを整え、定められた順序にしたがって整然とした列を組んで進む。それは儀式に似たもので、その行列を乱した者は打果してもよいという公法がある。日本に居住する外国人たちは、日本で生活するかぎり、その公法を十分に知っているべきであるが、殺傷された外国人たちは下馬することもなく、馬を行列の中に踏みこませるという非礼を働いた。それは断じて許されるべきではなく、斬りつけたことは当然と言える。

しかし、国情のちがいからニールが憤激し、強硬な態度で激しい抗議をしているのも無理はなく、武力行使に出ることも十分に予想された。

久光は、一刻も早く鹿児島にもどり、来襲するにちがいないイギリス軍艦に対する防備強化につとめなければならぬ、と思った。

かれは、閏八月二十三日に京をはなれることにし、勅許を得た。

二日前から雨が降りつづいていたが、その日、四ツ半（午前十一時）に錦小路の藩邸を出発する頃には雨もあがり、青空がのぞいた。藩邸を出た行列は伏見街道を進んで、八ツ（午後二時）すぎに伏見の藩邸につき、その日はそこで宿泊した。

翌日は晴天で、朝六ツ（午前六時）に出立予定であったが、大坂まで舟でゆく淀川《よどがわ》が増水していて出発を中止した。が、九ツ（正午）になって川明きの報告が来たので出立し、舟で淀川をくだって夕六ツ半（午後七時）に大坂の藩邸に入った。

翌日と次の日は大雨で藩邸にとどまり、その間に荷物を鹿児島に行く「昇天丸」に積み込んだ。

二十八日は晴天で、久光は藩邸を発して行列とともに兵庫に入った。港には、蒸気船「永平丸」が碇泊《ていはく》していた。その船は、久光が江戸を出立直前に薩摩藩が横浜村でイギリス商人から六万七千両で購入した「フィリーコロス号」で、「永平丸」と船名を改めていた。船長四十三間余、幅六間余で、四百馬力機関一個をそなえた四四七トンの船であった。「永平丸」は、久光の帰国に使用するため、横浜から兵庫へ回航してきていたのである。

「永平丸」は帆走をも兼ねていて、翌二十九日朝六ツに久光は乗船し、六ツ半に出帆した。

船は、順風を得てはやい速度で西へ進み、淡路島の北端をかすめ、小豆島と豊島《てしま》の間の水路をぬけた。一同、その快走に驚嘆し、船は高松沖をすぎ、日没時には早くも多度津近くに達して潮がかりした。

翌日、船は夜明けとともに帆を開き、島々の間を縫うように瀬戸内海を西へ進んだ。夜間は島陰で停止し、錨《いかり》を投げた。空は満天の星であった。

蒸気走で赤間関《あかまがせき》の海峡をぬけて玄界灘《げんかいなだ》に入り、南に船首をむけて五島灘、大草灘を進み、九月四日の九ツに薩摩藩領の阿久根《あくね》に到着した。港には藩の重役たちが出迎え、久光は、かれらの無事帰国を祝う挨拶《あいさつ》を受けた。

翌日、久光は阿久根をはなれ、その日は向田、翌日は苗代川に宿泊し、次の日に鹿児島に近づいた。途中、通過した地では、村々の名主たちが正装して出迎え、領民たちは土下坐《どげざ》して行列がすぎるまで頭をさげていた。

鹿児島の城下に入ると、槍《やり》持ちは槍を鮮やかに他の槍持ちに投げることを繰返し、「下にい、下にい」の先払いの澄んだ声が家並にひびいた。

整然と組まれた行列は、九ツすぎに城門をくぐった。

城内に入った久光は、休息をとった後、子の藩主茂久と対坐した。茂久の久光に対する安着を祝う挨拶の後、生麦村での事変について話し合った。

駿河《するが》国府中で急使に命じられた松方助左衛門は、旅を急いで閏八月二十八日に鹿児島に到着していた。松方は茂久に事変の内容を詳細に述べ、イギリス代理公使が本国政府に書状を送り、軍艦をただちに鹿児島へ派遣する気配があることを報告した。

茂久はそれを重役たちに伝え、海岸一帯の監視を強化するよう命じた。薩摩藩では、前藩主斉彬《なりあきら》以来、洋式兵術を導入して武備の充実につとめてきたが、イギリス軍艦来襲にそなえて具体的にどのような措置をとるべきか、茂久は久光の帰国を待ちかねていた。

茂久は、久光が京にむかった後の藩情について、決して好ましくない状況にあることを口にした。久光が公武合体を推し進める国事周旋をしていることを批判する声がたかまり、それに対して久光を支持する者もあって藩論は二分していた。そうした混乱は、久光の考え方を信奉する気鋭の藩士たちのほとんどが久光の旅に随行していて、藩には保守的な者たちが多く残っていたからであった。

茂久は、この不安定な藩情を憂え、七月六日、家老に書をあたえて久光の国事周旋の意義を述べ、今後、いたずらな流言を口にする者は容赦なく処罰するよう命じた。

久光は、来襲するイギリス軍艦に対抗するには、藩士の結束が基本であるとして、二日後の九月九日に茂久とともに、一門以下家老、若年寄、大目付を引見した。

かれは、江戸での公武合体の功績に対して天皇から下賜された剣を披露し、さらに側役以下の者にも拝覧を許した。ついで久光は、家老に諭書をさずけ、国事奔走の趣旨を述べ、藩政をととのえ藩士一丸となって富国強兵を目ざし職務に精励するよう訓示した。

九月十三日、江戸藩邸の留守居添役内田仲之助（政風《まさかぜ》）が、江戸よりの使者として城内に入った。かれの使命は、幕府の最も重要な制度の一つである参覲《さんきん》交代制の改革を伝えるものであった。

幕府は、諸大名に一年在府、一年在国の参覲制度を定め、大名は妻子を江戸藩邸に置いた。つまり一年置きに大名は行列を組んで江戸に入り、帰国する義務を課せられていた。これは幕府が諸大名を従属させ、中央集権の実をあげるのを目的としたものであった。参観交代は諸大名に莫大《ばくだい》な経済負担を強い、ことに遠隔地の大名ほどそれが大きかった。薩摩藩では海陸四百十一里の長旅をしなければならず、藩財政に重大な影響をあたえていた。

久光は、勅使の大原とともに江戸に赴いて公武合体の促進につとめるかたわら、参覲交代制の改革を進言した。外圧が日増しに加わる中で、その制度に多額な費用を費やすのは好ましくなく、それに要する費用を防備力強化にあてるべきだと強調したのだ。

内田の報告は、久光の進言が全面的に幕府に容《い》れられたことを伝えるものであった。

幕府は、閏《うるう》八月二十二日、大名の一年置きの参覲を三年置きとし、さらに小大名の江戸滞在を百日間とすることを布告した。また、諸大名の妻子も国もとに帰るのを許した。この画期的な改革は、幕府の権威の失墜をしめしていたが、それを強硬に進言した久光の功績であることはあきらかだった。

藩士たちは、こぞって久光の卓越した政治力に深い畏敬《いけい》の念をいだき、久光を頂点に結束する藩の体制がととのえられた。

藩では、イギリス艦隊来襲にそなえて本格的な防備力強化に取組んだ。

八

第八代藩主島津重豪《しげひで》は、天明七年（一七八七）に四十三歳で隠居したが、八十九歳で病歿《びょうぼつ》するまで藩政を自由に左右した。

かれは、西洋文明に強い関心をいだき、歴代のオランダ商館長とも親しく交わって長崎に入ってくる洋書を積極的に購入し、和訳させた。それによって得た知識は、面談したオランダ商館医官シーボルトを驚嘆させたほどであった。

前藩主斉彬は、曾祖父《そうそふ》の重豪の薫陶《くんとう》をうけて西洋知識の吸収につとめ、自ら自由にオランダ文字を書きつづるまでになった。かれの眼は西洋にそそがれ、一流の洋学者に蘭書《らんしょ》の講読、飜訳をおこなわせ、世界的な広い視野を持ち、西洋科学の導入を藩の主要方針とした。

かれは、絶えず人を長崎に赴かせて西洋科学関係の洋書を購入し、それにもとづいて理化学試験を実施させ、さまざまな洋風の物品を製造した。その事業は本格化し、試験、研究製造をおこなう機関として集成館を創設し、内容は飛躍的に充実して洋式産業の大規模な工場となった。

研究され製造されたものは、アルコール、メッキ、硫酸、塩酸などの薬品、ガス灯、電信機、和文と欧文の活字、ガラス等多岐にわたり、製作する機械の動力は水車が使用された。

斉彬が、それらの一般産業とともに最も力を注いだのは造船と兵器製造であった。外国の艦船の出没がしきりになって、それに対抗する必要を感じた斉彬は、藩と言うより国家的な観点から武備の強化を急務とした。

造船について斉彬は、早くから西洋型帆船と蒸気船の建造に熱意をいだき、それに関する洋書を飜訳させ、まず嘉永《かえい》四年（一八五一）十月に帆船の建造に手をつけた。三本マストの帆船で、工事は順調に進み、安政元年（一八五四）三月に完工をみて、「伊呂波丸」と命名した。

さらにかれは、ペリー来航の一カ月前の嘉永六年五月に日本で初めての洋式軍艦の建造に着手した。長さ十五間、幅四間一尺の三本マストの帆船で、砲十門、臼砲《きゅうほう》二門、小口径砲二門をそなえ、一年半の工期をへて竣工《しゅんこう》し、「昇平丸」と命名された。「昇平丸」は、安政二年三月に江戸湾に回航され、途中、外国船と見誤られぬよう、幕府の御用船が使用していた日の丸の船印を国旗としてかかげた。

品川沖に碇泊すると、海岸には多数の見物人がむらがり、葦簀《よしず》ばりの茶店が出るほどのにぎわいであった。幕府では、老中首座阿部正弘《あべまさひろ》が老中、若年寄、三奉行らをともなって「昇平丸」を見学し、将軍家定も二度にわたって浜御殿に赴き、望見した。その他、徳川斉昭《なりあき》、慶篤《よしあつ》父子をはじめ諸大名の参観者が相つぎ、「昇平丸」はしばしば帆を開いて江戸湾内を航行してみせたりした。

斉彬は、軍艦は国のために建造したものだとして「昇平丸」を幕府に献納し、幕府は受領して船名を「昌平丸」と改めた。薩摩藩では、「昇平丸」についで洋式軍艦「大元丸」「鳳瑞丸」「承天丸」「万年丸」をそれぞれ起工して進水させ、二隻を幕府御用船、二隻を藩用船とした。

さらに斉彬は、蒸気船の建造にも情熱をかたむけた。

かれは、オランダの舶用蒸気機関の技術書を、蘭学者箕作阮甫《みつくりげんぽ》に「水蒸船説略五巻及び附図一巻」として飜訳させ、さらに緒方洪庵《おがたこうあん》、杉田成卿《すぎたせいけい》などにも関連の洋書を和訳させた。

これにもとづいて、斉彬は、嘉永四年春、江戸田町の藩邸内で、また同時に鹿児島でも肥後七左衛門らに蒸気機関雛形《ひながた》の製造をおこなわせ、それらはいずれも翌年春に完成し、試運転にも成功した。ペリー来航の一年前であった。その後、肥後らは長崎に赴いてオランダ汽船を見学するなど研究をかさね、安政二年七月に諸大名を江戸藩邸に招いて蒸気機関を運転し、大名たちを感嘆させた。

斉彬は、アメリカからもどった漂流民の中浜万次郎につくらせた帆船の模型を参考に、越通船と称する長さ八間余、幅一間三尺余の小型帆船三艘《そう》を建造し、湾内の運送船として使用させた。三艘の越通船は江戸に回航されたが、その一艘に蒸気機関を装着して藩邸前面の海で試運転をかさね、好結果を得た。これが日本最初の国産蒸気船の「雲行丸」であった。

「雲行丸」は品川沖から隅田川をさかのぼったが、両岸は群衆で埋めつくされ、両舷《げん》側《そく》にとりつけられた外輪が水しぶきを散らして回転する姿に驚嘆した。船が永代橋に近づいた時、帆柱が橋にふれるのを気づかった橋上の群衆が、危ない、と口々に叫んだ。その声をきいた操船者が、ただちに船を停止させ、外輪を逆回転させて後退した。その動きに、人々は歓声をあげ、「雲行丸」は薩摩藩の蒸気船として江戸市中の大きな話題になった。

斉彬は、小銃、大砲の製造にも情熱をもって取り組んだ。

日本では、小銃と言えば火縄銃で、斉彬はそれを数千挺《ちよう》製造させた。が、日本の鎖国の間に絶え間なく戦争を繰返していた西欧諸国では銃の改良が進み、火縄銃から燧石銃《ひうちいし》、雷管式銃へと移行していた。開国以来、新式銃がつぎつぎに輸入され、それらの技術に追随することは困難で、薩摩藩では幕府をはじめ諸藩と同じように小銃はもっぱら輸入に頼るようになった。

大砲については、天保《てんぽう》十三年（一八四二）に幕府から製造命令が出されて以来、諸藩で青銅砲の鋳造がおこなわれるようになり、さらに鉄製の大砲製作を目ざして反射炉の建設もはじまった。

銃砲製造にひときわぬきんでていたのは、佐賀藩であった。

佐賀藩が軍備増強に総力をあげたのは、文化五年（一八〇八）に長崎で起ったイギリス軍艦「フェートン号」事件に大きな衝撃を受けたからであった。長崎は、佐賀、福岡両藩が一年交替で警備につき、その年は佐賀藩の担当であった。

八月十五日に「フェートン号」が、オランダ船を装《よそお》って長崎港に入ってきた。イギリスはオランダと敵対国の関係にあり、オランダ船と思って連絡のため艦に赴いた二人のオランダ商館員が、艦側に捕えられた。

その一人が釈放され、艦長の書簡を持ち帰った。そこには、オランダ船の拿捕《だほ》を目的に入港してきたが、オランダ船が碇泊《ていはく》していないので立ち去る、と記されていた。

ただし、薪水と食料が供給することが条件で、もしもそれを拒否した折には港内の日本船、唐船をことごとく焼き払うと書かれていた。長崎奉行松平図書頭《ずしよのかみ》は、いわれのない威嚇《いかく》に激怒したが、艦内に残された商館員の安全を願う商館長ドウフの懇願をいれ、水、食料を艦に送って商館員を救出した。

図書頭は、「フェートン号」を攻撃する準備を進めたが、翌日、「フェートン号」は帆を開いて港外に去り、図書頭は責任を負って自刃《じじん》した。

その事件で、佐賀藩の思いがけぬ警備態勢の不備が表面化した。長崎警備に千名の藩兵を駐留させる定めであったのに、大半が佐賀に帰国していて長崎にとどまっていたのはわずか七十名足らずであった。その大失態に、責任者の佐賀藩聞役の関伝之允は切腹し、参覲交代で江戸にいた藩主鍋島斉直《なべしまなりなお》は百日の逼塞《ひつそく》を申し渡された。

長崎警備という大任を課せられながら、藩主が処罰されるという事態を招いたことは、藩にとって大きな恥辱であった。イギリス艦の無法な動きを眼前に、なんの動きもできなかった警備の佐賀藩士たちは、他藩の失笑の的になった。

事件に対する反省がおこなわれ、大砲を装備したイギリス軍艦に対して、藩の警備陣が全く無力であったことが痛感された。長崎は、異国との唯一《ゆいいつ》の接触地であるだけに、今後も異国の軍艦が入港してくることが十分に予想される。その地の警備を担当している藩としては、それに対抗する武力を持つことが絶対に必要であった。

その後、藩では、長崎に近いという地理的利点を活用して洋風の武力強化を目ざし、火術方を置いて西洋砲術の研究に手をつけた。

斉直の跡をついで藩主になった斉正《なりまさ》（閑叟《かんそう》、のち直正）はおびただしい洋書を購入し、伊東玄朴《げんぼく》らの蘭学者を動員して翻訳、研究にあたらせ、それによって銃の製作、砲の鋳造、火薬製造に取り組んだ。反射炉を建設し、西欧の先進的な製鉄、冶金《やきん》技術を導入して鉄製砲の量産にまでこぎつけた。それらの砲を江戸品川の台場（砲台）をはじめ長崎周辺などの防備用として一手供給し、作業場の規模はきわめて大きく、幕末日本の最大の兵器工場になっていた。

薩摩藩の大砲製造は佐賀藩につぐもので、反射炉を建設し、集成館では弾丸、砲具、火薬などの研究製造を推し進めた。安政五年七月には西洋の騎兵用元ごめ銃にならって銃三千挺をつくり、天保山で諸隊の連合大演習をもよおし、斉彬自らこれを統率した。猛暑の中での演習であったため、かれは病いを発して急逝《きゅうせい》した。

斉彬の弟久光の子の茂久が藩主となったが、隠居の斉興が藩政をみて、斉彬の西洋文明吸収政策によって悪化していた財政建て直しをはかり、経費節減のため集成館は閉鎖された。

斉興は、翌安政六年九月に死去して久光が茂久を補佐するようになり、外国への危機感から集成館での兵器製造が再開された。

久光は、砲術の研究、訓練をさかんにおこなわせ、青銅砲の鋳造を推進させた。久光が京から江戸に赴いている間に、茂久は軍備充実のため領内百二十余カ所に火薬の原料である硝石の製造所をもうけていた。

九月七日に鹿児島へもどった久光は、茂久をはじめ重臣たちと、来航が予想されるイギリス艦隊の対策について鋭意協議をかさねた。

イギリス代理公使ニールは本国に伺いを立てたというが、本国からの指令がくるのは一般的に数カ月後で、武力行使を命ずる指令書がニールのもとに届いた直後、イギリス艦隊が来航することが予想された。イギリスは、生麦事件について法外な賠償請求と下手人の引渡しを要求するはずで、それに対して藩としてはどのように対応すべきかがはかられた。久光たちの意見は一致していて、あくまでも全面的な拒否であった。

大名行列を乱した者は理由のいかんを問わず斬《き》り捨てるのが公法であり、それをおかしたイギリス人を殺傷したことは当然の措置であった。非はイギリス人たちにあって、それに対して賠償金を支払う必要などなく、ましてイギリス人を斬った藩士を下手人として引渡すなどは論外であった。

艦隊側の要求を拒否すれば、艦隊が武力行使に出ることは確実で、薩摩藩側もこれに対抗し、戦争となる。イギリスは世界一の海軍国で、むろん艦隊の武力は強大である。しかし、薩摩藩としては、それを恐れることなく死力をつくして迎え撃つ。そのためには、短期間のうちに総力をあげて防備力の強化をはからなければならない。

久光は茂久と話し合い、藩士の結束を一層強化するため、藩主から一方的に指示するよりも重要課題について重臣たちの意見を聴取する方法をとるのが好ましい、という結論に達した。

十月二十三日、茂久は自ら書を発して、六カ条の課題を提示して家老、若年寄、大目付、軍役奉行、軍賦役《ふえき》等に意見書を差出すよう命じた。

第一条は、台場の件であった。

鹿児島の町は、鹿児島湾をはさんで桜島と向き合っている。鹿児島の町に被害をあたえようと来航するイギリスの艦隊は、当然、桜島との間の海域に進入してくる。それを迎え撃つには台場が必要で、前藩主斉彬時代までに鹿児島の城下の海に面した祇《ぎ》園洲《おんす》、新波止、弁天波止、大門口、砂揚場の五カ所に台場が築造され、桜島の赤水、横山、烏島にもそれぞれもうけられていた。茂久は、さらにイギリス艦隊の進入路にあたる桜島の南方に浮ぶ沖小島に台場築造の必要がある、と指摘した。

第二は集成館で大砲鋳造を促進する件で、第三は、藩の宝蔵庫にある古金百万両の中の五万両を新貨に換えて三倍の十五万両とし、その五万両を集成館の大砲鋳造にあてる。第四には、これら武力の強化とともに、内政の整備をはかるため困窮している藩士へ扶持《ふち》米を供与し、第五に米価高騰《こうとう》の抑制、第六に生活必需品の物価安定への監視があげられていた。

これら六カ条について、家老たちは、それぞれ意見書を提出したが、すべて六カ条を全面的に支持するものばかりで、藩を挙げてそれらを実行することに決定した。

沖小島台場築造は、ただちに開始され、大砲師範青山愚痴（千之助）が指揮にあたった。工事が急がれ、堅牢《けんろう》な台場が築かれて一貫目砲、三貫目砲数門が据えられた。その台場は、青山の子の千九郎が門人数十名とともに守備の任についた。

薩摩藩では、前年の一月に長崎でイギリス商人から蒸気船「イングランド号」を十二万八千ドルで購入し、「天祐丸」と命名した。七四六トンの船で、横浜で機関の修理を終えて鹿児島にもどっていた。

さらに「永平丸」も十一月六日に長崎からもどり、「天祐丸」の近くに錨《いかり》を投げた。

諸藩の中で大型蒸気船二隻を保有するのは薩摩藩だけで、その雄姿に藩士たちの志気はあがり、見物する庶民が海岸にむらがった。

側役の小松帯刀は家老に昇進し、蒸気船に造詣《ぞうけい》が深いことから蒸気船掛に任ぜられた。

十一月十三日、茂久は軍制改革を発令した。

この改正は、前藩主斉彬が積極的に導入した西洋流の軍制を根本的に否定するもので、それは藩士たちの間に攘夷論《じょうい》が根強く浸透していたからであった。

久光が京から鹿児島へもどった後、京では相つぐ暗殺もあって長州藩の藩士を中心に急進攘夷派の勢力が急激に拡大し、京はかれらによって完全に支配されていた。それらの攘夷派は、九月十八日に長州、土佐、薩摩三藩の連名で攘夷決行の勅命を幕府に命じることを朝廷に建議した。久光は攘夷をただちにおこなうことに反対の姿勢をとっていて、薩摩藩士がその建議に加わったのは久光の意に反するものであった。しかし、京の薩摩藩邸にいた藤井良節《りょうせつ》、本田親雄、高崎正風《まさかぜ》たちは、荒れ狂う急進攘夷派の勢いに同調を余儀なくされ、参加する形になったのである。

朝廷はこの建議をいれ、少壮急進派公卿《くぎょう》の三条実美《さねとみ》を勅使に任じ、三条は土佐藩兵護衛のもとに十月に江戸に赴き、幕府に攘夷決行の勅命を伝えた。これは鹿児島にも急報され、藩士たちの間に大きな波紋となってひろがった。

藩内には過激な攘夷論者が多く、朝廷が幕府に対して攘夷決行の勅命を発したことに興奮した。勅命は、攘夷が日本のゆるぎない方針として定められたことを意味し、藩としてもそれに従うべきだという意見が支配的であった。かれらは、攘夷論の立場から前藩主斉彬が西洋の兵制、兵術、武器等の導入を積極的に推し進めたことに、内心、嫌悪《けんお》に近い感情をいだいていた。西洋のものをすべて良しとして、洋風化を心がけた斉彬の姿勢に反感をいだいていたのである。

そのため、斉彬が急逝後、西洋の文物の工業化を推し進めていた集成館が閉鎖されたことに好感すらいだいた。しかし、予想されるイギリス艦隊の来航にそなえて防備力の大強化が急務であり、兵器工場でもある集成館の事業は再開された。

イギリス艦隊との間に戦争が起る確率は高く、その折にはどのようにして戦うべきか。

初めに西洋風の軍制を採り入れたのは前々藩主島津斉興で、大小砲製造所、操練場をもうけ、訓練も西洋式とした。ついで藩主となった斉彬は、さらにそれを推し進め、軍の編成をはじめ実戦訓練その他すべてを西洋式とした。

勅命の発せられたことを知った藩の攘夷論者たちは、この軍制に激しい異論を唱えた。西洋を模倣した兵法はあくまでも借りもので、薩摩藩士の真の力は発揮できない。藩には伝統的な兵法があり、それは藩の草創期に繰返された苛烈《かれつ》な戦いによって確立したものであった。

慶長以前の島津家の貴久、義久、義弘三代にわたる戦国時代に、島津家は群雄割拠の中で死闘をつづけた。島津家の武士団は、絶えず武術の稽古《けいこ》にはげみ、戦場にあっては死を恐れぬ闘争心を発揮し、蒲生《がもう》家、菱刈《ひしかり》家、相良《さがら》家、肝付《きもつき》家をつぎつぎに圧伏して、長年の仇敵伊東氏の軍勢も撃破し、その支配地を掌中におさめた。その間、少数の軍勢で大軍を撃破することもしばしばで、島津家の勇戦と用兵の妙は九州一円に鳴りひびいた。

追われた伊東氏の背後には、強大な武力を持つ大友氏がひかえていて、大友氏は残された伊東氏の軍兵とともに大軍をもって島津家を攻めた。島津家の兵は死力をつくして戦い、これに大勝した。

九州は、島津、龍造寺《りゅうぞうじ》両氏の勢力に二分され、島原で三千の兵の島津氏と兵六万の龍造寺氏が雌雄を決して激突した。将士は決死の覚悟で戦い、敵将龍造寺隆信の首級をあげ、三千余を斃《たお》して圧勝し、龍造寺氏を帰順させた。

天下統一をほぼ達成した豊臣秀吉は、九州の安定を願って調停に乗り出し、筑前《ちくぜん》は秀吉、肥前は毛利氏、筑後、肥後、豊前《ぶぜん》の半ばは大友氏、他は島津氏に分割する旨《むね》を告げた。しかし、島津氏はそれにしたがわず、秀吉と大友氏の連合軍が島津氏を攻めた。が、島津氏はこれを敗走させ、薩摩、大隅《おおすみ》、日向《ひゅうが》、肥後、肥前、筑前、筑後、豊《ぶん》後《ご》の八州を支配下におさめた。

秀吉は、四十万の大軍をひきいて攻め、島津氏は、二万の兵で薩摩、大隅、日向の三州に拠《よ》って迎え撃った。その折の島津氏の将士の勇戦は秀吉軍を恐れおののかせたが、結局島津氏は兵をひいて和議が成立し、島津氏は三州を領して、それが薩摩藩の基礎となった。

イギリス艦隊の来航をひかえて、藩士たちは西洋式兵制を廃し、秀吉と和議をむすぶまでの戦さに明け暮れた時代に立ち帰るべきだ、と口々に唱えた。無勢にして大軍を撃破した勇猛な武士たちの精神を基礎に、当時の巧みな戦法を活用することが必要だ、と強調した。

この主張は藩を支配し、茂久もそれをいれて「慶長以前の御旧制に従ひ、軍備改革中渡」すという軍制改革を布達した。ただし、台場に据えられた大砲等は、これまで通り西洋流とすることにしたが、その扱いについても薩摩藩独自のものにするよう指示し、十一月十五日、西洋式歩兵調練の全面廃止が布達された。

翌日、茂久と久光は、家老その他とともに城を出て汽船「永平丸」に乗った。「永平丸」は外輪を回転させて進み、沖小島のかたわらで投錨《とうびょう》し、茂久らは上陸して島に築造された台場を青山千九郎の説明を受けて検視した。

「永平丸」は反転して、茂久らは桜島に上陸し、赤水、横山、烏島の各台場を巡視して鹿児島城下にもどった。

さらに茂久一行は集成館に赴いて、さかんにおこなわれている青銅砲の鋳造の現場を視察し、城に引返した。

江戸藩邸からは、しばしば書状が送られてきていたが、十二月二十四日には生麦事件に関する報告が急飛脚で寄せられた。

江戸家老の島津登と留守居西筑右衛門に老中水野忠精から召喚状が来て、二人は水野の役宅に出頭した。水野は、下手人差出しの件について詰問《きつもん》し、島津と西は、イギリス人に斬りつけた足軽岡野新助が依然として行方知れずで捕えられずにいる、と答えた。同席した幕府の役人は、岡野が下手人であることを認めず、行列に加わっていた藩士の出頭を命じた。

江戸藩邸には、久光の乗物を護衛した供目付の山口彦五郎がいたので、翌日、山口は水野の役宅に出頭した。山口は、同じように岡野が斬りつけ、さらにイギリス人を追って行ってそのまま行方不明になったと説明したが、役人は承知せず、そのまま山口は町奉行所に送られた。

山口は、罪人同様の扱いを受けて数日間奉行所に留置され、その間、役人たちは、事実を申し述べよときびしく迫った。役人は、岡野は架空の人物で、久光の乗物をかためていた重だった供方四、五人の行為だと主張し、目撃した村人をはじめ重傷を負ったイギリス人からも詳細に事情を聴取していて、追及は鋭かった。しかし、山口は同じ弁明を繰返し、ようやく釈放されたという。

その報告に、幕府が事件の内容をほとんど確実につかんでいるのを知った。

年が暮れ、文久三年正月を迎えた。

六日には、軍制改革後初めての操練がおこなわれた。

西洋式操練の代りに旧軍制の甲州流（武田流）兵法にしたがって五十騎または三十騎を一隊とし、弓、槍、銃砲を手にした藩兵が、三段または五段に組んで集団行動をした。この大操練によって、藩の緊張はさらにたかまった。

それから七日後の十三日に、志布志《しぶし》湾に面した肝付川河口の波見港の役人から、城内に衝撃的な急報があった。波見南方の内ノ浦の火崎沖にイギリス国旗をかかげた一隻《せき》の汽船が姿を現わし、投錨したという。

早くもイギリス艦隊の一部が来航したか、それとも偵察の目的を持った汽船が碇泊《ていはく》したのか。城内に緊迫した空気がひろがった。

つづいて第二報が入った。

波見は、琉球との交易港で通詞も駐在していて、役人が通詞とともに汽船に赴いて碇泊の理由をただした。船長は、横浜を出港し長崎にむかう途中、食料が欠乏したので、それを得るため火崎沖に碇泊し、補給が受けられれば明日には出港する、と答えた。役人の報告によると、船内に不審な気配はみられないという。

軍役奉行は、ただちに各台場に警戒の指令を発するとともに、波見の役人に汽船側の要求に応じるよう命じた。その指示にしたがって、波見では舟に果実、鶏、魚類、薪等を積んで汽船に送りこんだ。

汽船は、翌朝、約束通り錨を揚げ、南西方向に帆影を没した。

藩では、臨戦態勢の整備を急いだ。

城下には、藩士たちが四千二十戸の家に住んでいたが、イギリス艦隊が来航した折には急速にかれらを持場持場に集結させねばならない。そのためには、藩士たちの組織化が必要で、その月の二十一日に城下の三千八十八戸を六区画に分けて六組に編成した。第一番組五百三十七戸、第二番組五百十九戸、第三番組六百四十戸、第四番組四百二十四戸、第五番組四百九十二戸、第六番組四百七十六戸とし、各組に組頭を置き統率する。十五歳以上六十歳までの藩士たちは、緊急の場合即座に駈《か》けつける旨を記した書面に連署、捺印《なついん》し、組頭に提出した。

二月に入ると、六組に分けられた藩士たちに、イギリス艦隊来航時の集合規則が指令された。

早鐘または太鼓の合図で、藩士たちはただちに所定の持場に駈けつける。第一、二番組は弁天波止台場、第三番組は大門口台場、第四番組は調練場、第五番組は新波止台場、第六番組は祇園洲台場にそれぞれ集結し、指図を受けて大小砲その他の要具をそろえ合戦の用意を至急ととのえる。その他、六組以外の藩士の半ばは城中、城下守衛の任につき、城門、演武館の警備にあたり、時によっては姫君の警護にも任じる。

その他、小高い所に設けられた遠見番所と烽火《のろし》台には藩士が常駐し、烽火台は山川、指宿《いぶすき》、今和泉、喜入、谷山、垂水《たるみず》、新城の七カ所に置かれた。

イギリス艦隊の編成は、一応四隻以上と推定されるので、四隻以上の異国船を遠見番所で望見した折には艦隊と判定して号砲五発を発射し、烽火台でただちに烽火をあげて城内に報せる。これらの統轄《とうかつ》は大番頭がおこなうことが定められ、この通達は家老の小松から布達された。

これにつづいて、茂久は、二月十九日に家老島津大蔵、小松帯刀、川上但馬《たじま》、川上式部と若年寄、大目付、大番頭、小姓組番頭、側用人、側役、軍役奉行を休息所へ招いた。

茂久は、きわめて重大な時期であることを藩士に徹底させ、定められた規則を守らせるよう訓示した。その内容は、書面で藩士たちに伝えられた。

悲報が、城内に伝えられた。大坂に軍需品引取りのため赴いていた「永平丸」が、一月二十三日に明石海峡で暗礁《あんしょう》に乗りあげ、船底を破損し沈没したという。「天祐丸」とともに二隻の大型蒸気船を保有していたことを誇りとしていた藩にとって、その報告は打撃であった。

大型蒸気船が欠くことのできないものであるのを強く感じていた蒸気船掛の小松は、新たに蒸気船購入を茂久に進言し、ただちに容認された。

小松は、集成館で銃砲、火薬の製造を担当している竹下清右衛門に、長崎へ出張して蒸気船を購入するよう命じた。竹下は、長崎に赴き、イギリス汽船「コンテスト号」(五三二トン)を四万八千両で入手し、翌月、同船は鹿児島に回航された。藩では「白鳳丸」と命名した。

また、長崎の海軍伝習所で航海、砲術、測量等を学んだ徒目付五代才助(友厚)は、その年の一月に藩命で七万両の金を手に蒸気船購入の目的で上海《シャンハイ》に赴いていた。五代は、イギリス船「サー・ジョージ・グレイ号」(四九二トン)を五万二千両で購入し、三月二十三日に鹿児島に回航させた。その船は「青鷹丸」と命名された。これによって薩摩藩は、「天祐丸」「白鳳丸」「青鷹丸」の三隻の外国製蒸気船を保有することになった。

九

薩摩藩は、防備力の強化に全力をそそいでいたが、久光が再び京へ赴かねばならぬ事情が生じた。

前年の十月中旬に帰藩した京都薩摩藩邸詰の藤井良節が、天皇の内命を記した関白近衛忠熙から久光宛《あて》の書状を持参していた。

天皇は、京での急進攘夷《じょうい》派の動きが常軌を逸したものになっているのを深く憂《うれ》え、それを鎮静化させるには久光の力を借りる以外にない、と考えた。そのため、久光を至急上京させるようにという内命を近衛に伝え、近衛は、内命書の写しに自らの書簡を添えて藤井に授け、久光に手渡すことを依頼したのである。

また、過激な攘夷論に反対している公卿《くぎよう》の中山忠能、正親町三条実愛も、久光の上京をうながす書簡を藤井に託していた。

その頃、江戸に赴いた勅使三条実美は、攘夷決行の勅命を幕府に伝え、幕府は困惑していた。各国と和親条約を締結して開港にも応じているのに、港を閉鎖して外国人全員に国外退去を命じるなどということはできるはずもない。しかし、幕府には、すでに勅命に反対する力は失われていて、十二月五日、将軍家茂は三条実美に対して、勅命に従って京にのぼり攘夷決行の方法について協議する、と回答した。

これを無謀と考えた政事総裁職の松平慶永と前土佐藩主山内豊信《とよしげ》（容堂）は、久光の力でそれを阻止しようとし、上京をうながす書状を帰藩する江戸藩邸の吉井仁左衛門に託した。吉井は、十二月初旬に鹿児島につき、その書状を久光に渡した。

近衛からの書簡を受けた久光は、イギリス艦隊の鹿児島来航にそなえて防備に専念している実情を説明し、藩外に出ることは到底できない、という内容の返書を送った。近衛らの書状につづいて慶永、豊信からの書簡も受け、さらに上京をうながす書状がしきりに送られてきて、久光もやむを得ず上京の決意をかためた。

鋭い洞察力をもつ久光は、京での攘夷論を抑制するには、将軍の上洛《じようらく》期日を延期させることが先決であると判断し、大久保一蔵と吉井仁左衛門に、上京して根廻しをすることを命じた。大久保と吉井は、十二月九日に鹿児島を出立し、二十日に京に入った。

二人は、中川宮（青蓮院宮《しようれんいんのみや》）、近衛、中山、正親町三条に会い、将軍上洛の延期を建言した。中川宮たちはそれに賛同し、江戸にいる慶永と豊信の諒解《りようかい》を得た上で、将軍上洛の延期を指示する勅命を出すことになり、十二月二十五日、大久保と吉井は、近衛の書状を手に江戸へ急いだ。

年が明けて江戸に着いた二人は、慶永、豊信に近衛の書状を渡し、延期について要請した。慶永も豊信も同意し、老中たちに働きかけた。家茂は二月七日に江戸を出立して京にむかうことに決定していたが、それを大幅に延期させようとしたのである。

しかし、京の攘夷派からの圧力にひるんでいた老中たちは、慶永の意に従う者はなく、将軍の上洛をはばむことは不可能な情勢であった。そのため慶永、豊信、大久保、吉井が集り、協議した。その結果、上洛を三月初旬にのばし、将軍が京に入る前に久光が上京して将軍後見職一橋慶喜をまじえ慶永、豊信と会議を持つことに決定した。

大久保は、翌日江戸を発して道を急ぎ、京に入って評議の結果を近衛と中川宮に報告し、ついで鹿児島にもどり久光にそれを伝えた。

このような懸命の工作にもかかわらず、将軍は二月十三日に江戸を発して三月四日入京し、久光らの会議は実現しなかった。大久保は、帰藩後栄進して、中山中左衛門とともに側役も兼ねることになった。

久光は、上京を求める天皇の内命に従って三月四日、蒸気船「白鳳丸」に乗船して鹿児島をはなれた。随行者は、家老小松帯刀、側役島津又七、中山中左衛門らで、七百余人の士卒も和船に分乗して従った。

「白鳳丸」は瀬戸内海を進んで兵庫につき、久光一行は十二日に京に入った。

近衛は、正月下旬に関白の職を辞して鷹司輔煕《たかつかさすけひろ》がこれに代っていて、久光は、その日、ただちに近衛邸に赴いた。中川宮、関白の鷹司、慶喜、慶永、豊信らが集り、会議を持った。

その席で久光は、攘夷決行を定めた朝廷の決議を軽率であると非難し、朝廷が攘夷論者の意のままになっていることは国の進むべき道を誤るものである、と批判した。また、朝廷にそのような影響をあたえている長州藩主父子に、慶喜がその姿勢をただすよう強く詰問すべきだ、と勧告し、過激な攘夷一色に染った京の情勢に全面的に反対の意向をしめした。

参席者は、すべて久光の意見に賛成であった。

しかし、近衛が関白を辞するとともに中山忠能、正親町三条実愛も議奏を辞任させられていて、公武合体派はすべて一掃され、急進派公卿の三条実美らが長州藩士らの攘夷派と組み、京での政治上の実権を完全に手中にしていた。攘夷論者たちは儒者の池内大学らを裏切り者として暗殺し、三条は、勅旨を得て慶喜に攘夷決行時期の即時決定をせまり、やむなく慶喜はそれを四月中旬と上申した。

久光は、このような情勢に、自分の意見など全く採用される余地がないことを強く感じた。また、急進攘夷派の間から久光の攘夷尚早《しようそう》、公武合体論に激しい非難の声があがっていて、これに憤慨した久光の随行者が急進攘夷派の重だった者を襲う企てもあることを知った。久光は、このまま京にとどまれば争乱が起る恐れがあると考え、イギリス艦隊の鹿児島来航が迫っていることもあって、一日も早く帰藩しなければならぬ、と思った。

かれは、三月十七日に朝廷と幕府に対し帰藩する旨《むね》の届書を提出し、翌日、京をはなれて大坂にむかった。近衛は大いに驚き、薩摩藩邸の本田親雄と高崎猪太郎に、久光を引返させるよう大坂へ急がせた。

大坂に入った久光は、新たな情報を得、イギリス艦隊の鹿児島来航が迫っているのを知った。かれは、朝廷に対して書状をしたため、それを大坂の藩邸に来た本田に託し、京へ引返して提出するよう命じた。その内容は、イギリス艦隊来航にそなえ、一日も早く帰国して「守衛防禦之《ぼうぎょの》策略十分を尽し　必死に防戦仕《つかまつり》　夷賊一人も不レ残《のこさず》加ニ誅戮一《ちゅうりくをくわえ》」る覚悟である、というものであった。

京へもどった本田は、久光の書状を朝廷に提出するとともに、二条城の老中水野忠精と板倉勝静にイギリス艦隊が鹿児島に来航した折には話し合いに一切応ぜず、「加ニ誅戮一候《そうろう》心得ニ御座候」という書面を提出した。

久光は、兵庫に至り、四月三日に再び「白鳳丸」に乗って日向国（宮崎県）細島に直航し上陸した。

かれが鹿児島の城中に入ったのは、四月十一日八ツ半（午後三時）であった。

二月下旬以降、日本とイギリスとの関係はにわかに緊迫化し、戦争勃発《ぼっぱつ》の恐れもある最悪の事態になっていた。

二月十九日、イギリス軍艦八隻が横浜に入港し、本国よりの訓令とイギリス外務大臣ラッセル卿《きょう》の指令書をもたらした。

それを受取ったニールは、その日のうちに老中宛に長文の手紙を送った。それは、高畠五郎、福沢諭吉、箕作秋坪《みつくりしゅうへい》、大築保太郎、村上英俊が協同して和訳し、老中に提出した。

内容は、生麦事件についてイギリス国女王をはじめ政府の最高首脳部が激怒していることが長々とつづられ、事件についての幕府への要求が記されていた。

一、十分に誠意のこめられた謝罪書を、イギリス国女王に提出すること。

二、賠償金十万ポンドを支払うこと。

この二カ条についての回答は、本日より二十日間の猶予《ゆうよ》をあたえるが、もしもそれを実行しない折には、二十四時間以内に横浜港の艦隊提督が軍艦に武力行動に出ることを指令する。

イギリス人を殺傷させた薩摩藩に対しては、艦隊を鹿児島に派遣し、

一、リチャードソンを殺害し他の者に重傷を負わせた薩摩藩士を捕え、吟味の後、イギリス海軍士官一人または数人の眼前でその首を刎《は》ねること。

二、殺傷されたイギリス人の親族に対する賠償金として二万五千ポンドを支払うこと。

これを薩摩藩主が拒否した場合は、提督が全艦隊に対し「相応と思ふ程の強劇なる処置」を指令する。

ニールは、ラッセル外務大臣よりの指令書の写しも老中に送り、その末尾に、殺人を許容した者として久光を処刑することを要求する、と書き添えられていた。

閣老たちは、或《あ》る程度覚悟はしていたが、イギリス本国からの訓令が予想以上のきびしいものであることに落着きを失った。二十日間の猶予期日とは三月八日であり、その日までに要求をいれない場合、イギリス側は武力行使に出るという。清《シン》国で大規模な軍事行動に出たイギリスだけに、それは単なる威嚇《いかく》ではなく、生麦事件を利用して日本を植民地化させる意図をいだいていると判断された。

家茂はすでに江戸を発して京にむかう途中にあって、このような重大問題を家茂の認可なくして決定することはできない。江戸で留守を守る老中の井上正直と松平信義は、若年寄、大目付、外国奉行らを総登城させ、ニールの書簡とラッセルの指令書を回し読みさせた。

評議の結果、家茂が旅中であるだけに三月八日までに回答するのは到底不可能だということに意見が一致した。その場合は戦争になるが、家茂上京の行列に多くの士卒が随従していて、江戸に残っている者は少く、十分な応戦はおぼつかない。

かれらは、黙しがちであった。

とりあえず旅中の家茂に緊急事態の発生を至急伝える必要があり、使者として大目付兼外国奉行の竹本正雅《まさつね》が選ばれた。家茂一行を追うことになるが、三十七歳の竹本は頑健な体をもち、神奈川奉行も兼任していてニールとの折衝の場にも数多くのぞんでいて、使者として最も適していた。

竹本は、ただちに出立することになり、井上から渡された書状を手に下城した。井上たちは、家茂からの指示を待つことになり、各方面にニールの書状に関する示達をおこなった。

京に滞在する一橋慶喜と松平慶永にも、書状が急送され、それを受けた慶喜と慶永は、二月二十六日に書状を京の薩摩藩邸に送ってイギリス側からの要求を伝え、承諾しがたい内容なので「何《いず》れも戦争に及候《およびそうろう》は必然」と記した。イギリス側の要求については、

一　島津三郎（久光）誅戮之事

一　薩州へ到　戦争之事

一　償金之事

と、書かれていた。

藩邸では、久光を殺すという第一条に激怒の声が飛び交い、本田親雄が鹿児島に急報した。

家茂の行列を追った竹本は、馬で東海道を急ぎ、二月二十五日夜おそく三河国吉田宿（豊橋）泊りとなった家茂一行に追いついた。

竹本は、翌朝、家茂に随行している老中の水野と板倉に会って事情を伝えた。水野らはイギリス側の要求のきびしさに当惑の色をみせ、協議の上、追って指示する、と答えた。

竹本はただちに道を引返し、二月晦日《みそか》の夕刻、江戸にもどった。

翌朝、竹本は登城して老中たちに委細を報告した。老中たちは、いずれにしても期日までに回答することは全く不可能と判断し、同時にイギリス側の武力行使を回避する方法について協議した。

評議の結果、アメリカ公使プリューインの助力を仰ぐことになり、豊かな外交経験をもつ村垣範正を派遣することに決定した。

村垣は、五ツ半（午前九時）に城を出ると、アメリカ公使館の麻布善福寺に赴き、プリューインに会った。

プリューインは、むろんニールが長文の手紙とラッセル卿の指令書の写しを老中に送ったことは知っていて、村垣は早速、用件に入った。家茂の旅先に使者を出したことを述べた村垣は、家茂からの指示はまだないが、一両日中には指令書がとどくはずだ、と前置きし、ニールが期限をのばす可能性があるか否《いな》かをたずねた。

プリューインは、延引することはあり得ない、と答え、それについての内輪話を口にした。かれはニールに会った時、二十日間の猶予を三十日間にしてやったらどうか、と進言した。が、ニールは、本国からは十日間の期限と指示してきていて、それを自分の独断で二十日としたのだと答え、そのようないきさつがあるので、日延べは承諾するはずはない、とプリューインは答えた。

村垣は、今後も力添えをして欲しいと要請し、寺を辞した。

家茂は、吉田宿を二月二十六日にはなれた後、岡崎、熱田と泊りをかさね、二十八日に桑名泊りとなったが、その宿場から御用状が三月三日に江戸城にもたらされた。御用状には、家茂が京から江戸へ帰るまで回答期限をのばすことをアメリカ公使に仲介を依頼せよ、と記されていた。

そのような条件をニールがのむはずはなかったが、将軍の指令であるので村垣が、八ツ半（午後三時）に再び善福寺に赴き、周旋してくれるよう懇請した。プリューインは一応承諾し、明朝横浜村へ行ってニールに話してみる、と約束した。

老中たちは、さらにフランス公使ベルクールにも助力を得ようと考え、翌日、竹本正雅と外国奉行並の柴田貞太郎を横浜に出張させた。また、ニールにも、期日延期を求める書簡を送った。

イギリス側が武力行動に出ることが予想されるので、老中の井上は大目付に対し、「応接之模様に寄　可レ開二兵端一も難レ計」として合戦準備を急ぐことを命じた。また、町奉行には市民が騒ぎ立てることのないよう町々に触れを出すことを指令した。

三月八日の回答期限が迫り、老中をはじめ重だった者たちは連日、総登城を繰返し、アメリカ、フランス両国公使の周旋結果を待った。

六日の夕六ツ（六時）、アメリカ公使の働きかけを探っていた竹本と柴田からの御用状が、神奈川宿から届けられた。それによると、アメリカ公使の申入れをニールは強く拒否したという。

ついで竹本と柴田からフランス公使ベルクールについての思いがけぬ報告がもたらされ、ベルクールからも老中に対する和訳した書簡が送られてきた。その書簡で、ベルクールは、日本の兇徒《きようと》がしばしばイギリス人を殺害し、またも生麦事件をひき起したことを激しく非難し、「仏蘭西《フランス》政府は正理に従って断然と大不列顛《ブリテン》女王の政府を助け」ると結論づけていた。つまり、フランス政府はイギリスを全面的に支持し、期日延期の周旋などする意志は全くない、と伝えてきたのである。

竹本と柴田の報告によって、アメリカ、フランス両国公使による周旋は不成功に終ったことがあきらかになった。

期限まで二日しかなく、その日も総登城していた老中以下の者たちの間に極度に緊迫した空気がひろがった。イギリス側が武力行使に出れば、当然、日本側も応戦する。横浜港には十二隻のイギリス軍艦が碇泊し、その武力は強大で、ベルクール公使の書簡でもあきらかなようにフランス軍艦をはじめ横浜村駐留のフランス将兵も、イギリス側と同じ行動に出る。家茂の留守で兵力は乏しいが、総力をあげて国土を死守しなければならない。

井上は、列座した者たちに書面をあたえた。そこには、戦さが開かれる危機は大で、その折には「仮令《たとえ》御兵備御手薄　御勝算無レ之候共　尽二死力一防戦之覚悟」をすべきである、と悲壮な決意がつづられていた。

それにつづいて大目付酒井忠行は、大目付、目付に書面を渡し、「抛《なげうち》二身命一多年之御恩沢」に報いるようにと激励し、このことを一万石以上の諸大名と旗本にもれなく伝えるよう命じた。

また、井上は、イギリス艦隊の攻撃に対抗するため各藩主に浜御殿、御殿山下、越《えつ》中島《ちゅうじま》、大森打場の警護を命じ、近くの寺等に藩兵を集結し、緊急時にただちに出動するよう指示した。

このように合戦準備をととのえながらも、老中たちは、最後の望みを託して九ツ半(午後一時)、若年寄有馬道純を横浜に出張させた。ニールに会い、二日後に迫った期日の延期を折衝させようとしたのである。

大目付からの達しに、それを受けた大名と旗本の動揺は激しかった。かれらは、鉄砲その他の武器をあわただしくととのえると同時に、家族、親族を避難させはじめた。家族たちに家臣を付添わせて、国許《くにもと》や知行地にむかわせる。それがかなわぬ大名たちは、江戸郊外の下屋敷や身寄りの家に避難させた。

その動きに、江戸市中は大混乱におちいった。すでにイギリス艦隊が今にも市中に砲弾を浴びせるという噂《うわさ》が飛び交っていて、人々は大名、旗本の家族の避難に、噂が事実だと知り、大八車に家財その他を積んで近在または近国にむかう。道は、それらの者や車で充満した。

三月七日の朝が明けた。

横浜村で有馬の補佐としてニールと談判の席にのぞんでいた竹本が、五ツ半(午前九時)頃、江戸にもどると村垣範正の屋敷に走りこんできた。老中に急いで報告することがあると言うので、村垣は馬を貸し、竹本は馬を走らせて帰宅すると、衣服を改めて登城した。

期日を明日にひかえて、その日も老中たちは総登城していて、竹本は、老中に緊急報告をした。昨夜おそくまで有馬はニールと談判を繰返し、三十日間の回答延期を強く要請した。これに対してニールは頑強に拒否し、明日までに回答するよう強く迫った。が、有馬の執拗《しつよう》な折衝に、ニールはわずかに態度を軟化させ、十五日間ぐらいの延引は認めてもよいという気配をみせた。そのような談判の席の空気を、竹本は急報に及んだのである。

竹本の報告を得た老中たちは、ニールと談判をつづけている有馬に大きな期待を寄せていたが、その日は横浜村からなんの報告もなく、城中には重苦しい空気が淀《よど》んでいた。

翌八日の暁七ツ(午前四時)、城中に急用状が到来した。それは有馬から井上宛《あて》のもので、ニールが十五日間の延引を承諾した旨《むね》が記されていた。

その御用状到着についで、有馬が柴田とともに横浜村から江戸にもどり、登城した。有馬は、老中宛のニールの書簡をたずさえていた。すぐに蕃書調所《ばんしょしらべしょ》教授の村上英俊が呼ばれ、和訳された。そこには、三十日間の延期は絶対に拒否するが、十五日間の延引については応ずる旨が記されていた。有馬も談判の経過を老中たちに説明し、辛うじて十五日間の延引に漕《こ》ぎつけたことを告げた。

城中の息づまるような空気はわずかにゆるんだが、翌九日にニールから送られてきた日本語訳の短い書簡に、再び緊張した。そこには、十五日間の延引を認めたのは「最末の回答たることをよく了解し給《たま》ふを最も緊要なりと思ふ」と記され、いかなる事情があろうと変更は断じてないことを示していた。

十五日間の延期に成功はしたものの、老中たちは、約束の期日である二十四日に確かな回答をするのは不可能だと知っていた。ただ、期日を先にのばしただけのことで、事態は少しも変っていない。イギリスの武力行使は、眼前に迫っている。

戦争を回避するにはなんとしてでも期日までに回答しなければならず、評議の末、家茂のもとに使者を出すことになった。家茂が三月四日に京に着いたという通報が、その日に江戸城に伝えられていた。

使者は、柴田貞太郎と外国掛目付堀利孟《としたけ》が選ばれ、井上が急いで京にむかうよう命じた。

柴田らは、翌朝、船で出発した。

二日後の十二日、家茂は、随行していた老中格の小笠原長行《おがさわらながみち》にニールとの応接を委任し、早々に江戸へもどるよう命じたという連絡が江戸城に入った。家茂も事態の重要性を強く意識していたのである。

江戸市中の混乱は、日増しに激しさを増していた。町奉行所では、女、子供、老人、病弱者の避難をすすめ、かれらの関所通過も特例として緩和させていた。その一方、大名、旗本が、避難する家族に家臣を付添わせることを禁じ、商家にも男が江戸からはなれることを差しとめた。イギリスの兵力が押し寄せた折に、男子を出来るだけ多く温存しておきたかったのである。

最も混乱をきわめたのは、横浜村と神奈川宿を中心とした東海道筋であった。

神奈川奉行の阿部正外は、江戸市中の避難騒ぎを見守りながら事態の推移をうかがっていたが、日本側とイギリス側の武力衝突は必至と判断した。そのため三月十七日に、管轄《かんかつ》下の各町村の役人に、回答期日の二十四日の交渉が決裂した折には、イギリス艦隊の砲撃が開始されることが予想されるので、老幼婦女子と病人を至急近在へ避難させるよう指示した。

江戸市中の混乱をきき伝えて恐怖に駆られていた住民たちは、その通達で錯乱状態におちいった。かれらは、狼狽《ろうばい》して家財その他を大八車にのせたり背負ったりして、ぞくぞくと家をはなれた。

横浜村での混乱はさらに激しく、その日のうちに商人は店を閉めて姿を消した。また、翌十八日の夜には、外国人に雇われていた日本人たちが一人残らず脱出した。そのような恐慌《きようこう》状態に、居留していた外国人たちも恐怖におそわれ、住居をはなれてボートに分乗し、港に碇泊《ていはく》している外国の商船に身を避けた。

イギリスとの全面戦争の気配は濃厚になり、老中の井上は、一万石以上の諸大名に江戸への武器の搬入を命じ、関所にそれらの自由通過を指令した。また、目付の京極高朗《たかあき》と長井五右衛門は、御書院番頭と御小姓組番頭配下の者たちに江戸城の要所要所に詰めるよう命じた。

江戸市中と神奈川宿を中心とした東海道筋の商人は店をとざし、無人の家も多くなり、道に人通りは絶えた。

三月二十四日の期日は切迫していたが、その日までに回答できる望みはない。残された手段はただ一つ。またも期日の延引をニールに申し込むことであった。

ニールが承諾する確率はほとんど考えられなかったが、老中は、三月十七日に竹本正雅に目付の土屋民部を付添わせて横浜村に出張させた。

翌十八日、竹本と土屋はニールと会談した。

一応の挨拶《あいさつ》が終ると、ニールは横浜村での混乱について口にした。前日、神奈川奉行の触れによって外国人相手の日本の商人たちは店を閉じて立退《たちの》き、また外国人が雇っていた日本人も一人残らず姿を消し、

「誠ニ迷惑致シテオルガ、コレハ如何《いか》ナル次第カ。立退ケトノオ触レガ出タトキイテオルガ」

と、詰問《きつもん》した。

その言葉を通詞からきいた竹本は、

「それは貴殿よりの書簡に、軍艦差し向け戦争に及ぶと書かれていたからである。当方としても、戦争に及ぶとの触れを出し、それによってかくの如《ごと》き騒動になった次第である」

と、答えた。

ニールは驚き、

「タダチニ戦争トナルト言ッタ訳デハナイ。ソノヨウナ恐レハナイ、ト改メテ触レヲ出シテ欲シイ」

と、言った。

「その儀はなりませぬ。日本にては、一度出した触れを差しとめることは決していたしませぬ」

竹本は、きびしい口調で答えた。

ニールは、混乱を鎮《しず》めるために改めて触れを出して欲しい、と繰返し要求した。

竹本は拒否することをつづけたが、回答期日の延引を受諾してくれるならば、望みに応ずる、と提案した。

その件について双方応酬を繰返し、ニールは、来《きた》る二十一日から十五日間の再延引を承認し、竹本はそれを書面とすることを求めた。

ニールは承諾し、竹本は、土屋とともにただちに馬で江戸に引返し、登城して老中の井上と松平に報告した。談判を絶望視していた井上と松平は、思いがけぬ結果に喜び、それを神奈川奉行の阿部に伝えた。

阿部は、奉行所支配組頭若菜三男三郎に命じ、若菜は各町村の役人に対して、「来二十四日　異舟打払一条一先御見合に相成　立退候者　渡世休居候者共早々立帰」るようにという触れを出した。

これによって、人々の恐怖感は幾分薄らぎ、家にもどる者もあった。

竹本は、翌日、土屋とともに横浜に赴き、ニールから延引承諾の旨を記した書面を受取った。

十

松平慶永は政事総裁職として京にとどまっていたが、突然、京をはなれて福井へむかったことが、江戸城にもたらされた。

思いがけぬ報告に閣老たちは驚いたが、それにつづく用状で帰国の事情があきらかになった。

公武合体を推進しようとしていた慶永は、過激な攘夷《じょうい》論者に支配されている京の情勢に挫《ざ》折《せつ》感をおぼえた。幕政に参与していてもなんの意味もないと考えた慶永は、二条城の将軍家茂に政事総裁職の辞職願いを提出したが、一橋慶喜らに強く慰留されて許可されなかった。苛立《いらだ》った慶永は、再び辞職願いを出し、久光が鹿児島に去った三日後の三月二十一日早朝、家臣を引き連れて無断で京をはなれたのである。

将軍の許可も得ず帰国の途についたことは厳罰に価《あた》いする行為であったが、幕府は、これまでの慶永の精勤に免じて逼塞《ひっそく》の処分を下したにとどめ、政事総裁職の辞任を承認した。

その間に、江戸から二条城に、完全に行きづまった生麦事件解決のため、家茂の帰城を懇請する書状がひんぱんに送られてきていた。それによって家茂は、慶永が京をはなれた日、江戸にむかって発駕《はつが》することになった。

その報《しら》せを受けた江戸の老中たちは喜んだが、つづいて到来した書状で、それが朝廷の命令によって取りやめになったことを知った。急進攘夷派の公卿と長州藩士たちは、家茂から攘夷決行の確約を得ようとして京を離れることを阻止したのである。

家茂は朝廷に、生麦事件の解決以外にも京に多数の家臣を連れて来ていて江戸が手薄になっているのを深く憂慮していると訴え、江戸に帰ることを許可して欲しい、と要請した。これに対して朝廷は、家茂の補佐として京に来ていた水戸藩主徳川慶篤に、家茂の名代で江戸に赴くようにという勅命をあたえた。

江戸には、徳川御三家の一つである尾張《おわり》藩の藩主徳川茂徳《もちなが》がいたが、さらに慶篤が加わることは心強く、家茂はその勅命に従った。江戸に近い水戸藩は早くから武備の充実をはかっていて、イギリスとの間に戦争が起った場合、それに対抗する有力な戦力になるはずであった。

慶篤は、三月二十五日、千余の家臣を引き連れて京を発した。

病弱な阿部正外が神奈川奉行を辞任し、浅野氏祐《うじすけ》が、その職についた。

四月六日はニールが今後は断じて延引しないとして定めた回答期日であったが、幕府に回答の準備はなく、またも延期を求めるため外国奉行の竹本正雅と外国奉行並の柴田貞太郎が横浜に出張した。京に堀利孟とともに派遣されていた柴田は、前月の二十四日に「咸臨丸《かんりん》」で兵庫から江戸にもどっていた。

予想通りニールは、延引につぐ延引が際限もなく、もはや一日の猶予《ゆうよ》も許せぬ、と激怒した。竹本と柴田が言葉をつくして説得したが、ニールは幕府の不誠実を非難し、これ以上談判の必要はない、と繰返した。

竹本は、その旨を御用状で江戸城に報告した。

その日、生麦事件についてイギリス側との談判を家茂から委任された老中格の小笠原長行が、目付らとともに江戸に到着し、ただちに登城した。かれは、これまでのニールとの交渉経過を聴取し、夕刻になって下城した。

翌七日暁八ツ(午前二時)、アメリカ公使館のおかれた麻布善福寺の台所から出火、寺は全焼した。攘夷論者による放火か、と一時は騒然としたが、単なる失火と判明し、公使館は同じ敷地内にある真福寺へ移転した。

竹本と柴田は、連日、ニールに会って延期の交渉をつづけたが、効果はなく、十二日には必ず回答することを約束させられ、九日の夕刻、江戸にもどった。

十一日朝、京から東海道を進んできていた水戸藩主の慶篤が江戸に入り、午後に登城した。慶篤は、ニールの賠償金支払い要求を拒絶すべきだという強硬な意見を持っていて、それを老中以下に述べ、翌日のニールに対する回答は不可能な事態になった。

老中の井上正直と松平信義は苦慮し、翌日、連名でニール宛の書状をしたためた。内容は、本日、竹本が、柴田とともにニールのもとに赴く予定であったが、昨夜から竹本の持病が起り、さらに口の中が腫《は》れて言葉を発することもできぬ状態になったので、それが癒《い》えるまで二日か三日間の猶予をして欲しい、というものであった。その書状は、同心の今井俊三郎が馬を走らせて横浜村の浅野奉行のもとにとどけ、浅野からニールに渡された。

ニールは、むろん竹本の発病が仮病であると察したらしく、その書状に対する返書はなかった。

幕閣に、江戸市中の不穏な動きが伝えられた。

幕府は、海防にそなえて浪人たちを集め、警備隊を組織して新徴組と称させていた。無頼の徒も多く、その中の攘夷を唱える者が、横浜村の外国人居留地を襲うことを企てているという情報が入った。かれらは、江戸市中の富豪の家に押入り、外国人襲撃の軍資金だと称して多額の金を強要し、それを手にして去ることを繰返しているという。

その動きは、外国の外交官たちの耳にも入り、幕府に一刻も早くかれらの動きを封ずるようにという申入れがつづいた。

幕府は、かれらを召捕ることを約束するとともに、江戸麻布の真福寺にいるアメリカ公使プリューインに、江戸にいるのは危険なので、横浜村へ公使館を移すよう要請した。アメリカは、ハリス公使以来、公使館を江戸に置くことを固執していたが、プリューインは素直にそれに応じ、館員とともに幕府軍艦「朝陽丸」に乗って横浜村に移った。

軍資金を強奪している新徴組の者たちは、調査の結果、本所の新徴組屋敷と馬喰町《ばくろちよう》の旅籠《はたご》にいることを突きとめ、町奉行所の捕吏がかれらを包囲し、二十数名を召捕った。かれらは評定所で糺明の上、拘禁された。

ニールは、無気味な沈黙をつづけていた。

神奈川奉行の浅野からの報告によると、ニールは公使館にとじこもったままで、館内は森閑としているという。

回答の延期につぐ延期を求め、今また延引をはかる幕府の態度に、ニールの忍耐も限界を越えていることが十分に察せられ、かれの沈黙は、突然、強硬手段に出る前提と思えた。

老中以下の者たちは登城をつづけていたが、かれらの間に息づまるような重苦しい空気がひろがっていた。

四月十七日は晴れで、その日、ニールに動きがみられた。

神奈川奉行の浅野が、あわただしく横浜村から江戸に入って登城した。イギリス公使館から館員が奉行所に来て、賠償金の件について二十日までに回答がない場合は、一切猶予しない、と伝えたという。

その旨《むね》を老中に報告した浅野は、すぐに横浜村に引返していった。

翌十八日、ニールから通訳官ユースデンの和訳した書簡が、老中宛に送られてきた。内容は、浅野奉行の報告と同様のもので、二十日までに横浜村へ談判の「使節送り給ふ事なけれバ」談判は決裂したものと考え、それに応ずる行動に出る、と記されていた。

期限の二十日を迎え、五ツ（午前八時）に老中の井上、松平、老中格小笠原長行以下総登城して大評定が開かれ、四ツ（午前十時）には尾張藩主の茂徳、水戸藩主慶篤も登城してその席に加わった。

評定の席では、これ以上、口実をもうけて一日延ばしにすることは不可能だ、という意見が支配した。「使節」を送らねば、イギリス側が軍事行動に出ると考えるべきで、評議をかさねた末、外国奉行菊池大助と外国奉行並の柴田貞太郎を横浜へ赴かせることになった。

二人は、八ツ（午後二時）に幕府軍艦「朝陽丸」に乗って横浜村にむかった。

翌二十一日夕刻、菊池からの御用状が江戸城に到来した。その日、菊池と柴田がニールとフランス公使ベルクールに会って、将軍家茂が留守なので回答できぬ事情を言葉をつくして説明した。しかし、ニールもベルクールも一切応ぜず、談判はこれで打切りとの意向をしめしたという。

その夜、京の武家伝奏坊城俊克から、攘夷決行の期限が五月十日に決定したという朝廷の御沙汰書が、江戸城にとどいた。京では、長州藩を背景とした急進派公卿たちが、家茂を京に押しとどめて攘夷決行をせまり、遂《つい》に将軍後見職の慶喜がそれに屈したのである。

慶喜は、四月二十日、家茂の名をもって、

「攘夷期限之事、来五月十日無二相違一拒絶決定仕候間、及二奏聞一候。猶列藩へモ布告可レ致候事」

と、朝廷に奏答した。

江戸の閣老たちは、生麦事件とともに新たに攘夷決行の難問題を背負わされたことに顔色を失った。

閣老たちは、攘夷決行が現実問題として到底不可能であるのを知っていた。開港された港に外国艦船の出入りを一切禁じ、居留している外国人の国外退去を求めることは、各国との間に締結した条約の一方的な破棄を意味している。当然、各国は、条約違反として激しく反撥《はんぱつ》する。生麦事件の回答引きのばしでイギリス、フランス両国の公使は、武力行使をほのめかせているが、その上、攘夷決行を告げれば、各国は一斉に軍事行動に出る。その折には、まずイギリス、フランス両国の軍艦が戦端を開くことが確実で、品川沖に進出し、砲撃を開始することが予想される。

老中や若年寄たちは苦慮し、大目付にそれに対する処置を指令した。

海岸の芝附近から品川宿をへて藤沢宿までの東海道筋が、さし当り攻撃目標にされると考えられる。それらの地一帯には各藩の藩兵が警備についているが、海岸線につらなる人家が戦争になった場合、障害になる。そのため、大目付は、道中奉行、町奉行に対し、芝から藤沢宿までの東海道筋の人家を撤去することを想定し、新たに普請《ふしん》などしないよう触れを出すことを命じた。

この触れによって、戦争が眼前に迫っているのを感じた住民たちの間に、再び大規模な避難騒ぎが起った。町奉行所も、各町村に避難勧告の触れを出し、ただし男子は戦闘に必要なので主人や下男の立退きを禁じた。

その日、京から一橋慶喜が、二十二日に京を発して江戸へむかうという連絡があった。慶喜は、五月十日を期日とした攘夷決行を実行するという大任を課せられていた。

慶喜の離京にともなって、京にいる前尾張藩主徳川慶勝が、家茂の補佐役に任命された。慶勝は固辞したが、さらに朝廷から補佐役につくことを命じられ、やむなく受諾した。この報告も、江戸城に伝えられた。

四月二十四日、老中以下が総登城し、尾張藩主茂徳、水戸藩主慶篤も江戸城に入り、大評定が開かれた。

ニールの態度から察して、これ以上回答を延引すれば、戦争は必至の情勢にある。ニールの賠償金要求を容《い》れれば戦争は回避できるが、朝廷も将軍家茂も断じて拒否の姿勢をとっているので、それにそむくこともできない。

一同、沈痛な表情をし、言葉を発する者はいなかった。

長い沈黙がつづいた後、水野癡雲（忠徳《ただのり》）が口を開いた。

水野は、浦賀、長崎奉行を歴任し、ロシア使節プチャーチンの来航時に全権筒井政憲《まさのり》、川路聖謨《としあきら》とプチャーチンとの折衝の席にも加わり、その折に談判の駈《か》け引きを身につけて、それ以来外交の前面に出て活躍するようになった。日英和親条約、英、仏両国との通商条約の全権の任を果し、オランダ、ロシアとの追加条約の調印もおこなった。前年の九月に隠居して癡雲と改名していたが、依然として外交面での第一人者として重きをなしていた。

かれは、五月十日を期限とした攘夷決行は、現実問題として至難であると述べた。それと生麦事件の談判とは別のことで混同してはならず、まず生麦事件を解決し、その後に攘夷問題に取り組む必要がある、と強調した。生麦事件については、客観的にみて非はあきらかに我にあり、イギリスが賠償金を要求するのは無理からぬことで、まず、それを容認し、その上で攘夷の談判に入る。

「回答をのばすことのみに心をいたせば、ニールは憤《いきどお》りの余り必ず兵端を開く。戦さになれば、わが国の武備は乏しく国土は蹂躙《じゅうりん》され、公方様《くぼう》（将軍家茂）も江戸城に帰ることは叶《かな》わなくなる」

評定の席には、深い沈黙がひろがった。豊かな外交経験を持つ水野の言葉だけに、その論旨は理路整然としている。

水野が、再び口を開いた。

「今日只今《ただいま》の危機を打開するには、ニールの要求をいれ、賠償金を支払う以外にない」

尾張、水戸両藩主も老中の井上、松平も、身じろぎもせず無言であった。

これまで評定を繰返してきたが、賠償金支払いを当然のことだとしたのは、水野が初めてであった。たしかに水野の言う通りだが、それを実行に移せば、朝廷と家茂周辺の者たちが激怒することはあきらかであった。京に伺いを立てるのが筋だが、事態は切迫していて時間的余裕はない。

評定の席は静まり返り、視線を落している者もいれば、眼を閉じている者もいた。

尾張藩主の茂徳が、沈黙を破った。

「公方様の御留守に、もしも兵端を開くことになれば、将士死力をつくして防戦するはもちろんである。しかしながら、武士の志操、節義は金石のごとく強固といえども、実戦に馴《な》れ武器も充実した異国の軍勢に勝つことはおぼつかない」

茂徳の言葉には、悲痛なひびきがあった。

「いやしくも茂徳、公方様の命をうけて御留守中の全権をお引受けしている身として、みだりに兵端を開き、江戸市中が焦土となるのを看過するわけには参らぬ。わが国の存亡は、この事件の処理いかんにあり、賠償金をあたえ、戦さを避けるのがわれらの道と思う。償金は、茂徳一身が負うてもよい。水野の言う通り、その後に、攘夷についての談判をおこなうのが筋と思う」

茂徳は、うわずった口調で言った。

水戸藩主の慶篤は、家茂の名代として攘夷決行の任を託されて江戸に来ている。その談判を円滑に進めるには生麦事件の解決が先決、という茂徳の言葉に、かれは深くうなずいていた。

口をつぐんでいた老中たちも、茂徳の意見に賛意をしめし、停滞していた評定は、一変してイギリス側の要求を全面的にうけいれることに決した。

沈黙していた列座の者たちが、にわかに意見を述べはじめた。生麦事件が解決しても、その後にひかえる攘夷については、到底不可能だという言葉が飛び交った。オランダにはこれまで貿易を許してきているが、オランダまでも駆逐するのか、と言う者もいた。

茂徳は、かれらを制し、いずれにしても賠償金支払いが一決したことでもあり、自ら京にのぼって朝廷と家茂にその旨を説明する、と言った。

これによって評定は閉じられ、その決議を関白鷹司輔熙に書状を送って伝えることになり、また茂徳の江戸出立を五月三日と決定した。

賠償金支払い方法について、井上と松平は老中格の小笠原と話し合い、井上、松平連署の書状をニールに送った。内容は、二十七日に閣老の一人が重要な回答をニールに告げるため横浜村へ赴くというものであった。閣老とは小笠原であった。

しかし、賠償金支払いを決議したものの、閣老たちは、朝廷と家茂周辺の者たちの怒りを想像し、その責を負わされることに大きな恐れを感じていた。

そうした懸念《けねん》を小笠原もいだいたらしく約束の二十七日に疲労甚しという理由で登城せず、やむなく外国奉行の菊池と柴田の二人が横浜村に赴き、ニールに閣老の代理として来たことを告げた。

ニールは、またも違約したことにイギリス国を侮蔑《ぶべつ》するものだと激怒し、もはやこの上は一刻の猶予《ゆうよ》もならぬ、と体をふるわせて言った。

菊池は、その席で賠償金支払いに応じることを口にするわけにはゆかず、ニールに対して明二十八日に再会し必ず満足すべき回答をすると告げ、公使館を辞した。

もはや、これ以上の延引は不可能だった。

菊池と柴田は江戸城にもどり、閣老たちと協議した。

ニールはこれまでも、昨年五月に起った第二次東禅寺事件が未解決であることをし

ばしば口にしている。イギリス護衛兵二人を死に至らしめた伊藤軍兵衛は自刃《じじん》してい
るので、下手人処罰の問題は自然消滅しているが、殺された護衛兵の身内への賠償問
題が残されている。
その事件についても解決しておく方が好ましいということで意見が一致し、身内に
一万ポンドを渡すことにし、生麦事件の賠償金を合せて十一万ポンドの支払いを決定
した。
支払い方法としては、翌月三日に三万五千ポンド、残りを七日目ごとに分割支払い
することも定めた。
その条項を約定書にまとめ、翌日、菊池はそれを手に柴田とともに公使館に赴き、
ニールに手渡した。
ニールは約定書を仔細《しさい》に点検し、内容に満足の意を表して受取った。
生麦事件についての幕府の賠償問題はそれで解決をみたとして、ニールは薩摩藩に
対する賠償の件を持出した。菊池は、薩摩藩とのことは別問題で、幕府は一切関与し
ない、と述べ、ニールは、それが理にかなっていると考えたらしく承認し、薩摩藩に
は直接要求することになった。
その後、幕閣は、賠償金を分割払いではなく五月三日に十一万ポンド全額を支払う

ことを内定した。

五月二日は、曇天であった。

老中以下重だった者が総登城し、明日の賠償金支払いについて打合わせた。小笠原が横浜村に赴き、運上所に所蔵されている十一万ポンドをイギリス公使館側に渡す。渡す金はメキシコドルに換算し、四十四万ドルと決定した。

老中の井上は、その日登城しなかった小笠原と明日の横浜村出張について打合わせをするため、菊池を小笠原の屋敷に赴かせた。

やがて菊池が、小笠原からニール宛《あて》の書簡を手にしてもどってきた。そこには思いがけぬことが記されていた。小笠原の出張は明日ではなく七日で、それまで賠償金支払いは延期するという内容であった。

井上たちは評議の末、生麦事件の全権を託されている小笠原の書簡であるので、ニールのもとにそれをとどけさせることになり、翌日、菊池が横浜村に急ぎ、浅野を通してニールに渡した。

ニールの怒りは甚しかった。約定書まで取り交しながら約束を踏みにじるとは断じて許せぬ、と顔を朱に染めて言った。かれは、明日四ツ（午前十時）までは待つが、その時刻をすぎても支払いをしない折には談判は打ち切りとする、と怒声に近い声で宣言し、荒々しく席を立った。

その報告は、急用状で井上に伝えられ、さらに浅野も江戸にもどって報告した。

井上をはじめ閣老や外国奉行たちの顔には、血の色が失われていた。約定書を交しながら支払いを延期したいという申入れに、ニールが非常手段に出ることが予想された。

なぜ、この期《ご》に及んで小笠原が引きのばしを企てたのか。

井上たち閣老は、小笠原の心情が十分すぎるほど理解できた。賠償金の支払いは、朝廷と家茂周辺の意向にそむき、想像を絶したきびしい罰を科せられる。それを恐れた小笠原が、少しでも支払いを延引しようと思っていることはあきらかだった。それに、七日まで延引するということに、小笠原の配慮が感じられた。攘夷決行という任を負って京をはなれた慶喜が、七日頃までには江戸に入るという報告がもたらされている。慶喜が江戸につけば、将軍後見職としてかれが生麦事件解決を指図し、小笠原は責任をとらずにすむ。それを小笠原は考え、延期の書簡をニールに送ったにちがいなかった。

閣老や外国奉行たちの動きは、にわかにあわただしくなり、井上は水戸藩邸に出向いて藩主の慶篤と協議し、外国奉行たちは寄り集って夜おそくまで激論を交した。

そのような空気の中で、尾張藩主の茂徳は、予定通り行列を組んで江戸を発駕《はつが》し、京へむかった。

翌日、小笠原から病気のため登城できぬという連絡があり、井上も松平も気が臆《おく》したらしく城に姿を見せなかった。

四ツに慶篤が登城したが、老中が二人とも登城していないので、小笠原に度々使いの者を出し、九ツ半(午後一時)に小笠原が城に入った。しかし、小笠原は横浜村に七日まで出張しないと繰返し、間もなく下城した。

老中が姿を見せぬ江戸城では、諸役人が激論を交し、混乱をきわめた。

ニールが口にした四ツの時刻ははるかに過ぎ、イギリス軍艦が行動を起すことは確実と判断された。そのため大目付は、「今夜にも兵端を開候哉も難レ計」という触書を出し、それが混乱をさらに激化させた。

翌五日も老中たちは登城せず、わずかに若年寄二人が姿を見せただけであった。

その日の午後、横浜村の運上所にイギリス公使館の書記官ガワーが来て、談判は決裂したので本国政府の指令通りイギリス艦隊のクーパー準提督にすべてを委任したと告げ、それが江戸城に報告された。

若年寄は、大目付に戦争は必至となったので、戦備を至急ととのえるよう命じた。翌日は老中はもとより若年寄も登城せず、翌七日には、ニールからすべてをクーパーに委任したという公式文書が江戸城に送られてきた。その日は小笠原が横浜村へ出張すると約束した日であったが、小笠原は病いと称して屋敷にとじこもったままであった。

翌八日は朝から青空がひろがっていた。

五ツ半（午前九時）頃、品川宿とその附近は、にわかに緊張の度を増した。横浜村方向からイギリス国旗をひるがえした蒸気艦二隻《せき》が姿を現わし、品川沖にきて錨《いかり》を投げた。品川宿の波止場に常駐していた役人は驚き、早馬で江戸城に注進した。

その日は老中の松平が登城していて、城内は騒然となった。ニールの書簡通り、生麦事件の要求を貫徹するためクーパーが艦隊を出動させたことを知った。

つづいて早馬による注進があって、さらに二隻のイギリス軍艦が品川沖に投錨《とうびょう》し、それから間もなく新たに二隻の軍艦が乗り込んできたという通報があった。

老中以下の狼狽《ろうばい》は甚しく、注進に来た品川宿波止場の役人に、軍艦の模様をたずねた。役人は、軍艦の規模を説明し、さらに六隻の軍艦がいずれもイギリス国旗以外に中央のマストに藍色《あいいろ》の旗をかかげている、と答えた。

早速、外国奉行が、通弁役頭取森山多吉郎を呼出し、その旗がなにを意味するかをたずねた。森山は、藍色の旗はイギリス国の戦闘旗で、その旗がかかげられている場合は艦の各砲に実弾が装塡《そうてん》され、艦内は戦闘態勢にある、と答えた。

外国奉行たちは驚愕《きょうがく》し、それを松平に伝えた。

松平は若年寄らと緊急に協議したが、意見はなく、黙しがちであった。

その席に、御用状が到来した。京をはなれて江戸へむかっていた一橋慶喜が、今日は川崎宿泊りであったが、予定を早めて今日中に江戸につくという。

その日の朝、松平は、横浜村にいる神奈川奉行の浅野に連絡をとり、川崎宿にむかっている慶喜に緊急事態にあることを報告するよう命じた。浅野は、馬を走らせて慶喜と出会ってそれを伝え、驚いた慶喜は川崎宿泊りをやめて一気に江戸へ急いだのである。

慶喜一行の行列は、夜四ツ（午後十時）に江戸に入った。

その日の早朝、老中格の小笠原に不可解な動きがあった。

かれは、元常典膳という名の家臣をともない、突然、大坂に行くと称して品川宿の波止場から幕府軍艦「蟠竜丸《ばんりゅう》」に乗った。しかし、「蟠竜丸」の行先は大坂ではなく横浜村の港で、夕刻に元常一人が横浜村に上陸した。

　元常は、浅野とともに神奈川奉行の職にある山口直毅の役宅に赴いて、小笠原の家臣元常典膳と名乗り、山口に面会を求めた。山口が会うと、元常とは意外にも水野癡雲であった。

　水野は山口に対して、小笠原が山口と浅野両奉行に「蟠竜丸」にくるようにと言っている旨《むね》を告げ、艦に引返して行った。

　小笠原が横浜村への出張を延期して屋敷にとじこもっている頃、水野はひそかに小笠原を訪れ、密談した。賠償金を支払うべきだというかたい信念をいだく水野は、外交交渉の練達者としての立場から、小笠原に自分の意見を情熱をもって説いた。

　生麦事件は、日本側に非があるのは明白で、もしも戦さになれば、イギリス側は正義の戦いをしていると唱え、各国もイギリス側につく。それは日本にとって恥辱であり、しかも戦さは日本の敗北となる。オランダ領事などが仲介に立って停戦協約を結ぶことになるだろうが、その折には莫大《ばくだい》な賠償金を要求され、支払いを余儀なくされる。日本の恥辱はさらに大きなものになり、歴史の汚点ともなる。それよりも、戦端が開かれる前に約束通り賠償金支払いに応じるべきで、それ以外に現状を救う道はない、と力説した。

諄々《じゅんじゅん》と説く水野の言葉に、終始沈黙を守っていた小笠原は、深くうなずき、賛同した。

小笠原は、水野と支払い方法について協議した。

慶喜の行列は江戸に近づいていて、小笠原が陸路、横浜村にむかえば必ず途中で出会う。慶喜は、賠償金支払いに極力反対しているので、かれに会わぬよう海路で横浜村に赴くのが好ましい。また、老中たちと協議すれば、異論が出ることも予想され、小笠原が独断で支払いをし、その罪は小笠原が背負う。以上のことで意見が一致し、その日の横浜村への密行となったのである。

夜になって山口が、慶喜への連絡をすませた浅野とともに「蟠竜丸」へやってきた。

小笠原は二人に支払いを決断した旨を伝え、その理由について説明し、水野も言葉を添えた。明日、支払いをするので、運上所にメキシコドル四十四万ドルを用意するよう、小笠原は命じた。

承諾した山口と浅野は、横浜村にもどって運上所に行き、洋銀の準備を命じた。二人がそれぞれの役宅にもどったのは、夜もふけてからであった。

朝を迎え、山口と浅野は運上所に赴き、公使館へ使いの者を出して、第二次東禅寺事件での賠償金をふくめ全額をこれより支払う旨を伝えた。

運上所では、山口、浅野立会いのもとにメキシコドルの数量調べをおこない、それを大八車に積んだ。量は多く、二十三台の大八車を要した。

大八車の列は奉行所の者に警備されて居留地を進み、イギリス公使館について洋銀が館内に運び込まれた。

公使館側では、館員によってその数量が調べられ、誤りがないことをたしかめて山口に受領証を渡した。

これによって、生麦事件に関する幕府とイギリス側との交渉は、完全に結着をみた。

十一

五月九日、賠償金支払いを独断でおこなった老中格小笠原長行は、その日、早くも攘夷問題に手をつけた。

それは、朝廷が在京の将軍家茂に強引に認めさせたもので、各国と締結した和親条約によって開港した長崎、箱館、横浜にある「商館凡《すべて》三十日迄《まで》に引払、一人モ不レ残様帰国可レ致候」という勅命であった。

横浜村にとどまっていた小笠原は、村内に住むアメリカ、イギリス、フランス、ロシア、オランダ、ポルトガル、プロイセンの条約締結国のそれぞれの公使、領事宛《あて》に書簡をしたためた。わが国人は締結された条約を好まず、この度、朝廷から開港した港をとざし外国人を退去させるようにという命令が下ったので、その実施方法について面談し説明したい、という趣旨であった。

この書簡は神奈川奉行の浅野氏祐から各国公使と領事に渡されたが、思いもかけぬ内容にかれらは呆然《ぼうぜん》とし、いずれもその日のうちに小笠原宛に返書を送り届けてきた。

初めに到着したのはフランス公使ベルクールからの書簡で、他の国の公使、領事の返書がそれにつづいた。

内容はほぼ同一で、締結された条約を一方的に破棄するなどとは文明国の外交史上前例がなく、条約によって開港された港をとざし居留する者に国外退去を命ずることは、戦争を宣言するに等しい。これは国際法の大罪であり、このような愚かしい命令はすみやかに撤回すべきで、もしもそれを強要するなら条約国一致して日本と戦闘状態に入る。

この返書を送ると同時に、各国公使、領事は、小笠原と会うことは拒絶する、と通告してきた。

その日、水戸藩主徳川慶篤と老中、若年寄らが総登城し、前夜江戸についた将軍後見職の一橋慶喜も登城した。

小笠原が、その日独断で賠償金四十四万ドルをイギリス公使館に渡したということを耳にした慶喜は、顔色を変えた。朝廷は賠償金支払いをあくまで拒否する姿勢をとっていて、小笠原の行為は勅意にそむくものであった。

四月二十四日の大評定で、水野癡雲の発言を尾張藩主徳川茂徳が賛同して賠償金支払いが議決され、その後、朝廷の怒りをこうむる恐れから立ち消えの形になっていたが、小笠原が支払いを断行したのは、その大評定の結果をふまえたことはあきらかだった。茂徳と同じように小笠原も、まず生麦事件を解決し、その上で攘夷問題に取り組もうとしているにちがいなく、小笠原の行為を強く支持する者もいた。

発言が飛び交い、今になって賠償金を取りもどすことなどできるはずはなく、朝廷の怒りを解くための弁明書を京に送るべきだという意見が出て、評決された。

ただちに文案が作成された。賠償金を支払ったが、それは勅意にそむく容易ならざる独断と承知しているものの、事情やむを得ざることなのでなにとぞ御容認いただきたい。その上で勅命通り攘夷の件については貫徹するよう努力する、という内容であった。

この書面は、京に急送された。

評定の席に、小笠原が賠償金支払いをすませた後、攘夷実行についての書簡を各国の公使、領事に渡し、それに対して激烈な返書が公使、領事から小笠原のもとに寄せられたことが報告された。

評定は、攘夷問題に集中した。

攘夷決行の勅命を負って江戸に来た慶喜は、明十日が攘夷決行日なので、開港した横浜をはじめ三港をとざし、外国人を一人残らず国外に退去させるため一致して尽力するよう指示した。

評定の席に、沈黙がひろがった。

前年の六月に島津久光が勅使の大原とともに江戸に入った時、慶喜は、久光、前越《えち》前《ぜん》藩主松平慶永とともに攘夷に反対の姿勢をとっていた。が、将軍後見職として家茂に随行して京に滞在している間に、長州藩を背景とした急進攘夷派の公卿《くぎよう》たちの圧力に屈して攘夷強行に態度を一変し、勅命をおびて江戸に来た。余りにも甚しい変節に、評定に列座した者たちは口をつぐんで慶喜の顔を見つめていた。

やがて、老中の井上正直が、現実問題として攘夷決行は不可能であることを口にすると、若年寄、外国奉行らがにわかに発言しはじめた。小笠原の書簡に対する各国の公使、領事の返書でもあきらかなように、締結した条約を一方的に破棄することを各国が認めるはずがない。それを強行しようとする勅命は、現状を無視した暴論であり、各国公使、領事が面談の必要すらないと返書を送ってきたのも当然と言える。もしも、強要すれば、戦争は必至で、防備力の乏しいわが国は各国軍隊の強大な武力の前に屈し、滅亡の憂目《うきめ》をみる。

それらの激しい反対意見がつぎつぎに出され、慶喜は、顔をこわばらせて口をつぐんでいた。

一人として慶喜の意見を支持する者はなく、評定は「所詮《しょせん》　攘夷之儀は難ニ相成一」という意見で一致し、衆議が決した。

慶喜は、一言も発することなく、歎息《たんそく》し、下城した。

その夜、慶喜は、江戸町奉行の井上清直を自邸に招き、横浜村にいる小笠原から賠償金支払いの事情について聴取したいので江戸にくるよう説得して欲しい、と依頼した。井上は、慶喜が信頼を寄せている元勘定奉行川路聖謨《としあきら》の弟で、孤立したかれは井上に頼ったのである。

承諾した井上は、翌十日早朝、江戸を出立して横浜村に赴き、小笠原に会った。小笠原は、井上の請《こ》いをいれ、その夜、江戸にもどった。

小笠原は、ただちに慶喜の屋敷に行き、その席には老中の井上正直も加わった。

当然、慶喜は、独断で賠償金を支払った小笠原を激しくなじると予想されたが、小笠原がその理由を淀《よど》みない口調で述べるのを無言できいているだけであった。井上は、小笠原の行為をひそかに容認していたので、かすかにうなずいていた。

賠償金が支払われたので、神奈川奉行の浅野は、管轄《かんかつ》下の町村に触れを出した。騒然としていた世情を鎮《しず》めるためで、イギリス軍艦が武力行使に出る恐れはなくなり、「下々之者共安心致」し、商人も「仕入等も十分ニ致　家業」に専念するようにというものであった。

また、商館にかかげられた各国の国旗をはずして避難していた横浜村の外国人商人たちも、賠償金支払いを耳にして商館にもどって旗も出し、商売をするようになっていた。

翌十二日、慶喜、慶篤をはじめ老中、若年寄、三奉行、大小目付、外国奉行が登城し、小笠原も姿を見せた。

評定が開かれ、攘夷決行問題で激しい議論が交された。

その席でも、攘夷決行に反対する発言のみがつづき、慶喜は一言も発することなく坐《すわ》っていた。列座の者たちは、過激な攘夷論者の影響を受けた朝廷の姿勢を批判し、攘夷決行の勅命は、日本を滅亡におとし入れる愚かしいものだ、と強調する者が多かった。

かれらが城を退出したのは、深夜になってからであった。

翌日も翌々日も、慶喜は城に姿を見せなかった。自分と同調する者が一人もいないことに、強い衝撃を受けていることはあきらかだった。

その心情を察した老中の井上と松平信義は、五月十五日に川路聖謨を招き、慶喜の屋敷に赴いて様子を見てくるよう指示した。川路は、四年前の安政の大獄で大老井伊直弼の嫌忌によって隠居、差控《さしひかえ》の身となったが、井伊の死後、差控を解かれ、さらにその卓越した外交経験を買われて四日前に外国奉行に登用されていた。

慶喜の屋敷に赴いた川路は、憔悴《しょうすい》しきった慶喜と対面した。なつかしそうに川路を迎え入れた慶喜は、川路の復帰に祝いの言葉を述べた後、思いがけぬことを口にした。城中で自分の意見を支持する者が皆無であるのを嘆き、ここに至って攘夷決行の使命を果すことは到底不可能であるのを知ったので、昨日、京にいる老中の水野忠精と板倉勝静宛に将軍後見職の辞任願いを送ったという。

驚いた川路は、屋敷を辞し、それを井上と松平に報告した。

辞任願いを提出したことは、城内に大きな波紋となってひろがった。

城中では、老中以下が登城して評定を繰返した。賠償金支払いにつづき、攘夷決行の断念を意味する慶喜の将軍後見職辞任願いの提出は、いずれも朝廷の意向に反したもので、朝廷の激しい憤《いきどお》りが予想された。

そのことについて、評定の席で一つの意見が出された。賠償金支払いの件については京に弁明書を送ったが、それだけでは不十分なので、使者を送って説明する必要があるという。

賛成する者が多く、評議一決して、独断で支払いをおこなった当事者の小笠原を使者として送ることになり、小笠原も承諾した。

小笠原は、京にのぼって賠償金支払いに至る事情を説明するとともに、攘夷決行が到底不可能であることも訴え、勅命の撤回に力をつくす、ときびしい口調で言った。そのような無謀な勅命を発したのは、長州藩の攘夷論者に同調した急進派公卿たちの工作によるもので、小笠原は京にのぼってそれらの長州藩士を一人残らず駆逐し、公卿たちも説得するという。

小笠原の大胆な発言に、幕府の威信をしめすためにも断行すべきだ、と小笠原の主張を支持する声が満ちた。

討議の内容は幕臣の間に広くつたわり、小笠原に随行して京に赴くという声が起った。

当然、長州藩士を追い払うには大兵が必要で、それによって起るであろう混乱も鎮めなければならない。京をはじめとした大坂、兵庫の治安維持という名目にすれば、小笠原が兵をひきいて京にのぼるのも不自然ではない。

評定の席で、このような結論に達し、五月十八日に小笠原の京行きが決定した。この評決によって、将軍の名代として攘夷決行のため江戸に来ていた水戸藩主の慶篤は、名代を辞する願書を京に送った。

小笠原は、随行者として町奉行井上清直、目付の土屋民部と向山栄五郎さらに水野癡雲を選んだ。かれらは、賠償金支払いと攘夷問題について小笠原の考えを強く支持している者たちであった。また、小笠原は、京に同行する者を募り、すすんで応ずる者が多く、千七十五名が随行することになった。

それらの士卒を連れて京へ行くには莫大《ばくだい》な資金を要するので、小笠原は、老中の井上と松平に五千両の借金を申し入れた。幕府財政は窮迫していたが、両老中は、小笠原の使命の重大さを考慮し、「特例として」一万両を貸しあたえた。

準備に手間取って出立がおくれ、五月二十日早朝、小笠原は、井上らとともに江戸を発し、神奈川宿より幕府軍艦「蟠竜《ばんりゅう》丸」に乗って横浜村に上陸した。同行する士卒もぞくぞくと横浜村に集り、兵器・食料の船積みで大混雑を呈し、一行は、二十四日夜、雇い入れた外国商船に分乗して横浜港をはなれた。

船は、二十九日につぎつぎに兵庫の港に入り、小笠原たちは上陸した。

すでに小笠原の京行きは、慶喜と慶篤から急飛脚で京の将軍家茂と関白鷹司輔煕に伝えられていた。それらの密書には、賠償金支払いをしたのは小笠原の独断であり、大兵をひきいて京にのぼるのは攘夷の勅命の撤回を強要するためである、と記されていた。

それを伝えきいた公卿たちの動揺は甚しく、その後、密書通り小笠原が多くの士卒とともに兵庫に上陸したという報告を得て恐れおののいた。

狼狽《ろうばい》した鷹司は、将軍補佐役の前尾張藩主徳川慶勝に急使を立て、小笠原一行を京に入らせぬよう要請した。慶勝は、その旨を老中の水野と板倉に伝え、水野らは協議の末、鷹司の申入れにしたがうことに決した。

小笠原一行は、外国船で兵庫をはなれ、六月一日暁七ツ（午前四時）に大坂に上陸した。

小笠原は、そのまま京へ急ごうと考え、行列を組んで京街道を進んだ。

七ツ半（午前五時）には、早くも枚方《ひらかた》に入ったが、そこに水野と板倉の命をうけた若年寄の稲葉正巳が待っていた。稲葉は、小笠原に朝廷からの要請で京に入らぬようにして欲しいと告げ、引返して行った。

京に入らねば使者としての責務を果せず、小笠原は、随行の井上と土屋、向山の三人に事情説明のため京の二条城に赴くことを命じ、三人は翌朝、馬で京にむかった。

かれらが淀まで来た時、二条城から出張してきた幕吏が行手をさえぎり、重ねて入京はお控えいただきたいと強い口調で告げた。押問答が繰返され、土屋は、その旨を枚方の小笠原に報告するため道を引返した。途中、小笠原が兵をひきいて道を進んでくるのに出会い、驚いた土屋は、幕吏の強硬な態度を伝え、枚方にとどまるべきだ、と進言した。が、小笠原はきかず、そのまま兵を進めて淀についた。

その夜、小笠原は、土屋と向山に二条城へ行くことを命じ、二人は馬を走らせて京に入り、二条城に至った。

翌三日朝、かれらは老中の水野と板倉に会い、小笠原の使命を詳細に説明し、入京を許可して欲しいと理解を求めた。

その日、二人は淀へ引返したが、小笠原はあくまでも京へ入ると主張し、翌日、再び二人を二条城に差し向けた。公卿たちの恐怖はさらにつのり、中には小笠原を死罪に処すべし、と主張する者もいた。

翌五日、家茂は淀に使者を派して小笠原に直筆の書をあたえた。考えていることは理解できるが、思わぬ不利益が生じる恐れもあるので、朝廷に申し上げて呼び寄せるまで様子をみるように、という内容であった。

温情にみちたその書に、小笠原は京に入ることを思いとどまり、淀にそのまま滞留した。

二条城にとどまっていた土屋は、小笠原の強引きわまりない態度に嫌気がさし、御役御免を願い出て七日の夜に許され、江戸へもどっていった。

小笠原の扱いについて、在京の閣老は朝廷との間で協議を繰返し、あくまで処罰すべしという朝廷側の意見に屈して小笠原に対し、「思召《おぼしめし》有レ之御役御免被二仰付一」として老中格の役職を取りあげ、大坂城代あずけを申渡した。

大坂城代は吉田藩主松平信古《のぶひさ》で、閣老の内意をうけて小笠原を罪人扱いせず、登城に準じた行列を組ませ、小笠原を松平の屋敷に丁重に迎え入れた。

老中の水野と板倉は、小笠原に対して、
一　賠償金を独断で支払った事情
二　攘夷決行の勅命撤回をくわだて兵をひきいて上京したという疑惑
の二点について、答弁書を差出すよう命じた。

小笠原は、長文の答弁書をしたため、賠償金支払いは日本の信義を守るためのやむを得ない処置であり、上京の目的は京の治安と家茂の身を守るためのものである、と強調した。

この書面は、十二日に城代を通じて老中に提出された。

家茂は、攘夷派の公卿たちに強引に京に押しとどめられていたが、この機に乗じて江戸へ帰ろうと企てた。賠償金支払いの不始末を処理し、また攘夷決行を果すため至急江戸にもどりたい、という趣旨の書面を朝廷に提出した。

小笠原が大兵をひきいて上京しようとしたことに動揺していただけに、朝廷は、家茂の要請を受け入れた。

家茂は、東海道を江戸へむかうことにしていたが、急に予定を海路に変更し、水野、板倉らをしたがえて京を出立し大坂に至った。

六月十三日朝五ツ(午前八時)、家茂は蒸気帆船「順動丸」に乗り、「咸臨丸《かんりん》」その他をしたがえて大坂を出帆した。航海は順調で、その夜は紀州の和歌ノ浦に寄港、それより出船して夜も航海をつづけ、十六日夜明け前に城ヶ島沖をすぎて江戸湾に入った。品川沖に碇泊《ていはく》、昼四ツ(午前十時)に浜御殿に着船し、それより家茂一行は船で大川、日本橋川筋をへて龍ノ口に上陸し、八ツ半(午後三時)少し前に江戸城に入った。にわかの帰城に、城内は大混雑を呈した。

その日、大坂では小笠原に随行していた井上清直、向山栄五郎がそれぞれ役職を免ぜられ、水野癡雲とともに差控に処せられた。

その後、小笠原らは江戸に引返すよう命じられ、井上、向山、水野らは士卒とともに東海道を江戸にむかい、小笠原は、七月十日、「順動丸」に乗って大坂を発し、十四日品川に着いて桜田の唐津藩邸に入り、逼塞《ひっそく》した。

小笠原が士卒とともに兵庫にむけて横浜港を船ではなれた翌五月二十五日、江戸城に思いもかけぬ用状が、京の二条城から到来した。

それは長州藩主毛利敬親《たかちか》と小倉藩主小笠原忠幹《ただよし》から、それぞれ十九日に京の家茂に差出された届書の内容を記したものであった。その届書は、「当月十日夜四ツ（午後十時）頃　長州赤間関（下関）ニ於《おい》て亜米利加《アメリカ》蒸気船碇泊致居候処　松平大膳大夫（毛利敬親）海岸守衛船二艘《そう》より発炮《はっぽう》致候ニ付　商船よりも二三発候」という事件発生を記したものであった。

城中からの急使でその用状を眼にした老中の井上と松平は、ただちに登城し、三奉行、大小目付、外国奉行を至急城中に呼び寄せた。

「所詮《しょせん》　攘夷之儀は難ニ相成一」と衆議一決していた井上らは、攘夷期限の五月十日の当日に早くも長州藩が、赤間関でアメリカ船を砲撃したことに激しい衝撃を受けていた。

小笠原が、攘夷の勅命が下されたことを各国公使、領事に書簡で伝えた後、井上と松平は、幕府がその意志のないことを内々に公使、領事に伝え、公使らもそれを諒《りょう》承《しょう》していた。それによって一応、攘夷問題は穏便におさまっていたが、赤間関での発砲事件によって公使、領事らが幕府の違約を激しく難詰《なんきつ》し、場合によってはただちに武力行使に出ることが懸念《けねん》された。

評定の末、老中は、とりあえずその事件をアメリカ公使プリューインに報《しら》せるため、外国奉行の菊池大助を夕刻、横浜村へ出張させた。

長州藩は、全国諸藩の中で尊王攘夷の急先鋒《せんぽう》で、藩主敬親と世子定広は京に入って攘夷論者の公卿たちとむすび、京はかれらによって完全に支配されていた。急進派公卿たちは、敬親と定広を権威づけるために動き、朝廷から敬親と定広にそれぞれ天杯《てんぱい》と御衣《ぎょい》をあたえ、さらに敬親を異例の参議に任じ、御剣一振を下賜《かし》した。公卿たちは、長州藩を後盾に家茂に攘夷決行を鋭く迫り、攘夷期限を五月十日と定めさせた。

敬親は、攘夷決行にそなえて帰国し、指揮を容易にするため四月に藩府を萩《はぎ》から藩領の中心地山口に移した。

攘夷を実行するのに最も適した地は、長州藩の支藩である長府藩領の赤間関であった。

その海峡は、最も狭い所で六町（六五四メートル）足らずで、対岸の小倉藩領の人の動きも見えるほどであった。潮の干満と風の状態によって潮の流れの変化はいちじるしく、時には流れが逆方向にむかい、激しい折には渦も巻く。岩礁《がんしょう》が多く船の航行は容易ではないが、赤間関の海岸線は屈曲していて入江に恵まれ、碇泊地として適していた。北前船をはじめとした船の往来がしきりで、上海《シャンハイ》、長崎の方面からくる外国船も海峡を通過する。その年も三月三日にオランダ軍艦一隻《せき》が過ぎ、二十四日にはフランス軍艦が二隻赤間関に来泊して翌日西方に去り、四月二十九日にはイギリス軍艦が来泊した。

攘夷決行の機運が熟して、長州藩は海峡に面した海岸線の防備強化に力を注いだ。三月十三日には、長州藩の支藩である清末藩主毛利元純《もとずみ》が、赤間関に行って海峡通過の外国艦船に対する具体的な攻撃方法を協議した。

海峡にのぞむ台場（砲台）は、弟子待、亀山《かめやま》、壇ノ浦、杉谷、前田、専念寺、細江に築造がはじめられ、また、萩、三田尻《みたじり》、長府などにある鋳砲所で大砲の鋳造が急がれた。台場に据えつけられる砲は江戸の長州藩下屋敷のある葛飾村で鋳造されたものをふくむ先込式青銅砲で、砲弾は球形弾で攻撃目標を破砕し、また破裂弾を発射する砲もあった。

反射炉は鉄製の大砲製作を目ざすもので、佐賀藩がその技術ではひときわぬきん出ていて鋳鉄砲を多数生産し、長崎、江戸品川の台場等に提供していた。長州藩では萩に反射炉が設けられていたが、薩摩、韮山《にらやま》、水戸の反射炉とともに実戦に役立つ鋳鉄砲を作るまでには至らず、いずれも青銅砲鋳造の段階にとどまっていた。

長州藩の海上兵力としては、「丙辰丸《へいしんまる》」「庚申丸《こうしんまる》」「壬戌丸《じんじゅつまる》」「癸亥丸《きがいまる》」の四隻があった。

「丙辰丸」は、安政三年（一八五六）五月に藩が萩で起工、翌年一月に竣工《しゅんこう》した長さ八丈一尺、四七トン、備砲二門の木造小型帆走艦であった。

「庚申丸」は「丙辰丸」とほぼ同型の帆走艦。「壬戌丸」は前年の文久二年（一八六二）九月に横浜のイギリス商人から購入した四四八トンの鉄張り蒸気船「ランスフィルド号」で、「癸亥丸」は、その年の三月に横浜の御用商人佐藤貞治郎の仲介で購入した原名「ランリック号」という汽船であった。

藩主敬親は、家老の毛利能登を赤間関海防惣奉行《そうぶぎょう》に任じ、能登は士卒六百五十七名をひきいて赤間関に詰めた。また、支藩の長府、清末両藩兵三百余もその指揮下に入った。

四月二十日、攘夷期限が五月十日と決定し、京にとどまっていた長州藩世子の定広が勅命を受けて翌日、帰国の途につき、定広に随行して京にいた萩藩八組士岡部富太郎らもそれに従った。また、急進尊攘論者として知られる萩藩医の久坂玄瑞《くさかげんずい》らも定広に請《こ》うて西下し、さらに諸藩の尊攘派との交流につとめていた萩藩無給藩士時山直八も、肥後、因州、備前、島原の尊攘派浪士とともにこれにつづいた。

久坂らは四月二十六日に山口に入り、藩に対して赤間関で攘夷の急先鋒として戦いたい、と訴えた。藩では、その志を良しとしながらも、すでに赤間関には毛利能登を海防惣奉行とした士卒が配置され、久坂らが能登の職権をおかして内紛が生ずることを危惧《きぐ》した。藩は思案の末、久坂ら三十余名を敵情偵察の名目のもとに赤間関へむかうことを許可し、赤間関の都合役糸賀外衛に書を送り、久坂らに宿所と食料をあたえて便宜をはかるよう指示した。

久坂らは山口を発して赤間関に至り、それを迎えた糸賀は、長泉寺をかれらの屯営にあて、さらに光明寺、専念寺に移し、本営を光明寺とした。つづいて京から山口をへて赤間関に入った時山直八らも、久坂らと合流して五十名ほどになり、毛利能登指揮の本隊とは別に光明寺党と称した。かれらは光明寺に独自の旗をかかげた。

赤間関には思いがけぬ人物がいた。十九歳の堂上公卿中山忠光であった。

忠光の父忠能は、島津久光、松平慶永らとともに公武合体論を唱え、和宮降嫁に関与したこともあって尊攘派の激しい弾劾《だんがい》を受け、差控に処せられた。

忠光は、父と全く相反した立場に立っていて、急進尊攘派公卿の中心人物の一人として動いていた。かれは、同志とともに関白鷹司輔熙の屋敷に押しかけて攘夷期限の裁断をせまり、その機が熟したのを確認してから三月にひそかに京を脱出し、長州藩に身を投じていた。かれは官位を返上して萩にとどまっていたが、攘夷期限が五月十日と確定したことを知り、赤間関にやってきたのである。

忠光と京で親しく交わっていた久坂らは忠光を迎え入れ、光明寺党の首領に仰いだ。しかし、その後忠光は九州に渡海し久留米《くるめ》にむかった。禁固されている尊攘論者真木《まき》和泉《いずみ》救出のためであった。

赤間関では、千余人の農兵、役夫を動員して台場の築造を推し進めていた。それらの設置場所の人家を取りはらい、老人、婦女子、幼児を在所に避難させた。梅雨の季節で、雨中での作業がつづいた。

弟子侍台場け、すでに堡塁《ほうるい》が築かれていたので、砲術家粟屋正介らの指揮で荻野流連城砲が据えられた。

専念寺、細江の台場設置場所では、毛利能登指揮下の本隊が工事に着手し、亀山、壇ノ浦では光明寺党が工を起し、前田の台場築造は長府、清末両藩が担当した。それらの台場に据えられる砲はオランダ式先込青銅砲であったが、攘夷期限の五月十日を迎えても台場は工事半ばのものがあり、全く起工しないものもあった。

雨の日がつづき、五月十日は風も加わり、海上には激しい白波が立っていた。各台場や陣営に立てられた旗や幟《のぼり》は、音を立ててはためいていた。

その日の夕七ツ（四時）頃、長府の城山におかれた遠見番所の者が、雨にかすむ周《す》防灘《おうなだ》方向から海峡にむかって進んでくる黒い船体の船を遠眼鏡でとらえた。船は波浪のうねる海上を海峡に近づいてきたが、海峡は潮流が逆行していて進むことは不可能で、潮待ちを余儀なくされ、対岸の小倉藩領田ノ浦の沖に錨《いかり》を投げた。

日本の洋式船は日の丸の船印をかかげているが、遠眼鏡で見ると、マストにかかげられた旗は日の丸ではなく外国船であることがあきらかになった。

遠見番所は警戒哨所も兼ねていて、外国船発見を報《しら》せる号砲用の十二斤《きん》砲一門が備えつけられていた。砲手は、火縄に点火し、砲弾が発射された。

その号砲を受けて、亀山、彦島《ひこしま》の台場からも号砲が放たれ、砲声が海峡一帯にとどろいた。号砲は第一発が用意、第二発が整列、第三発が出陣で、台場の砲はそれぞれ三発連続して発射した。

赤間関の各所に分宿していた本隊の士卒は、その砲声にあわただしく鎧《よろい》、甲《かぶと》などの武具を身につけ、激しい降雨の中を陣屋に走った。槍《やり》を手にする者もいれば、銃を手にする者もいる。銃は火縄銃とオランダから購入した少数のゲベール銃であった。

かれらは、各陣営に集結し、整列した。

久坂玄瑞ら光明寺党の者たちは、毛利能登配下の本隊とは異なった動きをしめした。かれらは亀山の台場に走って取りつき、さらに工事半ばの壇ノ浦の台場に行って役夫たちを督励して仮の土塁を築き、フランス式八十斤砲以下数門の砲に実弾を装塡《そうてん》し、合戦準備をととのえた。

潮の逆流する海峡には、風の吹きつのる音と激浪の岸にくだける音がきこえているだけであった。

十二

海峡をへだてた小倉藩の渡船場から、藩の船印を立てた舟がはなれるのが望見された。

舟は汽船に近づき、舷側《げんそく》についた。藩領田ノ浦の沖に投錨《とうびょう》した異国船の国籍その他をただすため、船奉行配下の役人が出向いたにちがいなかった。

やがて、聴取が終ったらしく舟が汽船をはなれ、波に激しく上下しながら渡船場の方へもどっていった。

長州藩の赤間関海防惣奉行毛利能登は、家臣に汽船へ赴いて検問するよう命じた。七ツ半(午後五時)近くになっていて、海上はまだ明るかった。

早舟が用意され、藩士たちが乗った。舟は波のうねる海峡を汽船にむかって進み、舷側についた。

甲板から縄梯子《なわばしご》がおろされ、藩士たちはそれを伝って甲板に上った。マストにはアメリカ国旗が音を立てて風にはためき、船は帆走してきたらしく煙突からは煙が湧《わ》いていなかった。

外国人の船員たちが甲板上に寄り集っていたが、その中からあきらかに日本人と思われる着物を着た丁髷《ちょんまげ》の男が出て来て近づき、腰をかがめて頭をさげた。

「長崎の安蔵と申します。神奈川御奉行様より水先案内を勤めるようにとの仰《おお》せで、本船に乗っております」

日焼けした男であった。

藩士は、船名その他をたずねた。船は「ペムブローク号」で、船長はクーパー。二百トンの荷を積み、三日前に横浜を出港、長崎をへて上海にむかう。商船ではあるが、砲も装備している。船には、アメリカ人と調理人として雇われている清《シン》国人が乗っている。風波が激しく海峡は逆潮なのでしばらく碇泊し、潮の流れが回復するのを待って抜錨する。

さらに船には、神奈川奉行浅野氏祐より長崎奉行大久保忠恕宛《あて》の用状が載せられ、そのため安蔵が幕府御用の水先案内人として雇われた、とも語った。その用状は、生麦事件に対する幕府の賠償金支払いが決定したので、戦争の危険は回避できたが、一層海防の備えを厳にするようにという趣旨のものであった。

それらのことを聴取した藩士たちは、汽船から舟にもどり、陸岸に引返して能登に報告した。

能登は、汽船に長崎奉行への用状が載せられていることを重視した。幕府は、その用状を無事送りとどけるため水先案内人を同乗させている。たとえ攘夷《じょうい》期限が来ているとは言え、そのような目的を持つアメリカ船を砲撃することは当を得ていない。

かれは、各台場に汽船が近づいても発砲せぬよう指示すると同時に、南木《みなき》工之助を使者として光明寺に派遣した。光明寺を本営とする久坂玄瑞らは絶えず攘夷を口にしていたので、能登は、かれらがアメリカ船に対して過激な行動に出ることを危惧したのである。

南木から能登の指示をきいた久坂ら光明寺党の者たちは、それに激しく反撥《はんぱつ》し、本営内は騒然となった。攘夷決行の期限が来ているのに、アメリカ船を攻撃せず去らせるような行為は勅命に反することで、断じて許せぬ、と激昂《げっこう》した。

その折り、海峡にむかって東方から進んでくる船が見えた。長州藩の帆走艦「庚申丸」で、その日、山口東南方四里半の三田尻を発し、赤間関防備のため進んできたのである。

「庚申丸」は、壇ノ浦の浜に近づき、錨を投げた。

同艦に乗っていた総督松島剛蔵は、壇ノ浦の台場に詰めている光明寺党の兵を艦に呼び寄せ、山口本藩の命を受けて攘夷のため赤間関に来たことを党の幹部に伝えるよう命じた。すでに海上には、夕闇《ゆうやみ》がひろがりはじめていた。

松島の使命を知った久坂ら幹部は、提灯《ちょうちん》を手に小舟を出して「庚申丸」に赴いた。

久坂らは松島に会い、毛利能登からアメリカ汽船を攻撃してはならぬ、という指令を受けていることを伝えた。松島をはじめ士官たちは、激しい口調でそのようなものは無視すべきだと言い、久坂らを喜ばせた。

かれらは、艦内の一室に集り、アメリカ船を攻撃する方法について協議した。

さまざまな意見が交され、まず「庚申丸」を進めてアメリカ汽船を拿捕《だほ》する案が出された。これに対して、「庚申丸」は帆船であり、蒸気船のアメリカ船がそれに気づいてのがれれば、捕えることは困難だと反対する者が多かった。この案は成功の確率が低いと判断され、夜陰に乗じてひそかに多数の小舟を繰り出し、汽船を取りかこんで周囲から一気に船に乗り込み、船員を皆殺しにするという意見が出された。

活潑《かっぱつ》な論議がつづき、沈黙していた久坂が発言した。

小舟で汽船を取りかこんでも、高位置にある汽船の甲板上から銃の連射を受ければ我が方は必ず多大な被害をこうむり、その案は危険が多く採用できない。それよりも闇の中をひそかに「庚申丸」を汽船の近くに進ませ、奇襲すべきだ、と主張した。

この案に松島らは賛同し、奇襲を夜八ツ(午前二時)と決定した。決死の者たちが銃、弓矢、槍を手にして「庚申丸」に乗り、「庚申丸」は錨を揚げた。海上は波がうねり、雨勢はさらに増して風の吹きすさぶ音が満ちていた。潮は西から東に激しい勢いで流れ、「庚申丸」は、その潮流に乗って田ノ浦沖に碇泊する汽船にひそかに近づき、三、四町ほどと思われる位置で投錨した。海上は濃い闇に包まれていて、砲手は、手探りで三十ポンドと二十四ポンドの短加農《カノン》砲に球形弾を装塡した。

久坂らは、闇の海上に視線を据えていた。

しばらくして汽船の碇泊している個所に、かすかに火光が見えはじめた。船長が、徐々に潮流が恢復《かいふく》しているのを知って罐《かま》を焚《た》くのを命じたにちがいなく、やがて煙突からも煙が吐かれはじめるのがかすかに視認された。

松島は艦長の山田鴻次郎に砲撃を命じ、砲にとりついた砲手は、闇の中の火光に照準を定めて球形弾を放った。

その時、「庚申丸」におくれて三田尻を出帆した長州藩の「癸亥丸」が海峡に近づいていた。総督福原清介は、海峡方面からきこえてきた砲声を「庚申丸」の空砲と錯覚した。両艦は、夜の闇の中で邂逅《かいこう》する折には互に空砲五発を放つことをとりきめていたので、福原は答砲として空砲を放たせた。しかし、闇の中の砲声は五発を越えてもつづき、ようやく福原は「庚申丸」が攘夷のため外国船を砲撃しているのを知り、その方向に艦を進めさせた。

闇の海上に砲声がとどろき、砲弾が発射される度に「庚申丸」の艦影が赤々と浮び上った。発射された砲弾は十二発に及び、一弾は「ペムブローク号」のマストの固定索（rigging）を切断し、他は船を飛び越えて海面に落ちた。

「ペムブローク号」の艦長クーパーは大いに驚き、急いで抜錨させ機関を始動させた。海峡は依然として逆潮で、その方面にむかえば船は西方からの激しい潮流に押されて動きは鈍い。クーパーは、海峡通過を断念し、船の舳を急いで反転させて航進させた。

その動きを察した「庚申丸」の山田艦長は抜錨を命じ、開帆させて「ペムブローク号」にむかって航進させた。それを知った「癸亥丸」も、「ペムブローク号」の追尾にかかった。

「ペムブローク号」は、黒煙を吐きながら潮の流れに乗って早い速度で進み、「庚申丸」も波しぶきを散らしながらそれを追った。早鞆《はやとも》ノ瀬戸をはなれた「ペムブローク号」は、部崎の鼻をかわすと南に変針し、豊後《ぶんご》水道方向にむかった。

「庚申丸」と「癸亥丸」は前後して追ったが、蒸気船と帆船の速力の差があらわれて間隔が徐々にひらき、「ペムブローク号」が豊後水道に入った頃には追撃を断念した。

両艦は、舳を転じて引返し、壇ノ浦から岸ぞいに進んで亀山台場下に入って馬関埠《ふ》頭《とう》に繋留《けいりゅう》した。すでに夜は明けはじめていたが、相変らず降雨はしきりであった。

その後、「ペムブローク号」は日向灘《ひゅうがなだ》を南下して大隅《おおすみ》海峡をぬけ、長崎に寄港することはせず上海《シャンハイ》に直航した。

この出来事は、藩主毛利敬親のいる山口に桂正熊らが、また世子定広のいる萩には山県初之進らがそれぞれ第一報を伝えた。

山口には、桂らにつづいて十二日に南木工之助が長府藩の使者井上屯とともに赴き、敬親に状況を詳細に報告した。その報告の中に、長府藩主毛利元周《もとちか》が、汽船が田ノ浦沖に碇泊すると同時に藩兵をひきいて出陣したということがふくまれていて、敬親はその労を謝したが、赤間関海防惣奉行《そうぶぎょう》毛利能登のとった態度には不快の念をしめした。能登が、たとえ「ペムブローク号」に神奈川奉行から長崎奉行宛の用状が託されていたとは言え、一切の攻撃を押しとどめたことは、攘夷の勅命に反し、海峡を守備する全軍の士気をいちじるしく阻喪させたものとして、能登に謹慎を命ずることを決断した。

しかし、敬親は、過失をおかした家臣を厳罰に処することは好ましくないという気持が強く、能登を罷免《ひめん》すると同時に海防惣奉行に能登の子の宣次郎を新たに任命した。宣次郎が功を立てることによって、能登に地位恢復の余地をあたえたのである。

命を受けた宣次郎は、ただちに海防惣奉行として山口を発し、赤間関に赴いた。能登は、五月十四日、譴責《けんせき》、遠慮の申渡しを受けた。

アメリカ船砲撃の報を萩で受けた世子定広は、洋式砲台の築城術を修めた正木市太郎と郡司武之助を蒸気船「壬戌《じんじゅつ》丸」に乗せ、十二日に赤間関にむかわせた。同船は、十五日に赤間関につき、上陸した正木と郡司は、海峡一帯を巡検し、前田での台場築造を推し進めた。

その築造法は、長州藩が長崎から招いた著名な砲術家中島名左衛門《なざえもん》の指示にもとづくものであった。中島は肥前国の庄屋《しょうや》の子として生れ、十六歳で長崎に赴き、砲術家高島秋帆の家隷《かれい》となって西洋流砲術を学び、オランダ人からオランダ語の伝習を受けた。かれは、町年寄久松家の執事であった中島名左衛門の養子となって襲名し、長崎の地役人や諸藩士に砲術を教授、文久元年には豊後府内藩に招かれて砲術の伝授をした。文久三年に入って、長州藩主敬親の懇請を受けて山口に赴き、砲術師範となり、台場築造の指導にも当っていた。

海防惣奉行の毛利宣次郎は、工事半ばの各台場の築造工事を督励し、巨砲の据えつ

け も急がせた。

五月十七日夕刻、尊攘派公卿《くぎょう》の中山忠光が久留米からもどってきた。中山は、久留米藩によって投獄されていた尊攘論者真木和泉救出のため久留米に赴き、運動が効を奏し真木が釈放されたので赤間関に引返してきたのである。

中山は、尊攘論者の世話をする回船問屋の白石正一郎宅を宿所とした。

暑熱がようやくきびしくなり、台場築造に従事する役夫たちは、汗を流して土石運びにつとめていた。

五月二十二日夕刻、長府の城山に置かれた物見望楼の遠見番が、東方の周防灘を西方にむかって進んでくる大船を望見した。遠眼鏡で見ると、煙突から煙が吐かれ、舷側の外輪が回転していて蒸気船であることが確認された。

船は、早鞆ノ瀬戸に臨む壇ノ浦東北方一里の豊浦沖に達して停止し、投錨した。すでに夕闇は濃くなっていた。

城山から長府に注進があって、長府藩主毛利元周は、自から何国の船かをたしかめようとして舟を出させ、蒸気船に近づいた。しかし、闇の中で船にかかげられた旗を見定めることができず、さらに舟を進めて舷側に近づいた。

元周は、通詞にいずれの国の船であるかをたずねさせた。甲板上に灯火が湧いて、水先案内を勤めているという日本人が姿を見せ、質問に応じた。

船は、フランスの通報艦「ル・キャン・シャン号」で、五月十七日に横浜を出港し瀬戸内海を進んでこの地に至った。行先は長崎で、艦にはフランス公使館付書記官が乗っている。書記官は、外国人退去を求める攘夷の勅命に幕府は従わず、今まで通り条約を守ることを長崎の領事に伝える任務をおびていた。乗組員は、五十余名だという。

それを聴いた元周は、ただちに舟を長府に引返させ、海防惣奉行毛利宣次郎の本営に詳細を伝えた。

五月十日のアメリカ船への砲撃の折とは異なって亀山、壇ノ浦の台場の築造は完了し、前田、杉谷、専念寺、細江の工事も半ばに達し、弟子待の台場には鎮城砲二門が据えられていた。「ル・キャン・シャン号」までの距離は遠く、台場からは射程外にあった。長崎に赴くという「ル・キャン・シャン号」は、逆潮がおさまるのを待って明朝、海峡に入ってくるはずで、至近距離に近づいた時に砲火を浴びせることに決定した。

それをさとられぬため「ル・キャン・シャン号」が海峡に近づいてきても各台場は号砲を放たず、合戦準備を整えてその機が近づくのを待つことになった。その間に中山忠光と光明寺党の久坂玄瑞らは、「庚申丸《こうしん》」「癸亥丸《きがい》」の二艦に分乗し、出撃にそなえた。

空は厚い雲におおわれ、星の光も見えなかった。

夜が明け、豊浦沖に碇泊している「ル・キャン・シャン号」の姿が浮び上った。

やがて煙突から黒煙が吐かれ、外輪が廻りはじめた。艦は、舳《へさき》を西に向けて進みはじめた。むろん乗組員たちは、十三日前の五月十日にアメリカ汽船「ペムブローク号」が砲撃を受けたことは知らなかった。

艦は、海峡にむかって進んでくる。それを見つめていた城山の遠見番は、命令があるまで号砲を発することを禁じられていたが、堪えることができず空砲を放ち、轟《とどろ》く砲声に亀山の台場でもそれを受けて号砲を発射した。

惣奉行の毛利宣次郎は、その二発の号砲にためらうべきではないと考え、教練場の砲手に命じて出陣の合図である三発の号砲を発射させた。それによって各営所から諸隊が集合し、宣次郎はかれらをひきいて台場にむかって繰り出した。

「ル・キャン・シャン号」は西進をつづけ、前田の前面に進み出た。前田台場では、艦に照準を定め、二十四ポンド砲から連続して二弾を発射した。一弾は艦尾に命中して艦体を砕き、他の一弾は水しぶきをあげて海に落ちた。それを見た壇ノ浦の台場でも砲撃を開始し、八十ポンド砲の砲弾は海面に落下したが、六貫目砲の小型球形弾が艦の外輪に命中した。

「ル・キャン・シャン号」はさらに進み、亀山台場の近くに碇泊していた「庚申丸」と「癸亥丸」からも砲撃が開始された。「ル・キャン・シャン号」の艦長ラフォンは、突然の砲撃に呆然《ぼうぜん》とし、軍事演習かとも思ったが、そうとは考えられず、砲撃の理由をつかみかねた。

かれは、なに故《ゆえ》の砲撃かをただすため、艦を停止させて士官に公使館付通訳とともに陸岸にむかうよう命じた。

ボートがおろされ、水兵がオールを漕《こ》いで艦をはなれた。その時、砲弾がボートに飛来、水兵四名が即死し通訳が傷ついた。狼狽《ろうばい》した士官は、ボートを反転させ、辛うじて艦にたどりついた。

ラフォン艦長は、ボートの士官たちと死体を艦に引揚げさせると、抜錨《ばつびょう》の余裕もないと判断し、錨鎖を切断して艦を西に進め、二門の砲で応戦した。その一弾は南部町突堤の石垣を砕き、一弾は亀山神社の後方の丘にある松を飛散させた。

「ル・キャン・シャン号」は巌流島《がんりゅうじま》の南の海峡を西進したが、その個所は殊《こと》に逆潮が激しく速度が急に鈍った。それを見た弟子待台場の砲手は砲撃したが、距離が遠く、砲弾はことごとく海中に落ちた。

亀山砲台下にあった「庚申丸」と「癸亥丸」は、抜錨して帆を開き、「ル・キャン・シャン号」に直進した。潮流に乗って早い速度で迫ったが、ようやく大瀬戸を過ぎた「ル・キャン・シャン号」は、辛うじて追撃をかわし、響灘に去った。

「庚申丸」は、「ル・キャン・シャン号」が遺棄したボートを収容し、「癸亥丸」とともに亀山砲台下にもどった。

その砲戦の経過は、伝令使三戸源四郎によって山口に急報され、ついで佐々木次郎らが使者として山口に赴いた。藩主敬親は、佐々木らから詳細な報告を受け、酒肴《しゅこう》をあたえて労をねぎらった。

敬親は、十日のアメリカ船砲撃を朝廷に報告していたが、この日の砲撃についても京都に上奏書を送った。また、萩にいる世子の定広にも熊野藤右衛門が急使に立って状況を伝えた。

アメリカ汽船についでフランス通報艦に砲火をあびせ、それらがいずれも狼狽して去ったことに、長州藩士をはじめ長府、清末両藩士たちは意気さかんであった。

中山をはじめ久坂らは、前田にある長府藩主の別荘に集って祝宴をひらいた。その席で、対岸の小倉藩の台場になんの動きもなかったことを憤《いきどお》る声が高かった。小倉藩は海峡に面した海岸線数カ所に台場を構築し、梵鐘《ぼんしょう》をつぶして大砲鋳造もおこなっている。当然、攘夷の勅命にしたがって、小倉藩でも発砲すべきであった。しかし、小倉藩は、五月三日に攘夷実行について幕府に問いただし、幕府から単に通行中の外国船への発砲は禁ずる旨《むね》の回答を得ていた。譜代藩である小倉藩は、幕府の指示を忠実に守り、傍観していたのである。

長州藩側の各台場では砲弾の補充などをして次の外国船の海峡通過にそなえていたが、「ル・キャン・シャン号」が去ってから二日後の二十五日夕刻、降雨にかすんだ玄界灘方向から三本マストの蒸気船が姿を現わした。船は、海峡の峡口から西南方三里の藍島沖で停止し、錨《いかり》を投げた。

船はオランダ軍艦「メデューサ号」で、両舷にそれぞれ加農砲八門を備えたオランダ東洋艦隊随一の強力艦であった。速力六マイル、士官五十九、下士以下百六十二が乗組み、艦長はカセムブロートであった。

「メデューサ号」は、上海でオランダ総領事の辞令を受けて日本に赴任するポルスブリュークを乗せて長崎に入港、横浜に赴く途中であった。

カセムブロート艦長は、赤間関の海峡をぬけて瀬戸内海を進む航路を予定し、長崎で日本人の水先案内人を雇い入れた。出港直前、港にフランス通報艦「ル・キャン・

シャン号」が入港してきた。艦長のラフォンは、「メデューサ号」が海峡をぬける航路をたどることを知って「メデューサ号」を訪れ、カセムブロートに「ル・キャン・シャン号」が海峡で砲撃を受けたことを告げ、鹿児島沖をまわって太平洋上を進むべきだ、と忠告した。

カセムブロートは、ラフォンの好意を謝しながらも、航路を変更する気持はなかった。鎖国以来オランダは中国とともに貿易を許された日本の友好国であり、開国後もその関係は持続され、砲撃を受けることはないと確信していた。

「メデューサ号」は長崎を出港、予定通り北上して玄界灘を東に進み、夕刻に藍島沖に達した。カセムブロートは、潮流の変化がいちじるしく岩礁《がんしょう》も多い海峡を明朝通過しようと考え、夜間はその位置にとどまることにした。

海峡の峡口にある彦島の宮ノ原には守備の藩兵が詰めていて、六連《むつれ》島の後方の藍島沖に浮ぶ蒸気船を眼にした。藩兵は、ただちに砲にとりつき、国籍不明の船発見を告げる号砲を発射した。

その砲声をきいた東方の本村では、それを受けて号砲を放ち、海防惣奉行のいる伊崎の本営に伝えた。さらに亀山台場からも号砲が放たれて、長府にそれを報《しら》せた。

本営では、三発の号砲を連続して発射し、武具に身をかためた藩兵が銃、槍《やり》を手に集合した。先鋒の藩士たちは、専念寺、永福寺の台場に走り、久坂らの光明寺党の者たちは、海峡の西峡口に近い小瀬戸の細江に急ぎ、そこに碇泊《ていはく》している「庚申丸」「癸亥丸」に分乗した。また、長州藩の砲手と長府藩士たちは、亀山、壇ノ浦、前田の各台場に入り、大組隊の者たちは、細江に隊列を組んで進んだ。

　夜に入って海峡の北岸一帯に篝火《かがりび》がつらなって焚《た》かれ、その間を提灯《ちょうちん》の灯があわただしく往《ゆ》き交っていた。雨は降りつづき、海峡には濃い闇《やみ》がひろがっていた。各台場の合戦準備は、完全に整った。

　鶏鳴が遠く近くきこえるようになり、空がほのかに明るみはじめた。宮ノ原の警備につく藩士たちは、遠眼鏡を藍島沖の「メデューサ号」に向けていた。

　夜が明け、海上が明るくなった。魚が群れているらしく藍島の近くに海鳥が飛び交っている。やがて「メデューサ号」の煙突から黒煙が湧《わ》き、抜錨したらしく舳を東南方向に向けて動きはじめた。

　伝令は、馬を本営に走らせた。

　艦は六連島の西方沖に進み、海峡の峡口に近づいてくる。北岸の陣所に配置された藩士たちは、その動きを物蔭《ものかげ》から見守った。

　峡口に入り田首島沖にかかると、艦の動きが急に鈍った。退潮時に当っていて、潮が五マイルの速さで東から西に流れ、速力六マイルの「メデューサ号」はその潮流に押されながら進むことになった。

艦は少しずつ進み、ようやく与次兵衛の瀬戸に近づいた。そこからは海峡の最もせまい場所が望見でき、カセムブロート艦長は士官らとその方向に望遠鏡を向けた。

小倉藩領の門司の渡船場附近には舟が点々と浮かび、なんの動きも見られない。その対岸の赤間関の船着場には、寄港している千石船をはじめとした多数の船の帆柱が林立していて、これも穏やかな港の情景であった。もしも台場から砲撃する意志があるなら、そのさまたげになるそれらの荷船をすべて去らせたはずで、艦長は、戦意がないと判断した。

艦は潮流にさからいながら進み、巌流島の北を過ぎた時、北岸に長州藩の船印をかかげた二隻《せき》の帆走艦が東西にわかれて陣形を張っているのが見えた。「庚申丸」「癸亥丸」の二艦で、両艦との距離は約十町（約一、〇九〇メートル）であった。

「メデューサ号」が巌流島のかげから現われたのを見た「癸亥丸」の総督福原清介は、合戦方始めを下令、砲手は十八ポンド加農砲から球形弾を発射した。それにつづいて「庚申丸」、亀山、専念寺、永福寺、細江の各台場からも発砲され、砲声が海峡一帯にとどろき、硝煙が陸岸をかすませた。

「庚申丸」から放たれた三十斤榴弾《りゅうだん》は、「メデューサ号」の甲板上に落下し、カセムブロート艦長は、着弾の正確さに恐怖をいだいた。

連続して発射される砲弾は艦の各所を傷つけたが、カセムブロート艦長は狭い海峡を引返すわけにもゆかず、そのまま航進を続行させ、同時に戦闘準備を命じ、艦を左に回頭させて「庚申丸」と「癸亥丸」の間に突入し両艦を撃沈しようとはかった。しかし、両艦との間には長い浅洲があり、測深手の報告でそれを知った艦長は、浅洲を避けるため急いで右へ回頭させるとともに、左舷の砲八門に発砲を命じた。

砲声がつづいてとどろき、一弾は「癸亥丸」のマストの下端に命中、一弾は「庚申丸」の船腹をうがった。その他、亀山八幡社の楼門、廻廊、和船、四棟の民家に損傷をあたえた。

艦は海峡をゆるい速度で進み、砲火を集中されて左舷二十数カ所に被弾、死者四、重傷者五を出した。

海峡の最も狭い早鞆《はやとも》ノ瀬戸に入り、「庚申丸」「癸亥丸」は抜錨して「メデューサ号」の追撃にかかり、待ちかまえていた壇ノ浦台場も砲撃を開始した。その八十ポンド砲弾は「メデューサ号」の艦腹に命中し、艦は激しく震動した。ついで前田台場の砲も火を噴き、三弾が艦に命中。「メデューサ号」も応戦して長府藩主の別荘の門と塀を破砕した。

ようやく海峡を通過した「メデューサ号」は、潮流の影響もうけなくなって急に速度をはやめ、外輪を回転させながら周防灘方向に遠ざかっていった。

海峡に砲声はやんだ。

惣奉行《そうぶぎょう》毛利宣次郎は、陣を解くことを指令した。

要所要所に配置されていた藩士たちは、銃や槍をかかげて勝利の鬨《とき》をあげ、それぞれの陣営にもどっていった。馬にまたがった宣次郎は、家臣を引き連れて各台場を巡検し、前田台場ではそこに配置されていた長府藩士をねぎらって酒一樽《ひとたる》を贈った。また「庚申丸」「癸亥丸」にも訪れて奮戦をたたえ、水夫にそれぞれ銭百疋《ぴき》から三百疋をあたえて一層忠勤にはげむよう訓示した。

宣次郎は、戦闘が開始された直後、伝令使三戸新次郎に山口への第一報を伝えるよう命じた。三戸は馬を走らせて山口にむかったが、戦闘が終了後、宣次郎はさらに佐々木亀之助らを山口に急がせた。

戦況の詳報を佐々木らから聴取した藩主敬親は、アメリカ船、フランス通報艦につぐオランダ軍艦への攻撃を朝廷に報告するため、三戸詮蔵を京に使者として派遣することを定めた。三戸とともに攘夷派公卿たちと親交のある久坂玄瑞と三田尻小郡《おごおり》辺警備御用掛の楢崎弥八郎も同行させることになり、かれらは京へむかった。

萩にいる世子定広は、赤間関で攘夷の指揮を直接とるため、二十八日に萩を「壬戌丸」で出立することになっていた。が、その日、山口からの急使でオランダ艦を砲撃した報告を受け、予定を早めて二十七日に萩をはなれた。随行者は兵学者山田宇右衛門ら二十七名で、その中には長崎から招かれた西洋流台場築造術に精通した中島名左衛門も加わっていた。

「壬戌丸」は、二十九日昼九ツ（正午）に赤間関に着き、上陸した定広は、山田らを従えて前田、杉谷、壇ノ浦、亀山、専念寺等の台場を巡検した。その間、中島は山田とともに台場と砲の状態をつぶさに視察し、定広は七ツ（午後四時）、宿所に予定されていた白石正一郎宅に入った。

二日前に定広が萩を出立したという連絡を受けていた敬親は、定広の世話をするようにと家老益田弾正を赤間関に急がせ、益田は白石宅で定広を迎えた。

定広の赤間関入りを知った長府藩主毛利元周、海防惣奉行毛利宣次郎らが挨拶《あいさつ》に来て、その席に公卿の中山忠光も加わった。さらに山田宇右衛門、中島名左衛門、「庚申丸」総督松島剛蔵、「癸亥丸」総督福原清介をはじめ光明寺党の者たちもぞくぞくと定広のいる座敷に集った。

定広は、これまでのアメリカ船、フランス通報艦、オランダ艦に対する砲撃状況を松島らから聴取し、その労をねぎらった。それにつづいて、今後も海峡を通過するであろう外国の艦船に対する戦備の検討がおこなわれた。

席上、さかんに発言したのは松島と光明寺党の者たちで、過去三回の砲撃で外国の艦船に多大な損害をあたえ、いずれも勝利をおさめたことを強調した。台場の堅固さと砲の威力を口にし、外国の艦船は恐れるに足らぬ、と力説した。

無言で松島らの話をきいていた中島名左衛門が、突然のように口をひらいた。その声には、鋭いひびきがあった。

十三

中島名左衛門の声には、抑えに抑えていたものが一時に噴き出たような激しさがあった。

「外国をくみし易《やす》しと申されたが、そのようなことを口にされるとは、まことに嘆かわしき限りである」

中島の声は、ふるえをおびていた。

突然の発言に、一同、中島に視線を据えた。座敷の空気が静止したような重苦しい沈黙が流れた。それまで勝利を声高に口にし合っていた松島剛蔵と光明寺党の者たちの眼には、一様に険しい光が浮んでいた。

中島は、言葉をつづけた。

本日、世子定広に従って各台場を巡検したが、それらはすべて台場と呼べるようなものではない。江戸湾の品川沖や長崎港に設置された台場は、西洋の台場築造法にならって設計され、精選された石材を寸分の狂いもなく刻んで構築している。その構造は据えつけられた砲を確実に固定させ、照準を正しく定めて発砲することを可能にしている。それと比較して今日眼にした台場は、いずれも石と土を無造作に盛り上げたものにすぎず、しかも土塁は軟弱で、完全なものは一つもない。そのような土塁は台場の基礎とは程遠いもので、たとえ砲が据えられても正確な砲撃は望むべくもない。

中島の淀《よど》みない言葉に、松島らの顔には血の色が失われていた。

松島は中島に鋭い視線をむけながら、三度にわたって外国船を砲撃し多大な損傷をあたえ、遁走《とんそう》させたことは疑いのない事実だ、と声を荒らげて強調した。

「それは思いもよらぬ砲撃を受けて驚愕《きょうがく》し、いたずらな衝突を避けようとして立ち去ったにすぎませぬ。外国の軍艦が総力をあげて応戦すれば、長州藩の台場はひとたまりもなく壊滅させられましょう」

中島は、きびしい口調で反論し、外国の大砲と日本の大砲とは、威力において天と地の差があることを力説した。

長州藩の青銅製の滑腔《かっこう》砲は、銃砲の発達の目ざましい欧米各国にあっては一時代前の旧式砲で、照準を定めても正しい着弾は期待できない。砲弾も球形で、飛んでゆく距離は短い。

外国の大砲は、砲身の内側に施条《せじょう》の刻まれた施条砲で、砲弾も椎《しい》の実形の長弾が使用されている。それは目標に正確に到達し、しかも飛距離は滑腔砲よりはるかに長く、破壊力も大きい。これらの砲が軍艦に多数装備されていて、外国恐るるに足らずという言葉は、実情を全く知らぬ愚論としか言いようがない。

中島の愚論という言葉に、松島らは顔を朱に染め激昂《げっこう》した。

松島は、長崎でオランダ人から航海術を学び、帰国後、藩最初の洋式帆船「丙辰丸」の艦長となり、海軍局を「庚申丸」に置いてその頭人に任ぜられている。かれには、藩の海軍の指揮者という自負があり、中島の容赦ない言葉に激しい憤《いきどお》りをいだいた。

「兵器というものは、操る人によって生きもし死にもする。わが戦士たちは、一弾必中のゆるぎない心をこめて砲弾を発した。その精神が通じて多大な損傷を外国船にあたえたのだ。兵器は心だ」

松島の怒声に近い言葉に、光明寺党の者たちは口々にそれに和した。

中島は、反論した。

外国の将兵の規律はきわめて厳正で、日本人の及ぶところではない。連日繰り返される操練によって、下士、卒は指揮者の指図通り少しの乱れもなく敏速に動く。戦場での日本人の戦闘は、各自がばらばらに行動し、対照的に外国の将兵は、集団として一糸乱れぬ秩序正しさで戦闘に従事する。かれらは祖国の名誉を守るという使命感に燃え、精神力も日本人に決して劣らない。

中島の言葉に、松島らは苛立《いらだ》ち、荒々しい言葉が中島に浴びせかけられた。

中島の感情も激し、攘夷は、所詮《しょせん》無謀なものだ、と甲高い声で言った。

長崎から招かれて西洋流砲術の伝授をしてきたが、藩内に攘夷決行論がにわかにたかまり、中島は外国の武力と日本の武力とは大きなへだたりがあり、攘夷など到底果し得ぬことと考えていた。その間に攘夷論がゆるぎない藩論となり、招かれた身の他《よ》処者《そもの》であるかれとしては反対する立場になく、沈黙を守ってきた。愚かしいとは思いながらも、職務上、出来得るかぎり西洋流台場築造法にしたがって台場を構築するよう指示してきた。しかし、本日、赤間関の各台場を実地に巡検し、それらが全く稚拙なものであるのを知り、改めて藩の主唱する攘夷など論外であるのを感じた。

中島の眼には、悲しげな色が浮んでいた。

世子定広は、無言であった。

口をつぐんでいた兵学者の山田宇右衛門が、中島の率直な批判は傾聴すべきである、と静かな口調で言った。改めるべきことは改めねばならず、早速、山口にもどって藩主敬親に報告し、改善策を講ずる必要がある、と述べた。

この発言によって会議は終り、一同、席を立った。

時刻は四ツ（午後十時）すぎで、夕食もとらなかった定広は、白石正一郎宅で用意した食膳《しょくぜん》についた。

中島は、宿所としている新地町の旅籠《はたご》藤屋にもどり、入浴しておそい夕食をとった。蒸し暑い夜で、縁側に坐って団扇《うちわ》を使い、涼をとった。空は満天の星であった。

庭に数人の人影が現われ、不意に抜刀して中島に襲いかかった。男たちは、中島を斬《き》り、闇《やみ》の中に去った。異様な物音に、旅籠の者が部屋をのぞきこむと、中島は血まみれになって倒れていた。

山田宇右衛門は、中島と同じ藤屋を宿所としていたが、まだもどってはいなかった。旅宿の者からの報《しら》せを受けた山田が、駈《か》けつけた。かれは、すぐに医師の大塚柳斎を呼び、治療をさせた。大塚は手当をしたが及ばず、中島は絶命した。

首に深く刻まれた縦六寸の創傷が致命傷で、その他、背に三カ所の刺傷と腹部の左右二カ所に深い斬傷があった。右指五本がすべて斬り落され左指も欠けていて、刀を取れなかった中島が、襲いかかった者の刀を両手でつかんで防ごうとしたことをしめしていた。

襲ったのは光明寺党の者と推測されたが、緊迫した情勢下であったので下手人の詮索はおこなわれなかった。

中島の死を嘆き悲しんだ藩士の郡司千左衛門は、遺体を藩費で埋葬することを上司を通じて定広に願い出た。郡司は、長崎で西洋流砲術を学び、砲術研究のため幕府の講武所にも入った砲術家であった。かれは、藩の砲術水準をたかめるため、中島を長州藩に招くことに尽力し、藩の砲術師範となった中島の門人として砲術の伝授を受けていた。

郡司の願いはいれられ、中島の遺体は藩費で赤間関の妙蓮寺に埋葬された。

翌日、定広は、中山忠光、清末藩主毛利元純、長州藩家老益田弾正らとともに弟子待台場等をまわり、台場すべての巡検を終えた。

五月晦日夕《みそか》、前田にある長府藩主の別荘を宿所としていた公卿の中山忠光が、あわただしく定広のいる白石正一郎宅に入った。暑熱が赤間関をつつんでいた。

その日、京都から帰藩の途中、船で赤間関に着いた島原藩士丸山太郎が、上陸して中山を訪れ、京都で公卿の姉小路公知《あねがこうじきんとも》が暗殺されたことを伝えた。姉小路は、三条実美とともに急進尊攘派公卿の中心人物で、前年末に朝廷が三条を正使として幕府に派遣した攘夷督促の勅使の副使にも任ぜられ、攘夷決行を強く推進していた。

五月二十日、朝議に出席して深夜、屋敷にもどる途中、朔平門《さくへいもん》外巽《たつみ》の角（猿ヶ辻）で刺客に襲われて重傷を負い、絶命したという。二十五歳であった。

六歳下の中山は、姉小路に心酔して攘夷運動に尽力していただけに、その死に激しい衝撃を受けた。姉小路が襲われたことは、京に攘夷運動の反対勢力が台頭していることをしめし、ただちに京に引返し、それらの勢力を駆逐しようと考え、定広の諒解《りょうかい》を得るため白石家に赴いたのである。

姉小路の死は、赤間関守備の長州藩士たちにも伝わり、急進攘夷論者たちは顔色を変えた。かれらは中山が定広のもとに赴いたことを知り、続々と白石家に集った。かれらは、悲しみ嘆き激昂して、京にむかう中山に自分たちも随従する、と口々に言った。

　定広は、赤間関防備の藩士を守地からはなれさせるのは好ましくないと思ったが、かれらを阻止するのは不可能と考え、諒承した。中山は、明日、出発すると告げ、藩士五十六名が随行することになった。中山らは夜を徹してあわただしく旅装を整えた。

　その頃、赤間関海峡の東南方十五里の姫島の近くに、外国の蒸気帆走艦一隻がひそかに投錨《とうびょう》していた。月はなく、海上は濃い闇につつまれていた。艦は、アメリカ軍艦「ワイオミング号」であった。

　アメリカでは二年前の四月に南北戦争が起り、南軍の軍艦「アラバマ号」は、太平洋上で北軍側の商船に停船を命じて軍需物資等の積載物を掠奪《りゃくだつ》することを繰返していた。北軍政府は、「アラバマ号」がアジア方面で掠奪行為をおこなうとの情報を得て、「アラバマ号」を捕えるため七二六トンの「ワイオミング号」を同方面に派遣した。艦長はマックドーガルで士卒百六十人が乗組み、艦は両舷《りょうげん》にそれぞれ三十二ポンド砲四門を備え、艦上に口径十一インチの自在砲二門も載せていた。

　マックドーガル艦長は、香港《ホンコン》で「アラバマ号」の所在を探っていたが、四月四日、日本駐在公使プリューインから横浜港に回航し、横浜村在住のアメリカ人を保護して欲しいという要請を受けた。当時、横浜港にはアメリカ軍艦は一隻もなく、生麦事件以来、プリューインは不安をいだいていた。

マックドーガルは要請をいれ、香港をはなれて横浜港に入った。その地で、マックドーガルは、北軍政府からフィラデルフィアへの帰航命令を受け、長い間祖国をはなれていた乗組員たちは大いに喜び、石炭、水、食料を積載し帰航の準備を進めた。

五月二十五日に長州、小倉両藩の藩主から、アメリカ蒸気船を赤間関で砲撃したことが京を通じて幕府に伝えられ、それが老中からプリューイン公使に報告された。そのアメリカ船は、横浜から長崎をへて上海《シャンハイ》にむかう予定で横浜港を出港していった「ペムブローク号」であることがあきらかになった。

「ペムブローク号」が撃沈されたという噂《うわさ》も流れたが、二十七日夜に入港した外国船によって「ペムブローク号」が綱索を切断されたものの航海に支障はなく、長崎に寄港せず上海に直航したことが伝えられた。

マックドーガル艦長は激怒し、不法に「ペムブローク号」を砲撃した長州藩への報復を決意し、プリューイン公使も賛成した。

マックドーガルは、水先案内人として房州小湊《こみなと》村の庄蔵と讃州粟島《あわしま》の安蔵を雇い入れ、さらにプリューイン公使は、通弁としてジョセフ・ヒコ（彦蔵）を乗組ませた。

また、横浜英字新聞記者ベレスランも同乗した。五月二十八日朝七ツ半（五時）すぎ、「ワイオミング号」は横浜港を出港、太平洋上を進んで豊後《ぶんご》水道をへて姫島近くに達し、潮待ちのため、錨《いかり》を投げたのである。

六月一日の夜明けを迎えた。

世子定広は、その日、山口に赴くことが定められていて、蒸気兼帆走艦「壬戌丸《じんじゅつ》」に乗って赤間関から小郡に上陸し、陸路山口にむかう予定になっていた。そのため夜が明けぬうちに宿所の白石宅を出たが、その折、京にむかう中山忠光をはじめ五十六名の藩士たちから別れの挨拶《あいさつ》を受けた。

定広は、船着場に赴き、家臣たちとともに艀《はしけ》に乗って「壬戌丸」にむかった。「壬戌丸」では艦内を清掃し、甲板に定紋を染めた紫色の幕を張りめぐらし、旗、幟《のぼり》を立てて定広のくるのを待っていた。

艀が「壬戌丸」に近づいた時、砲声が東方からきこえ、それが外国船現わるの号砲であることを知り、定広は急いで艀を引返させ、陸岸にあがった。号砲は、長府の城山台場から発せられたもので、遠見の者が姫島附近をはなれて北上してくる「ワイオミング号」を望見したのである。

その号砲を受けて亀山台場、本営、彦島台場からも号砲が放たれた。

「ワイオミング号」は、煙突から黒煙をなびかせながら航進し、部崎《へさき》をかわすと西方に変針、海峡の峡口にむかって進んだ。潮流は安定していた。

姿を現わした「ワイオミング号」を前田台場では迎撃しようとしたが、台場を担当する長州藩士たちは、中山忠光とともに京へのぼるため、多くが白石正一郎宅に行っていて、台場を守る者はきわめて少数であった。かれらは砲撃しようとしたが急のことで照準が定まらず、わずかに一弾を発射したにすぎなかった。号砲を耳にして白石宅に集っていた藩士たちは前田台場に駈けつけたが、すでに「ワイオミング号」は射程外にはなれていた。

「ワイオミング号」は、国籍不明の艦をよそおって国旗をかかげず、海峡の最も狭い個所に進入した。北岸には壇ノ浦の台場があったが、前田台場と同様、そこに詰める藩士たちは少く、散発的に砲弾を発射したにとどまった。

壇ノ浦台場の前面を過ぎた「ワイオミング号」の艦長マックドーガルは、前方の亀山台場の下に「庚申丸」、その西南方に「癸亥丸」、後方に「壬戌丸」が碇泊《ていはく》しているのを眼にした。いずれも艦首に長州藩の旗がひるがえり、マストに日の丸の船印がかかげられていた。

マックドーガルは、三艦との戦闘を決意し、海峡の中央部を西進していた「ワイオミング号」を北へ回頭させ、亀山台場の下に直進した。

台場との間には長い浅瀬が横たわっていて、それを知っている水先案内の庄蔵と安蔵は、恐怖の色を露《あら》わにして中流に艦をもどすようマックドーガルに必死になって忠告した。しかし、マックドーガルはその声を無視して艦を進めた。かれは、横浜を出港前、「壬戌丸」の原名「ランスフィルド号」が、「ワイオミング号」と同様、吃水《きっすい》の浅い艦であることをつかんでいて、「壬戌丸」が浅瀬の一部に碇泊しているのを眼にして、「ワイオミング号」を進ませても坐礁《ざしょう》することは絶対にないと判断したのだ。

亀山台場の守備兵は、急速に近づいてくる「ワイオミング号」の右舷に照準を定めようとしたが、艦が真下に入ったので砲撃することができない。そのためやむを得ずマストに向けて発砲、砲弾は前方と中央のマストの間に張られた綱索を切断した。

最も近い位置にある「庚申丸」は砲門を開き、マックドーガルは、艦旗をマストに揚げさせて戦闘開始を下令した。右舷四門の三十二ポンド砲と中央の十一インチ自在砲から、亀山台場と「庚申丸」に砲弾が連続的に発射された。「庚申丸」も応戦、砲声があたりを圧し、海面に水柱があがった。

マックドーガルは、「庚申丸」の後方にある「壬戌丸」が、世子定広の乗船にそなえて紫の幕を張りめぐらし旗、幟を多く立てているのを眼にして、旗艦と判断した。

かれは、「壬戌丸」を拿捕《だほ》しようと考え、舳《へさき》をその方向に向けて急速航進させた。「壬戌丸」は、軍艦と称されてはいたが備砲も少く、総督桂右衛門は、進んでくる「ワイオミング号」から逃れようとして小瀬戸の入口にむかった。

マックドーガルは、「壬戌丸」の甲板に多くの銃、槍《やり》を手にした者たちがいるのを眼にし、乗り込んで「壬戌丸」を拿捕することは不可能と判断した。拿捕を断念したかれは、撃沈しようと考え、しきりに砲火を浴びせてくる亀山台場に砲撃を集中し、亀山台場を沈黙させた。

さらに、「ワイオミング号」は、砲撃をつづける「庚申丸」に突き進んだ。「庚申丸」は、左舷の砲で迎撃、艦尾に命中した砲弾によって「ワイオミング号」の乗組員二名が即死し、また、専念寺台場から放たれた砲弾が一名を斃《たお》した。「庚申丸」は「ワイオミング号」の集中砲火を浴び、数弾が左舷と甲板上で炸裂《さくれつ》し、吃水部に大損傷を受けた。

「庚申丸」の前面を過ぎた「ワイオミング号」は、「癸亥丸」の左舷方向に出ると、「癸亥丸」に砲火を浴びせた。その間に「ワイオミング号」は、右舷の第一砲床下に被弾、砲手が即死し砲長ほか一名が重傷を負った。また、自在砲一門も破壊された。「ワイオミング号」は、それにひるむことなく「壬戌丸」にむかって進み、「壬戌丸」

の乗組員たちは、小銃で応戦した。

「ワイオミング号」は、「壬戌丸」の艦首前方をまわり、坐礁を避けるため海峡の中流に出て、対岸の小倉藩領塩浜の近くに達した。その附近は浅瀬で、「ワイオミング号」は坐礁し、艦は激しく震動して停止した。

それを知った「壬戌丸」総督の桂は、小瀬戸の細い水路に逃げこもうとして、小瀬戸方向に艦を進ませた。

「ワイオミング号」は、機関の動力を最大にして操艦につとめ、ようやく浅瀬から離脱し、中流を横ぎって巌流島《かんりゆうじま》の東に出ると「壬戌丸」を急追した。砲火が「壬戌丸」に集中され、たちまち「壬戌丸」は大損傷をこうむった。一弾が左舷中央の吃水線上一尺の個所に命中、さらに一弾が蒸気罐《がま》を貫き、熱湯が噴出して火夫三名が即死、五名が重傷を負った。

「壬戌丸」の前後部から黒煙が立ち昇り、炎もひろがって、乗組みの者たちは、先を争って海中に飛び込んだ。船体には大きな穴がうがたれ、そこから海水が流れこんで「壬戌丸」は傾き、徐々に沈んでいった。

「ワイオミング号」は、艦首を東方に転じ、「庚申丸」を攻撃、大損傷をうけた「庚申丸」からの砲声はやんだ。

台場はすべて沈黙していて、「ワイオミング号」は、各台場の前を通過して海峡を引返し、周防灘に出た。

姫島附近に引返した「ワイオミング号」は投錨し、戦闘結果を調査した。戦闘時間は一時間十分で、発砲数五十五発で一分間に一回弱発砲したことが確認された。「ワイオミング号」の受けた砲弾は二十余で、一弾が船体に命中、煙突がくだかれ、上部の綱索がことごとく切断されていた。しかし、艦の航行に支障はなく、浸水もみられなかった。

即死者は四名で、二名が負傷後死亡、二名重傷、二名軽傷で、死傷者十名であった。翌日、死者を帆布に包んで両足に砲弾をむすびつけ、弔銃の発射とともに水葬した。「ワイオミング号」は、横浜に引返していった。

「ワイオミング号」が海峡を去って間もなく、「庚申丸」は徐々に沈下し、海面下に没した。海面には、破砕されたおびただしい船材や船具等が浮び、それが変化しはじめた潮流に乗って流れ、渦を巻いて回転したりしていた。「癸亥丸」の被害も甚しく、傷ついた姿は痛ましかった。

砲戦がはじまってから住民たちは山中にのがれ、各台場はことごとく破壊されていた。

負傷者は、新地町の病院出張所で医師松岡玄碩、李家文厚、大塚柳斎などの治療を受けた。蒸気罐の破裂で熱湯を浴びて重傷を負った「壬戌丸」の火夫五人も、病院出張所に運びこまれた。火傷《やけど》は激しく、医師たちは膏薬《こうやく》を貼《は》るなどして手当てをした。油紙が乏しく、附近の傘屋から取り寄せた油紙を当てて綿布で巻いたが、治療の効もなく全員が死亡した。

「ワイオミング号」の襲来で上京のおくれた中山忠光は、尊攘派の藩士を伴って、夕刻、赤間関をはなれていった。

海防惣奉行《そうぶぎょう》毛利宣次郎は、急使を立てて山口に敗報を伝えた。

翌六月二日、世子定広は、家老益田弾正らを伴って陸路を山口にむかった。

敗報を受けた藩主敬親は、赤間関防備のため八組頭益田豊前らを赤間関に派遣した。しかし、光明寺党の者をはじめ急進攘夷派の長州藩士たちは、中山忠光にしたがって京にむかい、残った警備の者たちの士気は沈滞していた。わずかに撃沈をまぬがれていた「癸亥丸」も、破壊された個所からの浸水が甚しく、沈下してマストの上部がわずかに海面から突き出ているにすぎなかった。

山間部に避難していた住民たちは、またも砲戦が起ることを恐れてもどらず、赤間関は森閑としていた。

「庚申丸」に海軍局頭人として坐乗し砲戦を指揮した松島剛蔵は、惨《みじ》めな敗北を喫したことに大きな衝撃を受けていた。砲術家中島名左衛門と激論をたたかわしたが、中島の指摘したように外国海軍の強大な戦力を眼《ま》のあたりにして、深く反省の念をいだいていた。

かれは、藩に要請して死亡した火夫に永世二人扶持《ぶち》、年米四石を給することを定め、みずから遺族の家をまわって弔問した。

かれは、詳細な戦闘報告書をたずさえて山口に赴き、四日、敬親、定広と益田弾正ら藩の重だった者たちの評定に加わった。かれは、中島名左衛門の指摘に反論したことを恥じていると述べ、今後の防備策として分散した台場を集結する必要がある、と建言した。

議論百出して、意見は容易にまとまらなかったが、ようやく松島の建言がいれられ、議決された。前田等各台場に据えられた大砲を残らず弟子待台場に集め、それを主とし、壇ノ浦を従の台場として、それら二台場に、新たに鋳造した八十ポンド砲三十門、百ポンドから五十ポンド砲十門、二十拇コツ砲二十門を備えつけることに決定した。

この議決によって、敬親と定広は、佐世《させ》八十郎（前原一誠）らを赤間関に派遣して新防備策を惣奉行毛利宣次郎に伝達させた。また、正木市太郎を古砲改鋳御用掛に任じ、五百匁以下の和流火砲を溶融して新式火砲に改鋳するよう命じた。

砲術家の中島名左衛門の死は、痛手であった。西洋流台場築造、砲術の指導者としての中島が、あらためて大きな存在であることが痛感され、それに代る人物として江戸藩邸にいる村田蔵六（大村益次郎）が注目された。

村田は、周防国鋳銭司《すぜんじ》村で代々医を業とした家に生れ、大坂の緒方洪庵塾に入って塾頭となり、嘉永《かえい》六年（一八五三）に宇和島藩に招かれて蘭学《らんがく》、兵学を伝授した。江戸に赴いて講武所教授に任ぜられ、三年前の万延元年（一八六〇）に長州藩に抱えられて江戸藩邸に居住していた。

世子定広は、江戸に書簡を出して村田にただちに山口にくるよう命じた。

これらのあわただしい動きの中で、六月五日の明け方、長府の城山に設けられた台場の守兵が、周防灘を海峡方向にむかって進んでくる蒸気艦二隻を発見、号砲を放った。それは、フランス軍艦「ラ・セミラミス号」と「ル・タンクレード号」であった。

五月晦日《みそか》、長崎から横浜に入港してきたフランス商船「レルボン号」によって、五月二十三日にフランス通報艦「ル・キャン・シャン号」が赤間関の海峡で砲撃を受けたことが伝えられた。フランス公使ベルクールは、アメリカ商船「ペムブローク号」の砲撃についで自国の軍艦が砲火を浴びせられたことに大きな驚きをおぼえた。

横浜港には、フランス東洋艦隊旗艦「ラ・セミラミス号」と軍艦「ル・タンクレード号」が碇泊していて、それを知った司令官ジョレスは、赤間関の海峡にただちに艦を進めて長州藩に報復することを決断し、ベルクールにそれを伝えた。ベルクールは賛同し、書記官を通じて老中にジョレス司令官の決意を通告した。

「ラ・セミラミス号」は大砲三十五門を装備した強力艦で、「ル・タンクレード号」は備砲四門の老朽艦であった。「ル・タンクレード号」は速力も劣るので、赤間関の海峡に先行することになり、五月晦日に早くも横浜港をはなれた。

つづいて翌日、「ラ・セミラミス号」も横浜港を出港。海上は荒れていた。

六月三日夕刻、「ラ・セミラミス号」は豊後水道の入口に達し、「ル・タンクレード号」を視認して合流した。

翌早朝、「ル・タンクレード号」が先に立って二隻の軍艦が水道を進んで周防灘に入り、夕刻に赤間関海峡東方の苅屋《かりや》沖に投錨した。

翌五日明け方、両艦は抜錨して海峡にむかい、城山台場の守兵がそれを発見したのである。好天であった。

漁船が点々と散っていたが、それらは海峡の岸にむかって逃げてゆく。

両艦は、北岸に沿って海峡方向にむかい航進したが、台場から砲弾は発射されず、潮流が激しいため小倉藩領の田ノ浦の沖に投錨した。「ラ・セミラミス号」は、舷側砲から試みに発砲したが、台場は沈黙したままであった。

赤間関の気鋭の士は中山忠光にしたがって京に去り、光明寺党の者たちも四散していて、わずかに各台場には数群の農兵がとどまっているにすぎなかった。赤間関の防備にあたる長府藩の藩士たちも、海峡に臨む居城の守備に専念し、兵を沿岸に配置することはしていなかった。藩主をはじめとした重役たちの家族は、駕籠《かご》に乗って難を避け、城内は大混乱を呈していた。惣奉行毛利宣次郎指揮下の者は千余名を数えていたが、砲戦に熟達した者は少く、前田台場なども数隊の銃隊が詰めているだけであった。

「ラ・セミラミス号」は、五分間に一発の割で台場その他を一時間にわたって砲撃したが、台場からの反応はなかった。

司令官ジョレスは、南岸の小倉藩領から砲撃を受ければ挟み撃ちされ、多大な損害をこうむることを恐れた。

北岸には、武士たちがあわただしく動いているのが望見できたが、南岸の小倉藩領には異様な光景が見られた。多くの領民が海岸や寺の石段などにむらがって、「ラ・セミラミス号」の砲撃を見物している。その悠長な様子にフランス艦に対する敵意は感じられなかった。

　ジョレスは、日本語に通じている司祭ジラールをフランス公使館の通訳官とともに田ノ浦に上陸させ、日本文の書状を小倉藩に渡そうと考えた。艦からボートがおろされ、ジラールと通訳官が護衛兵六名とともに乗って上陸した。

　ジラールらはフランス国旗をかかげた護衛兵四名に守られ、領民たちにかこまれて庄屋《しょうや》の城井彦左衛門方に案内された。田ノ浦在番鎌田六左衛門が応接に出て、ジラールは、小倉藩領には発砲しないことを告げ、ジョレスからの片仮名文字の日本文の書状を手渡した。

「ナガトシュウ（長門州）ノ　スミビトニ　フランステイトク（提督）」と、長州藩の領民への呼びかけの形をとっていたが、小倉藩の領民に対する慰撫《いぶ》の書状であった。

　まず、長州藩が「フランスコクノハタヲタテタルフネ」を砲撃したことについて、われらは懲戒するために来航した、と記されていた。

「ナガトシュウノスミビト」に害をあたえる気持は全くないので、「スコシモオドロクニオヨビマセヌ」と記し、フランスは、日本と条約を結んだ友好国であると書かれていた。「ショクモツヲ　ワガフネニモッテマヰルヒトアラバ　サウオウ（相応）ノネダンニテ　ハラハレマス。ミギ　コンシンヲモッテツゲシラセルコト　カクノゴトク

ニサムラフ　キンゲン（謹言）」

と結ばれ、

「ニッポン　文久三亥《い》年六月四日
フランス　千八百六十三年七月十九日
(司令官) ゼヨレース　」

と、記されていた。

ジラール司祭らは海岸にもどり、ボートに乗って「ラ・セミラミス号」に引返した。

鎌田六左衛門は、その書状を郡方役所に届け、役所から藩庁に送られた。

小倉藩は、譜代藩として幕命に忠実に従い、海峡で繰りひろげられる砲戦を傍観していた。

十四

小倉藩に書状を渡した司令官ジョレスは、南岸の小倉藩領から砲撃される恐れのないことを確認し、北岸に対して徹底攻撃することを決意した。

北岸の各台場からの砲撃は絶えていて、かれは、兵を上陸させて台場を占領し破壊しようと企てた。ジョレスは、士官たちを集めて作戦計画を練り、キリオ海軍大佐を総指揮者に水兵百八十名、陸戦隊員七十名を上陸軍として編成し、出撃を命じた。

将兵たちは、軽砲を載せた数艘《すうそう》のボートに分乗、同時に旗艦「ラ・セミラミス号」は、上陸地点と定めた前田の陸岸一帯に砲弾を連続的に発射した。また、「ル・タンクレード号」は、蒸気圧を最大にして前田台場にむかって航進した。

前田台場に詰めていた守兵は、直進してくる「ル・タンクレード号」に照準を定めて二十四ポンド砲の砲弾を放ち、一弾は前部マストに、一弾は後部マストにそれぞれ命中し、さらに一弾は右舷の吃水線《きっすいせん》上の艦腹を破った。

「ル・タンクレード号」は、被弾にもひるまず砲撃をつづけながら突き進み、一弾が台場の中央部に命中して炸裂《さくれつ》、照準手山内賢之允の肉体を飛散させた。台場の機能が失われたため、砲手たちは小銃を手に樹林の中に退いた。

「ラ・セミラミス号」と「ル・タンクレード号」は、前田台場の後方一帯にある林の中や民家に兵がひそんでいると推測し、その方向に猛烈な砲撃をつづけた。ことに長府藩主の別荘と守兵の陣営である慈雲寺に砲火を集中、それらの地の守兵は後退した。その間に、上陸軍を乗せたボートの群れが両艦の援護射撃のもとに、軽砲を陸岸にむけて発射しながら進み、前田の海浜につぎつぎにとりついた。

キリオ大佐は、上陸軍を三隊に分け、一隊を台場に、一隊を前田の村落内に、一隊を海岸沿いに東方へむかうことを命じた。

台場後方の樹林にひそむ守兵は、上陸軍に銃弾を浴びせ、激しい銃撃戦となった。佐々木又四郎と山田源槌は刀をふるってフランス軍の中に斬《き》り込み、銃弾を浴びて重傷を負い、捕虜になるのを恐れてそれぞれ自刃《じじん》した。また、飯田行蔵はフランス士官に刀を浴びせかける寸前に深い穴に落ち、雑兵一人が射殺された。

守兵たちは、数にまさるフランス軍に抵抗できず後退し、フランス軍の一隊が台場に突入した。かれらは、台場に据えられた砲の砲口を閉鎖し、斧《おの》で架車を打ち砕いた。また砲車の下に発火性の物を突き入れ、火を放ってことごとく焼き、火薬、砲弾を海中に投じた。

他の一隊は、西方の稲田を突き進んで高台にある慈雲寺に突入した。フランス兵は寺内に入り、遺棄された鎧《よろい》、兜《かぶと》、刀、槍、蘭書等を奪い、建物を焼き払った。境内には弾薬貯蔵庫があり、そこに放った火が火薬に引火、大轟音《ごうおん》とともに貯蔵庫は四散した。

火は前田の村落の民家にも延び、火炎が逆巻き、二戸をのぞく全村二十余戸が焼尽した。

惣奉行毛利宣次郎は、外国船現わるの号砲をきいて諸兵をひきい、伊崎の本営を出陣して阿弥陀《あみだ》寺に入っていた。激しい砲声とそれにつづく銃声に、宣次郎は、兵を寺の境内にとどめて情勢をうかがった。やがて使番の宮城彦助が前田から駈《か》けつけてきて、台場がフランス軍に占拠され、銃撃戦でわが守兵が退却を余儀なくされたと報じた。

宣次郎は、八組頭益田豊前に先鋒《せんぽう》となって進撃することを命じ、甲冑《かっちゅう》を身につけ采配《さいはい》を手にした益田は、馬にまたがり兵をひきいて海岸沿いに前田方向に進んだ。

「ル・タンクレード号」の艦上からは、海沿いの道を進んでゆく益田のひきいる兵の動きが望見された。槍の穂先や銃身が閃《ひらめ》くように光り、騎馬も見える。一キロ以上の長い列は、樹木や民家に見えがくれしながら前田の方向に近づいてゆく。

「ル・タンクレード号」は、信号で「ラ・セミラミス号」にそれを報《しら》せ、両艦は、益田勢に砲撃を集中した。長い隊列はたちまち乱れ、兵たちは樹林の中に走りこみ、後部の兵たちは急いで道を引返した。

八ツ（午後二時）すぎ、「ラ・セミラミス号」のマストに、上陸軍に対して帰艦を命じる信号旗が掲げられた。上陸軍は陸岸一帯を完全に制圧していたが、森林や岩かげから赤間関守備の兵たちが散発的に銃弾を放っていた。上陸軍は、各隊の指揮者の命令でそれぞれ撤退し、ボートの待つ前田台場近くに集結した。

フランス軍艦は、上陸軍の撤収を援護するためその附近に激しい砲撃をつづけ、その間に将兵の分乗したボートは陸岸をはなれて艦に引返した。前田を中心とした陸岸一帯は黒煙におおわれ、深い静寂がひろがっていた。

両艦は東方に移動し、田ノ浦沖で停止して錨《いかり》を投げた。人的損害は重傷者一、軽傷者三のみで、乗組員たちは歓声をあげて勝利を祝い合った。

しかし、「ル・タンクレード号」の受けた損傷は大きく、艦腹が破られマストが砕かれていた。このまま航行するのは不可能な状態で、この地にとどまって修理をほどこした後、帰途につくことになった。

薄暮に至って「ラ・セミラミス号」は錨をあげ、「ル・タンクレード号」に別れの号砲を発射して田ノ浦沖をはなれた。同艦は瀬戸内海をへて紀州沖をすぎ、九日に横浜港に帰港した。

「ル・タンクレード号」では、乗組員たちが夜間も修復につとめ、七日になってようやく作業を終えた。砲戦で激しい動きをしたため石炭の積載量が乏しくなっていて、抜錨した艦は、帆を開いて周防灘から瀬戸内海に入った。順風を受けて艦は帆走をつづけ、紀淡海峡をぬけて紀州沖を進んだ。遠州御前崎沖に至って、ようやく帆走をやめ、蒸気機関を始動させた。艦が横浜港にもどったのは、六月十一日であった。

「ラ・セミラミス号」が田ノ浦沖をはなれた翌六月六日深夜、長州藩士高杉晋作が突然のように赤間関に姿を現わし、白石正一郎宅に入った。

高杉は、十九歳の折に吉田松陰の塾に入門し、久坂玄瑞とともに松下村塾の双璧《そうへき》と称された俊秀で、江戸の昌平黌《しょうへいこう》に入り、帰藩して二年前の文久元年（一八六一）、世子定広の小姓役となった。翌年、藩命によって上海《シャンハイ》に渡り、太平天国の乱の実情を見て、清《シン》国が強大な武力を背景とした外国の勢力に攪乱《かくらん》されているのを知り、日本も同じ危機にさらされるのを感じた。帰国したかれは、藩論を尊王攘夷に統一すべきであるとして積極的に動いたが成らず、やむなく京に亡命して剃髪《ていはつ》し僧形となり、東行《とうぎょう》と号した。

六月一日のアメリカ軍艦「ワイオミング号」との砲戦で手痛い被害を受けたことに動揺した藩主敬親と世子定広は、今後も来攻が予想される外国艦船に対する防備力を強化するには、高杉を起用する以外にないと考えた。高杉は、京をはなれて萩に閉居していたので、六月四日に山口に招き、赤間関の防備について意見を問うた。

翌日、赤間関からフランス軍艦二隻との交戦による敗報が山口に伝えられ、衝撃を受けた高杉は、藩主父子に悲願としていた奇兵隊編成の策を進言した。敬親父子は即座に受け入れ、高杉にただちに赤間関へ赴き、馬関惣奉行《そうぶぎょう》手元役の来島《きじま》又兵衛とはかって奇兵隊を編成するよう命じた。高杉が、赤間関にやってきたのは、その使命をおびていたのである。

六月八日、高杉は、白石正一郎宅に有志を集め、士農工商の別なく忠勇義烈の士を隊員とする、と説き、たちまち六十名が参集して奇兵隊を組織、その後、多くの者が参加した。

高杉は、赤間関防備に専念し、惣奉行毛利宣次郎の罷免《ひめん》によって事実上の防備責任者となった。

六月九日、「ラ・セミラミス号」が横浜港に帰港して間もなく、横浜村の神奈川奉行山口直毅のもとに、フランス公使館付書記官兼通訳官のブレックマンが訪れてきた。ブレックマンは、「ラ・セミラミス号」で横浜にもどってきた司令官ジョレスの伝言を日本語で伝えた。

「ラ・セミラミス号」は、去る六月五日に僚艦「ル・タンクレード号」とともに赤間関を砲撃し、将兵を上陸させて長州藩側を圧伏した。上陸軍は、赤間関の台場をことごとく破壊し、二、三百名の藩兵を撃ち殺した。それに比してフランス艦側は手負いの者わずか三人で、このような戦さがあったことを老中にお伝えいただきたい、と言って去った。長州藩側の戦死者は藩士山内賢之允、水夫《かこ》上田仁兵衛、西林利吉、夫卒久米八、藤吉の五名と自刃した佐々木又四郎、山田源槌で、それを知るすべもないジョレスは、圧勝したことを誇示するため多数の者を殺害したと伝えさせたのである。

山口は驚き、その旨《むね》を記した用状を江戸へ急送した。

用状を受取った老中の松平信義は、またも赤間関で砲戦がおこなわれたことに苦悩の色を濃くした。五月十日に赤間関の海峡で長州藩側がアメリカ船「ペムブローク号」を砲撃したのを手初めに、一カ月足らずのうちに五回にわたって砲戦が繰返され、第四、第五回目はアメリカ軍艦、フランス軍艦による長州藩への報復攻撃で、長州藩側に甚大《じんだい》な損害をあたえた。

幕府は、これらの砲撃事件が欧米諸国との全面戦争に拡大することを恐れた。将軍家茂は、京都で急進攘夷派の公卿の強請によって攘夷決行を受諾したが、幕府としては実行に移す気持は全くなかった。勅命を受け入れはしたものの、曖昧《あいまい》な姿勢をとることを暗黙のうちに定めていた。そのような折に、攘夷決行期限である五月十日に長州藩がアメリカ商船に砲撃を加えたという報告を受け、閣老たちは愕然《がくぜん》とした。長州藩には勅命にしたがったという大義名分があり、勅命を無視して攘夷決行の意志がないことを外国公使たちに伝えてあった幕府は、苦況に立たされた。老中たちは、評議を繰返したが結論は出ず、その間に赤間関での砲戦が相ついで伝えられた。

アメリカ、オランダ、フランスの各国公使は、幕府の責任を追及しながらも、憤《いきどお》りはもっぱら長州藩に向けられ、それが第四次のアメリカ軍艦、第五次のフランス軍艦による長州藩への報復攻撃となった。

赤間関での五回にわたる事件は、三国と長州藩との問題になり、幕府は枠外に置かれる形になった。閣老たちはかすかな安堵《あんど》もいだいたが、それは幕府の権威がすでに失墜していることをしめしていた。

朝廷では、長州藩がアメリカ商船「ペムブローク号」を砲撃したことについて、攘夷の勅命を実行したことを嘉賞《かしよう》し、一層攘夷につとめ「皇国之武威を海外に可レ輝様」という沙汰書《さたしよ》をあたえた。その後も砲戦の度に沙汰書が下賜《かし》されたが、「傍観に打過候藩」があるのはまことに遺憾であるとして、小倉藩を非難していた。

その後、朝廷では公卿の正親町公董《おおぎまちきんただ》を勅使として長州藩に派遣し、相つぐ戦闘を慰賞した。

六月五日のフランス軍艦「ラ・セミラミス号」と「ル・タンクレード号」の報復攻

撃によって、赤間関での戦闘は事実上、終結した。今後は、アメリカ、オランダ、フランスの三国公使の長州藩に対する損害賠償の談判が残されるだけになった。

赤間関での砲戦が一段落するのを待っていたように、イギリス公使館に新たな動きがみられた。

五月九日、幕府は、イギリス公使館に生麦事件と第二次東禅寺事件の賠償金十一万ポンドを支払い、これによって生麦事件の難件を切抜けた。

代理公使ニールの矛先は薩摩藩に向けられ、生麦事件の下手人引渡しを幕府を通じて薩摩藩に強く求めたが、藩には応じる気配はなく、下手人の所在も依然として不明とされていた。

苛立《いらだ》ったニールは、島津久光がイギリス商人リチャードソンらを斬れと命じたという浮説をとりあげ、久光の首級を差出すこと、賠償金を支払うこと、その交渉のため鹿児島へイギリス軍艦を派遣するという三条件を幕府に伝えた。その後もニールから同様趣旨の書簡が幕府に寄せられ、それを裏づけるようにイギリス軍艦の横浜港への入港がつづいていた。イギリス東洋艦隊旗艦「ユーリアラス号」をはじめ九隻のイギリス軍艦が常時碇泊し、郵便送達用艦「レースホース号」と「リングドウブ号」が本国と連絡をとるためめらしく横浜、上海間をひんぱんに往復していた。準提督クーパーは、東洋艦隊司令長官に昇進していた。

　これらのニールの要求に対して、薩摩藩は、朝廷と幕府に対し攘夷決行の勅命に従って、

「此度《このたび》攘夷拒絶の御厳令承知仕候に付　夷船一艘にても領内へ致二碇泊一候はゝ　不レ及応接二速に加二誅伐《ちゅうばつ》一候心得に御座候」

　と、イギリス軍艦が鹿児島に来航した折には、話し合いに応ずることなく打ち払うと回答した。

　ニールは、薩摩藩に対して、殺害されたリチャードソンの遺族への扶助料と負傷者慰《い》藉《しゃ》料として二万五千ポンド支払いと下手人の処刑を要求した。幕府は、妥当な線と認めたが、薩摩藩は応ずる気配もみせなかった。

　ニールは、しきりに軍艦を鹿児島へ派遣して直接薩摩藩と交渉すると幕府に伝えていたが、幕府は、薩摩藩の強硬な態度から察して戦争になると予想し、ニールに江戸で穏便な交渉をするよう求めていた。

　赤間関での相つぐ発砲事件が鎮静化した六月十八日、ニールは、横浜村駐在の神奈川奉行山口直毅に対し、最後通牒《つうちょう》とも言うべき通告をした。

　その日の八ツ（午後二時）にイギリス公使館の通訳官ユースデンが運上所に山口を訪

れ、ニールの書状を渡した。そこには、イギリス軍艦の鹿児島への派遣を決定したことが記されていた。これまで幕府の要請で鹿児島への軍艦派遣をひかえてきていたが、もはや遷延《せんえん》することはできず、今日から三日間のうちに軍艦を鹿児島にむけ出港させるという。

山口は、幕府と十分協議して欲しいと言葉をつくして要請したが、ユースデンは、すでに決定したことである、という言葉を繰返して去った。

山口は、ユースデンの態度から察してニールの決意がかたいのを感じ、ただちに馬に乗って夜道を江戸に急いだ。

翌早朝、山口は、江戸詰めの神奈川奉行浅野氏祐の屋敷を訪れ、事情を説明した。浅野は驚き、連れ立って一橋慶喜《ひとつばしよしのぶ》の屋敷に赴き、切迫した事情を説明した。

薩摩藩では、イギリス軍艦の来航にそなえて総力をあげて防備強化につとめているという情報が幕府にも伝えられていた。イギリス公使館側もそれを察知しているらしく、多くの兵を乗せた軍艦がぞくぞくと横浜港に入港し、連日、甲板上で操練をおこなっているのが望見された。各艦には、出撃前の緊迫した空気が感じられた。

多数のイギリス軍艦が碇泊していることから考えて、鹿児島に派遣される兵力は強大なもので、それらが鹿児島湾に赴けば薩摩藩との間に大規模な戦争が繰りひろげられる。慶喜の顔には、深い憂慮の色が浮んでいた。

一橋家を辞した山口と浅野は、連れ立って登城した。かれらは老中、若年寄に報告、三奉行、大小目付、外国奉行が参集して評定を開いた。

山口の報告に、一同顔色を失っていた。事件発生以来、薩摩藩は、ニールの要求をことごとく無視し、領内にイギリス軍艦が進入してきた折には、話し合いには一切応ぜず「加二誅伐一」と朝廷、幕府に伝えている。イギリス軍艦と雄藩である薩摩藩との間に戦争が起れば、攘夷論者は一斉に蜂起《ほうき》し、諸外国との間に収拾のつかぬ激しい軋《あつ》轢《れき》が生じる恐れがある。

阿片《アヘン》戦争の例をみるまでもなく、諸外国が紛争に乗じて武力行使に出るのは常套《じょうとう》手段で、日本を分断支配し、植民地とする。その危機を回避するには、イギリス軍艦の鹿児島行きをあくまでも思いとどまらせなければならない。

評定の結果、老中の連署により、イギリス艦の派遣を中止させる書状をニールに送ることに決定した。

翌二十日、老中の水野忠精と板倉勝静の連名でニール宛《あて》の書状が作成され、神奈川奉行の山口が、イギリス公使館にとどけることになった。

山口が横浜村へむかうため御用部屋を出ようとした時、ニールから老中宛の書状が横浜村在勤の神奈川奉行京極高朗を通じて届けられた。その書状は、ただちに和訳され、草稿のまま老中の松平信義に渡された。

まず生麦事件についてイギリス女王陛下から下手人の処刑、死傷者に対する賠償金を要求するよう命じられていることが記されていた。その実行は今日まで延引されてきたが、もはやこれ以上の遷延は不可能、と判断した。「余　次件ヲ台下ニ告」ぐとして、三日以内にニール自身、クーパー提督の指揮する東洋艦隊の全兵力の大部分とともに鹿児島に赴き、女王陛下の命じている要求をする。

「モシ薩侯此請求ニ従ハズ……築キタル城砦《じようさい》台場ヲ以《もつ》テ敵対スルコトアラバ　強劇ナル処置ヲ施スベシ」と記し、つづいて幕府がイギリス艦に幕吏を一名乗せたいと言うのであるならば容認する、と結ばれていた。

この書状に、松平は事態が切迫しているのを感じ、ただちに評定を開いた。

一応、すでに作成されている鹿児島派遣を阻止させるための書状をニールにとどけることになり、神奈川奉行改役斎藤大之進に託し、横浜村に急がせた。

ニールからの書簡に対する返書が、慎重審議の末にまとめられ、老中の水野と板倉が連署した。

「国内の形勢」が御承知の如《ごと》く甚だ憂慮すべき状態にあり、「万一変を生する事あらバ」攘夷論者が蹶起《けつき》する恐れがある。そのようなことになれば、これまで幕府が諸外国公使の協力を得て築きあげてきた友好関係も「悉《ことごと》く夢幻泡沫《ほうまつ》」に帰するので、「開帆の儀ハ見合せらる様」御配慮いただきたい、と記されていた。

評定が散会後、山口は江戸詰の神奈川奉行浅野氏祐の屋敷に赴いた。二人は、ニールからの書状の内容から察して、イギリス軍艦の鹿児島行きを阻止することは不可能に近い、と話し合った。

浅野の屋敷に、若年寄の有馬道純の家臣が使者としてやってきて、山口に有馬の屋敷にすぐ来るように、と伝えた。

山口が有馬のもとに赴くと、これから老中の松平の屋敷へ同道しようと言い、山口は有馬と駕籠《かご》をつらねて松平の屋敷に行った。

座敷に通されると、すぐに松平が姿を現わし、つづいて老中の井上正直、若年寄の諏訪忠誠、松平乗謨がやってきて、列座した。

評議がはじまり、ニールを飜意《ほんい》させるには返書をとどけるだけでは心もとなく、高位の者を使者として横浜村に赴かせて老中よりの返書を渡した上で、説得する必要がある、ということで意見が一致し、使者に若年寄の有馬を任じ、山口と目付土屋民部を随行させることが決定した。山口は、その旨を神奈川奉行京極高朗に伝えるため書状を急飛脚に託した。かれらが松平の屋敷を辞したのは、九ツ（午前零時）すぎであった。

翌日、夜明け前に有馬は土屋とともに江戸を出立し、つづいて山口が浅野の馬を借りて横浜村に急いだ。かれが運上所に着いたのは五ツ半（午前九時）で、すでに有馬と土屋は到着していた。

運上所から公使館に連絡をとり、有馬は、山口、京極、土屋、通詞とともにイギリス公使館に赴き、ニールに会った。四ツ半（午前十一時）であった。

有馬は、水野、板倉両老中連署の返書をニールに渡し、その書状を通訳官のシーボルトが英文に訳してニールに口頭で伝えた。

有馬は、軍艦の派遣を御猶予《ゆうよ》いただきたい、と要請したが、ニールは、

「軍艦ハ明朝出帆スル。変更ハ全クナイ」

と、答えた。

厳然とした態度に、有馬は出発をさしとめることは不可能であるのを感じた。

有馬は、独断で一つの提案をした。イギリス側と薩摩藩との交渉が平和のうちに解決するよう、イギリス軍艦に先行して幕吏を蒸気船で鹿児島へ派遣し、仲介の任にあたらせたい。そのためには、イギリス軍艦の出港を両三日延引して欲しい。

ニールは、

「明朝ノ出帆ハ確定シ、遷延スルコトハナイ。但《ただ》シ、ワガ軍艦ハ、ユックリト航海致スコトニスルノデ、幕府ノ仕立テタ蒸気船ガ急イデ航海スレバ、途中デワガ軍艦ヲ追イヌクデアロウ」

と、答えた。

これ以上話し合う余地はなく、公使館を辞した有馬たちは、一縷《いちる》の望みをいだいてフランス公使ベルクールとクーパー提督に会って斡旋《あっせん》を依頼したが、かれらは耳を藉《か》さず徒労に終った。

有馬たちはやむなく運上所にもどったが、奉行所役人からの報告を耳にして、すでに軍艦が出港準備を急いでいるのを知った。

その日早朝から、横浜港の船着場を中心ににわかに賑《にぎ》わいがみられた。碇泊《ていはく》したイギリス軍艦から士官たちが上陸し、横浜村の商人たちに大量の商品を発註した。まず小銃、短銃、サーベル等の武器の調達をし、船具等の買付けもおこなった。つづいて大量の食料品の集荷が商人たちに指示された。小麦粉、鶏卵、豚、野菜、果実、酒類、塩などおびただしい量で、代金は総額四千両を越えた。商人たちはそれらの荷を集めることに奔走し、注文された品々が大八車や馬で船着場に運ばれた。附近一帯の荷舟はことごとく動員され、船着場に積みあげられた品物を各軍艦に送り、舟の数は数百艘《そう》にも及んでいる。

奉行所の役人は、商品の集荷を命じられた中国人の商人から耳にしたことを口にした。商人は、水兵からきいた話だが、と前置きして、それらの買付けはイギリス軍艦が鹿児島で戦争するためのものだと言ったという。

有馬は役人の報告に絶望感にとらわれ、これ以上横浜村にとどまっても仕方がないと考え、山口を残して土屋とともに江戸へ引返した。すでに深夜になっていた。

翌二十二日は、曇天であった。

早朝、老中の松平から重だった者に対して五ツ半（午前九時）に一橋慶喜の屋敷に参集するよう達しがあった。定刻に松平をはじめ老中の井上、水野、若年寄有馬道純、松平乗謨、外国奉行村垣範正、竹本正雅、目付杉浦誠、沢勘七郎が慶喜の屋敷に集った。

有馬からニール公使と面談した折のことが詳細に報告され、ニールに伝えた幕府役人を蒸気船で鹿児島へむかわせることについて意見が交された。

かれらは評議の末、外国奉行と目付を派遣することを定めたが、これについては異論があった。生麦事件についてイギリス側と幕府の間では賠償金支払いによってすべてが解決され、イギリス側が艦を鹿児島に派遣するのは、薩摩藩と直接交渉するためで幕府は全く関係がない。鹿児島にむかわせるのは薩摩藩江戸屋敷の重役であるべきで、幕吏を同乗させるにしても、身分の低い者にとどめるのが妥当である。

この意見に一同賛成し、薩摩藩邸に指示することが決定した。

その日、横浜村では、夜明け近くまで軍艦への納入品の積込みがおこなわれ、終了したのは、六ツ（午前六時）であった。

奉行所の役人たちは、港内に碇泊しているイギリス軍艦の動きをひそかにうかがっていた。かれらは、前日の夜、ニールが、公使館員全員とともに船着場からボートに分乗して各艦にむかうのを眼にしていた。その中には十七歳の公使館付特別通訳官のシーボルト、通訳生のサトウ、医官ウィリスの姿もあった。また、水先案内人として四人の日本人船頭も加わっていた。摂州兵庫の松五郎、芸州因島《いんのしま》の源太郎、芸州鰯島《いわしじま》の惣次郎、讃州青島の忠左衛門で、かれらは鹿児島に何度も船で行ったことがあり、公使館で雇い入れたのである。

さらに、清水卯三郎《うさぶろう》という郷士出の男もニールに従っていた。

清水は武蔵《むさし》国北埼玉郡羽生《はにゅう》町の出身で、江戸に出て箕作阮甫《みつくりげんぽ》について蘭学《らんがく》を修め、安政元年、伊豆《いず》下田にロシア使節プチャーチンが来航した折に幕吏に随行し、ロシア人に接してロシア語の知識も得た。かれは、英語に精通し、イギリス側と薩摩藩側との間で交されるであろう文書の飜訳をするため公使館からの要請を受け、幕府の許可を得てニール一行に加わったのである。

五ツ半（午前九時）すぎ、陸岸から見守っていた役人たちの眼に、軍艦の煙突からつぎつぎに煙が吐かれるのが映った。黒煙を吐いているのは七隻の軍艦で、役人たちは出港する艦隊の規模がきわめて大きなものであるのを知った。それらは旗艦「ユーリアラス号」（二、三七一トン・乗組員四一五名）をはじめ「パール号」（一、四六九トン・二七五名）「アーガス号」（九八一トン・一七五名）「パーシウス号」（九五五トン・一七五名）「コケット号」（六七七トン・九〇名）「レースホース号」（六九五トン・九〇名）「ハヴォック号」（二三五トン・四〇名）で、旗艦に坐乗《ざじよう》した艦隊司令長官クーパー海軍中将が総指揮に当っていた。

やがて、各艦のマストに艦旗がかかげられ、錨《いかり》があげられるのが望見された。艦が動きはじめ、旗艦を先頭に徐々に縦列が組まれてゆく。

突然、各艦から出港を告げる号砲が発射され、砲声が横浜村の丘陵に木霊《こだま》した。硝煙が海面に広く流れ、甲板上で軍楽隊の演奏する楽の音が起った。

艦隊は、整然とした一筋の縦列を形成して江戸湾口方向にむかって進んでゆく。空は雲におおわれ、海面はにぶく光っていた。

十五

七隻から成るイギリス艦隊が横浜港を出港した翌六月二十三日朝、薩摩藩江戸屋敷の首席家老喜入《きいれ》摂津（久高）は、将軍後見職一橋慶喜の召喚を受け、駕籠で慶喜の屋敷に赴いた。

喜入は、一橋家の側用人《そばようにん》から慶喜の左のような親達書を渡された。

昨日、イギリス艦隊が鹿児島にむけ出港したが、「御上（将軍家茂《いえもち》）にも大に御痛心なされていて、鹿児島でのイギリス側と薩摩藩側との交渉が平穏に終るのを望んでいる。談判が決裂して戦争が起るようなことにでもなれば一大事なので、至急帰国し、藩主茂久《もちひさ》と久光に将軍の御意向を十分に伝えることを命じる。ついては、幕府の蒸気船を鹿児島へむかわせるから、それに乗って急いで帰国するように、と記されていた。

ついで、老中井上正直からも招きを受けて喜入はその屋敷にも行き、閣老列座の中で同様趣旨の指示を受けた。

蒸気船には、幕吏の外国奉行支配調役淵辺徳蔵をはじめ通弁立石得十郎、定役横山敬一、同心肝煎《きもいり》原連十郎と徒目付《かち》、小人目付各一名が同乗することになった。

喜入は筆頭書役の田畑平之丞（常秋）を従え、その日のうちに幕吏とともに乗船し、ただちに出発しようとした。が、蒸気船はにわかの出港で石炭積込み等で時間を費し、翌日の夜明けに出港していった。


前年の八月、生麦事件の発生以来、薩摩藩には、イギリス軍艦が鹿児島に来航するという説がしきりに伝えられていたが、今年に入ってからイギリス代理公使ニールの発言もあって、来航は必至とされていた。

江戸藩邸では、横浜村に商人などに身なりを変えた密偵を常時潜入させて、イギリス公使館を中心とした動きを探り、公使館員と接触している神奈川奉行所の役人とも通じて探索に怠りなかった。

藩邸では、密偵の収集した情報を急飛脚で鹿児島に送ることを繰返し、鹿児島と江戸藩邸の間で藩士の往来もしきりであった。

横浜港碇泊のクーパー坐乗の「ユーリアラス号」以下のイギリス軍艦は、昨年末には次々に上海《シャンハイ》にむかって横浜をはなれていた。が、今年に入って二月十九日に「ユーリアラス号」をはじめとした八隻のイギリス軍艦がつらなって横浜に入港し、二十七日にはさらに一隻がそれに加わった。密偵は艦の入港を確認し、クーパーが上海でイギリス東洋艦隊の司令長官に昇進したこともつかんだ。

この情報も、ただちに江戸藩邸から急用状で鹿児島に伝えられた。

その報告を受けた藩では、九隻の軍艦が集結したのはイギリス側が武力行使を決定し、大規模な海上兵力を鹿児島にむけて発航するもの、と断定した。

薩摩藩は、前藩主島津斉彬《なりあきら》の海防政策によって全国諸藩の中で軍備強化に最も力を注いでいた。斉彬は、天保《てんぽう》十一年（一八四〇）に起った阿片《アヘン》戦争を欧米諸国の日本植民地化への前ぶれと判断し、藩の支配下にある琉球《りゅうきゅう》列島にまず諸外国の勢力が伸びると予想した。世界情勢に通じた斉彬は、大きな危機感をいだき、「阿片戦争始末記」を著して日本が危うい立場にあることを諸藩に警告し、地理的条件から初めに侵攻の対象となるのは薩摩藩と考え、海岸防備に余念がなかった。

かれが創設した軍需工場とも言うべき集成館では、大小銃砲の鋳造、弾丸、砲具、火薬等の兵器の製造が大々的に推し進められ、また異常なほどの熱意をもって造船事業にも取り組んだ。それらの費用は莫大《ばくだい》で藩の財政をいちじるしく圧迫し、斉彬の死後、財政再建が優先されて軍備費は大幅に削減され、集成館も閉鎖状態におかれた。

しかし、開国後の欧米諸国の圧力は日増しにつのり、それに対抗するため防備力の増強を急務とすべきであるという声が再びたかまり、集成館の事業は再開され、海岸砲台の台場の整備もおこなわれた。

生麦事件の発生によって、イギリス海上兵力との衝突も十分に予想されると判断した藩は、斉彬時代以上の熱意のもとに防備強化に専念した。藩では、イギリス軍艦を迎え撃つための台場を新たに構築し、鹿児島湾に臨む海岸の砂揚場、大門口、南波止、弁天波止、新波止、祇園洲、桜島の横山、烏島、赤水、それに沖小島の計十カ所に強固な洋式台場をつらねた。それらの台場に据えられた砲は九十二門に達し、鹿児島湾は要塞《ようさい》化した。

イギリス軍艦の発見を伝えるには烽火《のろし》台が必要で、山川、指宿《いぶすき》、今和泉、喜入、谷山、垂水《たるみず》、新城の七カ所に設置され、軍艦を発見した折には号砲五発を放ち、ただちに烽火をあげることが定められた。

戦争にそなえて人員配備もおこなわれ、全藩士を一番組から六番組までの集団に編成し、台場で砲撃に従事する者は、それらの組から選抜され、合図の太鼓、早鐘によって持場の各台場に駈《か》けつける。戦闘に参加する者は十五歳から五十八歳までとし、その数は五千百二十九名で、配布されたゲベール銃と火縄銃は、三千百三十三挺《ちょう》であった。

城下と城の守備には農兵をまじえた八千名を越える兵が当り、銃以外に野砲が各隊に配置されていた。弾火薬は集成館で製造された精良品で、豊富に貯蔵されていた。

海上兵力は、イギリス商人から買い入れた「天祐丸」（原名イングランド号・七四六トン）、「永平丸」（原名フィリーコロス号・四四七トン）、「青鷹丸」（原名サー・ジョージ・グレイ号・四九二トン）とアメリカ商人から購入した「白鳳丸」（原名コンテスト号・五三二トン）の四隻の蒸気艦であった。この保有隻数は、長州藩、佐賀藩の各二隻を上廻る全国諸藩の中で群を抜いたものであった。が、そのうち「永平丸」は、正月二十三日に明石海峡で坐礁して沈没し、三隻になっていた。これらの艦には、日の丸の船印と白地に紺十文字の藩旗がかかげられていた。

また、藩では、新たに水軍隊を組織していた。高速力の早船十二艘を建造し、短十八斤《きん》青銅砲、または短二十四斤砲一門をそれぞれ装備し、イギリス艦来攻の折には突撃或《ある》いは追撃を目的とした。

防備の主力となる各台場では、軍艦の艦型を模した長い土堤《どて》を築き、大砲射撃をおこなった。海上に浮標をうかべ、波に上下するそれに照準を定めて射撃訓練も実施され、これらの操練によって練度は向上し、命中率も高くなっていた。

陸上に於《お》いても、多くの藩兵による訓練が繰返されていた。小銃隊、野戦砲隊が銃砲撃をおこない、散開した兵が刀、槍《やり》を手に突撃する。かれらの士気はきわめて高かった。

その間にも江戸藩邸からはイギリス軍艦が鹿児島へ発航することは確実、という情報がぞくぞくともたらされ、藩の緊張度は日増しにつのった。

三月中旬、京の薩摩藩邸にいた吉井仁左衛門と藤井良節が、政事総裁職の松平慶永から渡された書状を手に帰国したが、その書状の内容に驚きと激しい憤《いきどお》りの声が藩内に満ちた。そこにはイギリス代理公使ニールから薩摩藩への三カ条の要求が記され、第一条の賠償金支払いについで第二条に「三郎（島津久光）之《の》首級可㆑差出㆒」と書かれていた。

藩主茂久の父である久光は、茂久の後見人として藩の実権をにぎる象徴的存在だった。その久光の首を刎《は》ねて差出すべしというニールの要求は、薩摩藩に対する最大の侮蔑《ぶべつ》で、外交交渉の域を越えたニールの傲岸《ごうがん》さをむき出しにしたものと解された。藩士たちは身をふるわせて激昂《げつこう》し、イギリス軍艦が来航した折には皆殺しにすべし、という声が飛び交い、一層、臨戦態勢をかためることに情熱を傾けた。

巨砲の鋳造が昼夜をわかたず推し進められ、それらが旧砲と交換されて各台場に据えられた。操練はさらに熱をおび、藩主茂久は時折り訓練を巡視した。

四月二日の夜八ツ半（午前三時）、茂久は、前ぶれもなく突然、主力砲台である弁天波止台場に対し、イギリス軍艦来航を想定した操練を七ツ（午前四時）より開始することを命じた。

軍役奉行の新納《にいろ》次郎四郎は、定められた規則に従って、一番合図の早鐘を打たせた。武器、兵糧《ひょうろう》を手に藩士たちが所属した組に集るよう命じたもので、つづいて二番合図の早鐘が連打された。

茂久は、七ツに弁天波止台場に赴いたが、すでに全員が台場に集結していた。

茂久は、整列した藩士たちを閲兵し、床几《しょうぎ》に坐《すわ》って台場から海上の標的に対しておこなわれる実弾射撃を見守った。

操練が終り、防備の総指揮をとる家老川上式部の講評があった。まず、不意の指令にもかかわらず、定刻までに一人残らず台場に集合したことに満足している旨《むね》が告げられた。ただし、実弾射撃については海上の標的に命中しないものもあり、未だ熟達しているとは言いがたく、なお研究の要ありと訓示した。この講評に、藩士たちは一層の操練を誓い合った。

その日、茂久は、家老たちに藩内に対する諭告書を布達した。イギリス軍艦が鹿児島に来航して不当な要求をした場合は、きびしくはねつけるが、それによって戦争が起った折には、「天下国家の為《ため》　粉骨砕身夷賊誅伐《いぞくちゅうばつ》」につとめるように、と告げ、「如《い》何《か》程の軍艦渡来候共　少しも動揺いたさす候儀　専要（に）存候事」と下知した。

この諭告書に対して、家老たちはこれを洩《も》れなく藩士に伝達する、と奉答した。

弾火薬の製造は、鹿児島城下の北方にある稲荷川上流の滝の上にある火薬製造所でおこなわれていた。規模は大きく、製造所に附属した火薬庫には百余万斤の弾火薬が貯蔵され、戦争が長期にわたっても需要に十分に応じられる量であった。

しかし、思わぬ爆発事故の発生も予想され、別の地にも新たに火薬製造所を設けることになった。適地が物色され、山川郷の成川村が決定した。その村は水利に恵まれ、火薬製造の動力となる水車の使用が可能で、ただちに工事に着手し、短期間のうちに完工して製造が開始された。火薬貯蔵庫は、田上、犬迫、坂元、郡本、西ノ別府の五カ村に分散設置されていた。

各台場での操練がさかんにおこなわれていたが、四月二十九日に茂久は、弁天波止台場での実弾砲撃操練を命じ、家老らと査閲した。海上標的にむけて発射された砲弾は、前回と異なって命中率がきわめて高く、藩士たちが基本的な砲術研究につとめ、激しい訓練を重ねたことをしめしていた。

茂久は満足し、賞詞をあたえた。

五月一日、茂久は、陸上大演習を近日中におこなうと布達し、その演習は非常呼集によるものとした。イギリス軍艦が来航した折には全軍がただちに定められた部署に集合する必要があり、それが可能であるように非常呼集をすることにしたのである。

六日の昼四ツ（十時）、突然、一番合図の早鐘が鳴りひびいた。空は晴れていた。

藩士たちは、ただちに武具を身につけ武器、兵糧をたずさえて所属する組に走り、集合した。つづいて二番合図の鐘が打たれ、藩士たちは演習場に指定された砂揚場操練場へ隊列を組んで行進した。

その頃、羽織、野袴《のばかま》に陣笠《じんがさ》をつけた茂久が、城門を馬で出た。旗本たちが馬をつらね、加治木屋敷の門前をへて千石馬場から操練場へむかった。また、島津久光の名代として茂久の弟の島津久治《ひさはる》も、二の丸を出馬。野戦砲隊一隊、小銃隊六隊を先陣として騎馬とともに進み、後陣に小銃隊、大砲隊がつづいた。

諸隊がすべて操練場に集結、茂久は久治とともに天幕を張った本営に入った。

休息をかねて昼食をとるよう指示され、諸兵はたずさえて来た弁当包みを開き、茂久と久治も床几に坐って野戦食を口にした。

やがて大演習の開始が告げられ、茂久は旗本隊をひきいて出馬、久治もそれにつづいた。諸隊は、操練場で急速に陣型をととのえ、大太鼓の合図とともに砲隊が一斉に砲弾を放ち、小銃隊も上段、下段の構えで銃弾を発射した。すさまじい銃砲声があたりを圧し、広大な操練場は硝煙におおわれた。

銃砲声は長い間つづき、放発操練やめ、の合図で演習は終了した。諸隊は陣を解き、所定の位置にもどって整列し、休息をとった。

七ツ（午後四時）すぎ、全軍がそれぞれ列を組んで砲を曳《ひ》き、城下に行軍した。道の両側には市民がひしめき、威風にみちた軍列を見物した。

茂久は、城門に通じる橋の袂《たもと》で馬をとめ、軍役奉行新納次郎四郎を招いた。片膝《かたひざ》を突いた新納に茂久は、総勢、予定の規則に従って定刻に勢揃《せいぞろ》いし、操練にも熟達していることに満足している、と述べ、解散を宣した。また、茂久は久治に対し、演習の結果を久光に上奏するよう命じ、帰城した。

これによって、諸隊は解散した。

この演習中、本丸、二の丸警備の諸隊は、城下と二の丸の門前に天幕を張って陣営を設け、警備に当った。この大演習によって、イギリス軍艦に対する防戦の準備は、確実にととのったと判断された。

その後、各台場では操練がつづけられていたが、五月二十五日早朝に各台場守兵に対して非常呼集が下令された。台場担当の組の組頭は、急いで組員に伝え、かれらは四ツ（午前十時）に各台場へ一人残らず集合を終えた。

茂久は、息子の悦之助、真之助とともに城門を出馬し、四ツに弁天波止台場に設けられた本営に着いた。各台場の前面には海上十五町（一、六三五メートル）の距離に標的が一列になって浮かべられ、守兵は台場の定められた持場についた。

本営に置かれた合図の大太鼓が打ち鳴らされ、まず弁天波止台場から砲弾が発射された。つづいて新波止、祇園洲、大門口、砂揚場、南波止の各台場から一斉に砲撃が開始された。砲数は弁天波止十四、新波止十一、祇園洲六、大門口八、砂揚場十一、南波止五で、計五十五門の青銅砲から球形弾が連続的に発射され、砲声は湾内一帯にとどろき、空気をふるわせて山々に木霊《こだま》した。標的に次々に砲弾が命中し、たちまちのうちに飛散した。

砲声が絶えると、水軍隊の操練が開始され、十二艘の早船が短砲から実弾を連射しながら海上を突き進んだ。

やがて沖に散った舟が集結し、縦列になって弁天波止台場にもどり、それによって演習はすべて終了した。九ツ半（午後一時）であった。

茂久は満足の意を告げ、帰城した。

その日、イギリス艦との間で戦争になった折の本営を、西田村の千眼寺に置くことが定められた。鹿児島城の本丸と二の丸は海上から砲撃される危険があり、海岸からさらにはなれた千眼寺が戦時の本営に適している、と判断されたのである。千眼寺の建物は大きく、いくつかの支坊もあり、数百の兵を駐屯《ちゆうとん》させることが可能であった。

六月に入り、炎暑の日がつづいた。

五日の四ツ、家老の小松帯刀《たてわき》が、側役の中山中左衛門、大久保一蔵とともに、軍役係の者をしたがえて船に乗って海上に出た。桜島南方の沖小島に設けられた台場の巡視を目的としたもので、台場指揮者の青山愚痴（千九郎）らに迎えられて島に上陸した。

台場には十五門の砲が据えられていて、小松らは台場に入った。青山は大砲師範の父の業をつぎ、門人数十名をもって守備についていて、小松に防備状況を説明した。

青山は、小松の求めに応じて海上標的に対する実弾による砲撃をおこない、その命中率は高く、小松たちは、青山の指揮に従って門人たちが一糸乱れぬ動きをすることに感嘆した。

小松たちは、つづいて桜島の各台場を巡視したが、洋学者の石河確太郎も随行していて、水雷敷設《ふせつ》について話し合われた。石河は大和国高市郡石川村の医家の子として生れ、長崎に出て蘭学を学び、西洋兵学を身につけた。その後、薩摩藩主島津斉彬に仕えて反射炉築造に従事するなど集成館の事業に参加した。かれは、オランダ人から伝授された方法で二年前の文久元年六月、集成館で水雷を作成し、藩主茂久から褒美《ほうび》として晒《さらし》一疋《ぴき》を下賜《かし》された。

水雷術については、小松も北郷《ほんごう》作左衛門とともに長崎に行き、通詞を雇ってオランダ軍艦に赴き、鋭意習得につとめた。帰国した小松は、茂久に召されて北郷、石河とともに磯浜に行って水雷術を実演してみせた。成績はすこぶる良好で、茂久を喜ばせた。

水雷は、横三尺、高さ六尺の松板の箱に火薬三百斤を装塡《そうてん》したもので、海上に敷設し、電気点火によって爆発させる。威力は、艦を瞬時に爆沈させるほど強大であった。水雷は集成館に保管されていて、イギリス軍艦と戦争になった折にはただちに桜島に運ぶ。敷設位置は、桜島南端の燃崎と沖小島間と決定した。

かれらは、船に乗って桜島をはなれた。

翌六日、江戸藩邸から急飛脚が到来した。用状には、イギリス軍艦が艦隊を組んで鹿児島にむかう形勢濃厚とあり、緊張感が一層増した。その日、海に面した藩領すべての防備指導のため軍賦役《ふえき》大山格之助らが数班に分れて出発し、また、火薬局の者たちは、各台場をまわって弾薬を点検し、粗悪なものを交換した。

六月十五日には、長崎で情報収集に専念していた藩士中原猶介《ゆうすけ》から、長文の書状が有力藩士のもとに送られてきた。中原は十八歳の時に長崎に出張中、蘭学をまなび、帰藩して藩主斉彬の軍艦建造等の軍備計画に従事した。西洋兵器の製造、軍制改良、兵術研究に関与し、斉彬死後、江戸に出て砲術家江川英敏の塾に入って兵学、砲術を習得、一時帰国後、文久元年、藩命をおびて再び江川塾に入門した。西洋兵学に豊かな知識を持つかれは、翌年塾頭となり、帰藩後、長崎に出張を命じられていたのである。

そのような中原だけに、書状には豊富な情報と鋭い分析が記されていた。

まず、赤間関における外国艦船発砲事件について、長州藩の砲の威力は小さく、「迚《とて》も夷船を打沈め候程の備は無レ之候」と断じ、「(長州藩の) 陸兵は尤《もつと》も拙《つたな》き由《よし》」と防備力の弱さを記していた。

薩摩藩の台場に据えられた砲については、長州藩のそれより「十倍行き届き候」と威力が格段に秀《すぐ》れていると述べ、赤間関のような十五町（一、六三五メートル）足らずの距離での砲戦ならば、薩摩藩の砲は容易に外国艦船を撃破できる、と推定していた。

ただし、鹿児島湾内での砲戦は鹿児島、桜島間の一里（四、〇〇〇メートル）の海域でくりひろげられ、二十四斤砲以上の長砲でなくては砲弾が艦に到達せず、二十四斤砲が数門集成館で完成しているのだから一日も早く台場に据えるべきである、と忠告していた。

中原は、長崎で外国船から得た情報として、生麦事件の賠償要求のためイギリス艦隊が鹿児島へ赴くことは確実の由、と記していた。艦隊には、中原も知る「シーボルと申《もうす》少年」が通弁として乗組むはずで、少年は「有名なる和蘭《オランダ》国シーボルの子に御座候。日本語は少しも日本人に相替り不レ申……又サトウと申者は仏人《ママ》にて日本語に通し……此《この》二名通弁の為《ため》、英船に傭入の由」、とも告げていた。

ついで、水雷敷設についてふれ、愚考するに、桜島と鹿児島との間の鹿児島港に近い「神瀬（島）近辺へ内外七、八ヶ所も伏せ候は、容易に（イギリス艦隊が）内海へは乗入間敷」、もし水雷に艦がふれれば、「如何なる大軍艦も砕け候由にて、洋人は大に恐候由に御座候」。イギリス人は、薩摩藩が長州藩より防備を十分にととのえているのを承知しており、またオランダ人を通して藩が水雷を保持していることも知っていて、「彼等も其《その》心得にて」鹿児島に赴くはずである。

薩摩藩の士気は、全国諸藩の中で最も高く、それは「誰も皆承知し、外夷も和蘭人より伝聞致居候。随分彼も用心手抜なくして参り可レ申と奉レ存候」と、決意を促していた。

最後に中原は、薩摩藩の銃砲が旧式であることを指摘していた。

「御存(じ)の如《ごと》く、西洋諸国砲術一変し」大砲は球弾を全く用いず、すべて先端が尖《とが》った長弾で、小銃も尖弾《せんだん》を使用している。鹿児島藩の大砲の製造法は、西洋では十年以上も以前のもので、「長尖弾を用る砲」は一門も鋳造されていない。銃なども、西洋の新式銃を試射してみたが、藩で使われている銃とは比較にならぬほど性能が秀れている。幕府の命令で江戸へ招かれている洋式砲術家の高島四郎太夫(秋帆)から書状が来たが、その書状には「幕府も未た新法の器械不二相備一嘆息の趣に御座候」と書かれていることも紹介していた。

中原は、銃砲が旧式であるのはまことに遺憾で、三、四カ月もすれば新式の大砲一、二門、小銃も二、三百挺を長崎で入手できる方法がある、と記していた。

中原からの書状は、防備指揮者たちの間で回覧され、検討された。中原の書状に記されている通り、銃砲が旧式のものであることをかれらは認めはしたが、イギリス艦隊の来航を目前に打つべき手はなく、現状のまま旺盛《おうせい》な士気によって迎え撃つ以外にない、と判断した。

薩摩藩の各台場では実弾砲撃訓練が繰返され、戦備は全く成った。

台場の総指揮は、家老川上式部、川上但馬《たじま》、若年寄大目付川上龍衛があたり、各台場の指揮者は、祇園洲が島津権五郎、新波止川上右膳《うぜん》、弁天波止北郷数馬、南波止相良治部、大門口関山糺、砂揚場島津織之介、桜島の赤水、横山、烏島の三カ所の台場は肝附兵部、沖小島は青山愚痴であった。また、十二艘《そう》の早船によって編成された水軍の指揮は、仁礼舎人が任じられていた。

六月十九日には、鹿児島湾内で大規模な模擬戦が繰りひろげられた。

四ツ半（午前十一時）に城を出馬した茂久は、弁天波止台場に設けられた本営に到着し、模擬戦開始を命じ、大太鼓が打ち鳴らされた。弁天波止台場の砲から号砲が放たれ、六カ所の全台場から海上に浮かぶ標的に実弾射撃が開始された。

これに呼応して、桜島の三カ所の台場と沖小島の台場の砲も砲口を開いた。砲声は空気の層をふるわせて轟《とどろ》き、標的は砕かれて海面に散り、その附近に高々と水柱があがった。

下町波戸内にひかえた水軍隊の船の群は、短砲を発射しながら沖にむかって走った。海上一帯にくりひろげられた情景は壮観で、湾内はさながら戦場と化したようであった。

その日の模擬戦で、各台場に兵糧《ひょうろう》の配布も実戦同様に実施された。藩の二つの米蔵は、いずれも海岸の近くにあって、海上よりの砲撃で炎上する恐れがあった。そのため、海岸から遠くはなれた永吉村に蔵を新築し、そこに米が移されていた。それらの蔵は、城山の背後にあって砲火を浴びる恐れはなかった。貯蔵米の量は数千石にも及んでいて長期間の戦争にも応じられ、それ以外に多量の乾飯《ほしいい》が貯《たくわ》えられていた。前藩主斉彬が戦時に備えて嘉永《かえい》二年（一八四九）から製造をはじめさせたもので、年を追って量は増し、古い乾飯は新しいものに交換されていた。

その日、砲撃が開始されると同時に、兵糧方の指図で米俵が蔵から運び出され、多数の大八車がそれらを載せて各台場に走った。

模擬戦は、八ツ半（午後三時）に終了、茂久は馬に乗って帰城した。

砲声が轟く間、鹿児島の町に人通りは絶え、砲声がやんでようやく道に駄馬や大八車が往《ゆ》き交うようになった。

炎暑は甚しく、道は乾き、陽炎《かげろう》がゆらいでいた。

イギリス軍艦の来航が迫っているのを感じている市民の眼には、落着きのない光が浮かび、ひそかに神社や寺に祈願のため足をむける者が多かった。

鹿児島湾の海面は、眩《まば》ゆく輝いていた。

（下巻につづく）

吉村昭著　戦艦武蔵

帝国海軍の夢と野望を賭けた不沈の巨艦「武蔵」——その極秘の建造から壮絶な終焉まで、壮大なドラマの全貌を描いた記録文学の力作。

吉村昭著　星への旅
太宰治賞受賞

少年達の無動機の集団自殺を冷徹かつ即物的に描き詩的美にまで昇華させた表題作。ロマンチシズムと現実との出会いに結実した6編。

吉村昭著　高熱隧道

トンネル貫通の情熱に憑かれた男たちの執念と、予測もつかぬ大自然の猛威との対決——綿密な取材と調査による黒三ダム建設秘史。

吉村昭著　冬の鷹

「解体新書」をめぐって、世間の名声を博す杉田玄白とは対照的に、終始地道な訳業に専心、孤高の晩年を貫いた前野良沢の姿を描く。

吉村昭著　零式戦闘機

空の作戦に革命をもたらした〝ゼロ戦〟——その秘密裡の完成、輝かしい武勲、敗亡の運命を、空の男たちの奮闘と哀歓のうちに描く。

吉村昭著　陸奥爆沈

昭和十八年六月、戦艦「陸奥」は突然の大音響と共に、海底に沈んだ。堅牢な軍艦の内部にうごめく人間たちのドラマを掘り起す長編。

吉村昭著　漂流

水もわかず、生活の手段とてない絶海の火山島に漂着後十二年、ついに生還した海の男がいた。その壮絶な生きざまを描いた長編小説。

吉村昭著　空白の戦記

闇に葬られた軍艦事故の真相、沖縄決戦の秘話……。正史にのらない戦争記録を発掘し、戦争の陰に生きた人々のドラマを追求する。

吉村昭著　海の史劇

《日本海海戦》の劇的な全貌。七カ月に及ぶ大回航の苦心と、迎え撃つ日本側の態度、海戦の詳細などを克明に描いた空前の記録文学。

吉村昭著　大本営が震えた日

開戦を指令した極秘命令書の敵中紛失、南下輸送船団の隠密作戦。太平洋戦争開戦前夜に大本営を震撼させた恐るべき事件の全容――。

吉村昭著　ポーツマスの旗

近代日本の分水嶺となった日露戦争とポーツマス講和会議。名利を求めず講和に生命を燃焼させた全権・小村寿太郎の姿に光をあてる。

吉村昭著　遠い日の戦争

米兵捕虜を処刑した一中尉の、戦後の暗く怯えに満ちた逃亡の日々――。戦争犯罪とは何かを問い、敗戦日本の歪みを抉る力作長編。

吉村昭著

破船

嵐の夜、浜で火を焚いて沖行く船をおびき寄せ、坐礁した船から積荷を奪う――サバイバルのための苛酷な風習が招いた海辺の悲劇！

吉村昭著

破獄

読売文学賞受賞

犯罪史上未曽有の四度の脱獄を敢行した無期刑囚佐久間清太郎。その超人的な手口と、あくなき執念を追跡した著者渾身の力作長編。

吉村昭著

雪の花

江戸末期、天然痘の大流行をおさえるべく、異国から伝わったばかりの種痘を広めようと苦闘した福井の町医・笠原良策の感動の生涯。

吉村昭著

長英逃亡（上・下）

幕府の鎖国政策を批判して終身禁固となった当代一の蘭学者・高野長英は獄舎に放火させて脱獄。六年半にわたって全国を逃げのびる。

吉村昭著

仮釈放

浮気をした妻と相手の母親を殺して無期刑に処せられた男が、16年後に仮釈放された。彼は与えられた自由を享受することができるか？

吉村昭著

ふぉん・しいほるとの娘（上・下）

吉川英治文学賞受賞

幕末の日本に最新の西洋医学を伝え神のごとく敬われたシーボルトと遊女・其扇の間に生まれたお稲の、波瀾の生涯を描く歴史大作。

吉村昭著

桜田門外ノ変（上・下）

幕政改革から倒幕へ——。尊王攘夷運動の一大転機となった井伊大老暗殺事件を、水戸薩摩両藩十八人の襲撃者の側から描く歴史大作。

吉村昭著

ニコライ遭難

〝ロシア皇太子、襲わる〟——近代国家への道を歩む明治日本を震撼させた未曾有の国難・大津事件に揺れる世相を活写する歴史長編。

吉村昭著

天狗争乱

大佛次郎賞受賞

幕末日本を震撼させた「天狗党の乱」。水戸尊攘派の挙兵から中山道中の行軍、そして越前での非情な末路までを克明に描いた雄編。

吉村昭著

プリズンの満月

東京裁判がもたらした異様な空間……巣鴨プリズン。そこに生きた戦犯と刑務官たちの懊悩。綿密な取材が光る吉村文学の新境地。

吉村昭著

わたしの流儀

作家冥利に尽きる貴重な体験、日常の小さな発見、ユーモアに富んだ日々の暮し、そしてあの小説の執筆秘話を綴る芳醇な随筆集。

吉村昭著

アメリカ彦蔵

破船漂流のはてに渡米、帰国後日米外交の先駆となり、日本初の新聞を創刊した男——アメリカ彦蔵の生涯と激動の幕末期を描く。

新潮文庫最新刊

今野敏著
清明
―隠蔽捜査8―
神奈川県警に刑事部長として着任した竜崎伸也。指揮を執る中国人殺人事件の捜査が公安の壁に阻まれて――。シリーズ第二章開幕。

星野智幸著
焰
谷崎潤一郎賞受賞
予期せぬ戦争、謎の病、そして希望……近未来なのかパラレルワールドなのか、焰を囲んで語られる九つの物語が、大きく燃え上がる。

井上荒野著
あたしたち、海へ
親友同士が引き裂かれた。いじめる側と、いじめられる側へ――。心を削る暴力に抗う全ての子供と大人に、一筋の光差す圧巻長編。

西村賢太著
疒《やまいだれ》の歌
北町貫多19歳。横浜に居を移し、造園業の仕事に就く。そこに同い年の女の子が事務のアルバイトでやってきた。著者初めての長編。

木皿泉著
カゲロボ
何者でもない自分の人生を、誰かが見守ってくれているのだとしたら――。心に刺さって抜けない感動がそっと寄り添う、連作短編集。

諸田玲子著
別れの季節 お鳥見女房
子は巣立ち孫に恵まれ、幸せに過ごす珠世だったが、世情は激しさを増す。黒船来航、大地震、そして――。大人気シリーズ堂々完結。

新潮文庫最新刊

宮木あや子著
手のひらの楽園
長崎県の離島で母子家庭に生まれ育った友麻。十七歳。ひた隠しにされた母の秘密に触れ、揺れ動く繊細な心を描く、感涙の青春小説。

中山祐次郎著
俺たちは神じゃない
―麻布中央病院外科―
生真面目な剣崎と陽気な関西人の松島。確かな腕と絶妙な呼吸で知られる中堅外科医コンビがロボット手術中に直面した危機とは。

梶尾真治著
おもいでマシン
―1話3分の超短編集―
クスッと笑える。思わずゾッとする。しみじみ泣ける――。3分で読める短いお話に喜怒哀楽が詰まった、玉手箱のような物語集。

彩藤アザミ著
エナメル
―その謎は彼女の暇つぶし―
美少女で高飛車で天才探偵で寝たきりのメルとその助手兼彼氏のエナ。気まぐれで謎を解く二人の青春全否定・暗黒恋愛ミステリ。

百田尚樹著
成功は時間が10割
成功する人は「今やるべきことを今やる」。社会は「時間の売買」で成り立っている。人生を豊かにする、目からウロコの思考法。

穂村弘
堀本裕樹著
短歌と俳句の五十番勝負
詩人、タレントから小学生までの多彩なお題で、短歌と俳句が真剣勝負。それぞれの歌と句を読み解く愉しみを綴るエッセイも収録。

新潮文庫最新刊

D・キーン
角地幸男訳
正岡子規
俳句と短歌に革命をもたらし、国民的文芸の域にまで高らしめた子規。その生涯と業績を綿密に追った全日本人必読の決定的評伝。

G・ルルー
村松潔訳
オペラ座の怪人
19世紀末パリ、オペラ座。夜ごと流麗な舞台が繰り広げられるが、地下には魔物が棲んでいるのだった。世紀の名作の画期的新訳。

J・カンター
M・トゥーイー
古屋美登里訳
その名を暴け
―#MeTooに火をつけたジャーナリストたちの闘い―
ハリウッドの性虐待を告発するため、女性たちは声を上げた。ピュリッツァー賞受賞記事の内幕を記録した調査報道ノンフィクション。

L・ホワイト
矢口誠訳
気狂いピエロ
運命の女にとり憑かれ転落していく一人の男の妄執を描いた傑作犯罪ノワール。あまりに有名なゴダール監督映画の原作、本邦初訳。

茂木健一郎
恩蔵絢子訳
生きがい
―世界が驚く日本人の幸せの秘訣―
声高に自己主張せず、調和と持続可能性を重んじ、小さな喜びを慈しむ。日本人が育んできた価値観を、脳科学者が検証した日本人論。

今村翔吾著
八本目の槍
吉川英治文学新人賞受賞
直木賞作家が描く新・石田三成！　賤ケ岳七本槍だけが知っていた真の姿とは。歴史時代小説の正統を継ぐ作家による渾身の傑作。

生《なま》麦《むぎ》事《じ》件《けん》(上)

新潮文庫　よ－5－42

平成十四年六月一日発行
令和四年六月五日八刷

著者　吉《よし》村《むら》昭《あきら》

発行者　佐藤隆信

発行所　株式会社 新潮社

郵便番号　一六二—八七一一
東京都新宿区矢来町七一
電話 編集部(〇三)三二六六—五四四〇
　　 読者係(〇三)三二六六—五一一一
http://www.shinchosha.co.jp

価格はカバーに表示してあります。

乱丁・落丁本は、ご面倒ですが小社読者係宛ご送付ください。送料小社負担にてお取替えいたします。

印刷・大日本印刷株式会社　製本・加藤製本株式会社

© Setsuko Yoshimura 1998　Printed in Japan

ISBN978-4-10-111742-3 C0193